LES
CONTEMPORAINS
ÉTUDES ET PORTRAITS

DEUXIÈME SÉRIE

SCEAUX. — IMP. CHARAIRE ET FILS

NOUVELLE BIBLIOTHÈQUE LITTÉRAIRE

JULES LEMAITRE

LES
CONTEMPORAINS

ÉTUDES ET PORTRAITS LITTÉRAIRES

DEUXIÈME SÉRIE

LECONTE DE LISLE — José-Maria de HEREDIA
Armand SILVESTRE — Anatole FRANCE — Le Père MONSABRÉ
M. DESCHANEL et le romantisme de Racine
La comtesse DIANE
Francisque SARCEY — J.-J. WEISS — Alphonse DAUDET
Ferdinand FABRE

DEUXIÈME ÉDITION

PARIS

H. LECÈNE ET H. OUDIN, EDITEURS
17, RUE BONAPARTE, 17
—
1886

LES CONTEMPORAINS

LECONTE DE LISLE [1]

I

Des vers d'une splendeur précise, une sérénité
imperturbable, voilà ce qui frappe tout d'abord chez
M. Leconte de Lisle. Au fond, il y a autre chose que
nous verrons ; mais cela est caché et ne se révèle qu'à
ceux qui n'ont pas le cœur simple. C'est pourquoi il
n'est peut-être pas de poète qui soit moins connu du
public, ni plus sacré pour ses fidèles ; qui ait moins
de lecteurs, ni des lecteurs plus fanatiques. Ses vers
intransigeants ne condescendent point aux faiblesses
ni aux habitudes du troupeau, n'entrent point dans
ses émotions, ne le bercent ni le secouent. « Leconte
de Lisle? vous diront les plus renseignés ; un grand

1. *Poèmes antiques.* — *Poèmes tragiques.* — *Poèmes barbares,*
Lemerre

Jern

poète sans doute! mais que nous veut-il avec ses poèmes indous, hébraïques, grecs et scandinaves ?

Excusez-moi, monsieur, je ne sais pas le grec.

Ni le sanscrit, ni le saxon. »

« Leconte de Lisle, prononcera M. Homais, est complètement dépourvu de sensibilité. Je n'approuve pas, monsieur, que le poète s'isole et se désintéresse de son siècle. En a-t-il même le droit? Je me le demande. Au reste, j'ai peu lu cet auteur. — J'ai vu ses *Erynnies* à l'*Odéon*, continue M. Homais avec un fin sourire; Clytemnestre s'appelait *Klutaïmnéstra*, et c'était fort ennuyeux. »

D'autre part, interrogez les poètes, pas tous, mais les meilleurs d'entre les jeunes, et quelques curieux çà et là. Assurément ils ne vous diront point de mal de Victor Hugo, pour la raison qu'Allah est Allah; mais on sait que dans tous les temples il y a des saints plus amoureusement chômés que le titulaire du maître-autel; et je crois bien que parmi ces saints de chapelle M. Leconte de Lisle est le premier. C'est qu'il offre à ses dévots des œuvres parfaites, où les gens du métier trouvent un plaisir sans mélange : presque jamais un sentiment personnel au poète n'y éclate dont la sincérité, l'originalité ou l'expression puisse être contestée, qui semble, suivant les jours, insuffisant ou démesuré, ni qui détourne l'attention des mystères savants de la forme.

II

Lorsque André Chénier composait ses divins pastiches d'Homère et de Théocrite, il faisait sans y songer
ce que personne n'avait fait avant lui, non pas même
les poètes de la Pléiade, qui ne comprenaient qu'à
demi la pure antiquité et ne la saisissaient point
d'une vue directe. Il se détachait de lui-même et de
son temps, s'éprenait tout naïvement des grâces de
la vie primitive chez une belle race, se faisait une
âme grecque ou plutôt, mystérieux atavisme, retrouvait cette âme en lui. Or, cette neuve poésie où se
reflètent exactement des poésies antérieures et où
Chénier se complaisait ingénument, d'autres l'ont
recommencée avec plus de parti pris et un art plus
consommé. Notre siècle est curieux avec délices. Sa
gloire et sa joie, c'est de comprendre et de ressusciter l'âme des générations éteintes, et sa plus grande
originalité consiste à pénétrer dans l'âme des autres
siècles. De croyance propre, il n'en a guère. Aussi, le
seul sentiment nouveau qu'il ait apporté dans la lit
térature, c'est, avec la curiosité, le doute de l'esprit
se tournant en souffrance pour le cœur. Y a-t-il autre
chose dans le romantisme que la mélancolie de René
et l'amour de ce qu'on appelait en 1830 la couleur
locale, c'est-à-dire le sens de l'histoire avivé par la
passion des belles lignes et des belles couleurs? Ces

deux sentiments, d'ailleurs, ou vont ensemble ou s'engendrent tour à tour. Quand on sait ou qu'on devine beaucoup, qu'on est d'une vieille race fatiguée et sans naïveté, il peut arriver qu'on en souffre, et ce malaise redouble l'ardeur de connaître et de sentir ; il nous fait chercher l'oubli dans la curiosité croissante ou dans une sorte de sensualisme esthétique. Toute la poésie contemporaine est faite, semble-t-il, d'inquiétude morale et d'esprit critique mêlé de sensualité. L'inquiétude, vague avec les romantiques, s'est peu à peu précisée : une poésie philosophique en est sortie, et à la mélancolie d'Olympio ou de Jocelyn a succédé la mélancolie darwiniste. Le poète de la *Justice* [1] sait les raisons de sa tristesse. D'un autre côté, l'intelligence du passé et le goût de l'exotique ont engendré une longue et magnifique lignée de poèmes où revivent l'art, la pensée et la figure des temps disparus. La poésie de notre âge et de notre pays contient toutes les autres dans son vaste sein. Hugo, Vigny, Gautier, Banville, Leconte de Lisle, l'ont faite souverainement intelligente et sympathique, soit qu'elle déroule la légende des siècles, soit qu'elle s'éprenne de beauté grecque et païenne, soit qu'elle traduise et condense les splendides ou féroces imaginations religieuses qui ont ravi ou torturé l'humanité, soit enfin qu'elle exprime des sentiments modernes par des symboles antiques. A travers les différences

1. M. Sully Prudhomme.

de caractère ou de génie, un trait commun rapproche les ouvriers de cette poésie immense et variée comme le monde et l'histoire : le culte du beau plastique. Mais il n'en est point chez qui ce culte apparaisse plus exclusif que chez M. Leconte de Lisle. Il est remarquable que celui-là soit le moins ému, qui s'est fait le poète des religions et qui s'est attaché aux manifestations du sentiment le plus intime, le plus enfoncé au cœur des races.

III

Mais quoi! est-il donc si impassible que cela? M. Homais aurait tort de le croire. Un petit poème indien ou gothique se peut ciseler sans émotion. Des élèves du maître, de jeunes et habiles ouvriers se sont donné ce plaisir, et l'on aura beau chercher, on ne trouvera guère sous leurs vers éclatants d'autre passion que celle des contours rares et des belles rimes. Mais quand un poète s'est complu à évoquer la série presque complète des religions et des théologies, volontiers on s'enquiert des raisons d'une prédilection si constante. On se demande si le goût du pittoresque à outrance suffit à l'expliquer. Cette impassibilité qu'on ne saurait nier, on voudrait savoir si elle est bien l'état naturel de l'âme de l'artiste. N'est-elle pas acquise? A quel prix et pourquoi? Ne suppose-t-elle pas des souffrances, des désillusions, des rébellions, tout un drame antérieur qui parfois gronde encore sous les rimes sereines? *Kaïn* n'est-il donc qu'un magnifique exercice de rhétorique parnassienne? Relisez-le, de grâce, et vous verrez si l'âme triste, généreuse et insoumise du XIXe siècle n'y est pas tout entière. Non, l'auteur des *Nornes*, de *Baghavat* et du *Corbeau* n'est point un antiquaire désintéressé. S'il est un poète qui soit bien d'aujourd'hui, qui soit moderne jusqu'aux entrailles, c'est lui. M. Leconte de Lisle, à peu près comme Gustave Flaubert, est un grand pessimiste et un grand impie réfugié dans la contemplation esthétique. Étudions de plus près ce révolté qui, pour goûter la paix, s'est fait bouddhiste et sculpteur de strophes.

Quand je parle du bouddhisme de M. Leconte de Lisle, il faut s'entendre. Je sais bien qu'il vit à Paris, à peu près comme tout le monde, et je ne prétends pas qu'il adore pour de bon Baghavat ou Bouddha, qu'il laisse pousser indéfiniment les ongles de ses pieds et de ses mains, ni qu'il passe des heures à regarder son nombril. Je le définis par ses livres, ne le connaissant pas autrement; je le prends dans les moments singuliers où il vit sa vie de poète, aussi vraie que l'autre. On peut croire qu'il tient de la nature un dédain de l'émotion extérieure, un fonds de sérénité contemplative que sont venus renforcer l'art et le parti pris; et il est sans doute intéressant d'étudier chez lui l'alliance surprenante de l'ataxie orientale avec la science et la conscience inquiètes des hommes d'Occident.

Il ne faut pas oublier que Leconte de Lisle est né à l'île Bourbon et qu'il y a passé son enfance. Là mieux que chez nous, il put sentir l'énormité indomptable des forces naturelles et les lourds midis endormeurs de la conscience et de la volonté. Il connut la rêverie sans tendresse, le sentiment de notre impuissance à l'égard des choses, la soif de rentrer au grand Tout, dont la vie un moment nous distingue, et, en attendant, la joie immobile de contempler de splendides tableaux sans y chercher autre chose que leur beauté.

Il vint à Paris. Après la fatalité inconsciente des choses, il rencontra la fatalité furieuse de l'égoïsme humain. Il eut des jours difficiles et souffrit d'autant plus qu'il apportait dans la mêlée des compétitions féroces une âme déjà touchée de la grave songerie orientale. Les forces inéluctables qu'il avait reconnues, subies et parfois aimées dans la nature aveugle et magnifique, il les retrouvait dans la société des hommes, mais franchement haïssables cette fois, visiblement hostiles et méchantes. L'enfant s'insurgea contre l'égoïsme nécessaire, mais hideux, contre le bourgeoisisme impitoyable et rapace, contre la vie plate et malfaisante, contre les violences hypocrites et sans grandeur.

Il lut l'histoire. Il y vit l'homme en proie à deux fatalités : celle de ses passions et celle du monde exté-

rieur. Elle lui apparut comme l'universelle tragédie
du mal, comme le drame de la force sombre et douloureuse. Il lui sembla que l'homme, presque toujours,
avait aggravé l'horreur de son destin par les explications qu'il en avait données, par les religions qui
avaient hanté son esprit malade, prêtant à ses dieux
les passions dont il était agité. Il se dit alors que la
vie est mauvaise et que l'action est inutile ou funeste.
Mais, d'autre part, il fut séduit par le pittoresque et
la variété plastique de l'histoire humaine, par les tableaux dont elle occupe l'imagination au point de
nous faire oublier nos colères et nos douleurs. Il entra
par l'étude dans les mœurs et dans l'esthétique des
siècles morts ; il démêla l'empreinte que les générations reçoivent de la terre, du climat et des ancêtres:
et, comme il s'amusait à la logique de l'histoire, il en
sentit moins la tristesse; puis il lui parut que toute
force qui se développe a sa beauté pour qui en est
spectateur sans en être victime; il eut des visions du
passé si nettes, si sensibles et si grandioses qu'il
leur pardonna de n'être pas consolantes. Enfin il
comprit que, si tout le mal vient de l'action, l'action
vient du désir inextinguible, de l'illusion du mieux
qui vit éternellement aux flancs de l'humanité, illusion qui fait souffrir puisqu'elle fait vivre, mais qui
fait vivre enfin. Or, à quoi bon condamner la vie?
Elle est, cela suffit; et les renonciations de quelques-
uns ne l'éteindront pas. Qui sait d'ailleurs si elle ne
va pas quelque part? si quelque progrès — lent,

ah ! combien lent ! — ne s'élabore pas par elle à travers les âges ? Alors, le cœur révolté contre l'Être,
mais les yeux pleins du prestige de ses formes ; indi-
gné des monstruosités de l'histoire, mais désarmé
par l'intérêt de son mécanisme et ébloui par la richesse
de ses décors ; soulevé contre le spectre des religions,
mais apaisé par l'idée qu'un jour peut-être elles auront vécu ; conspuant l'humanité et l'adorant à la
fois, il alla prendre pour héros l'antique rebelle, le
premier après Lucifer qui ait crié : *Non serviam !*
rendit l'espoir au désespéré et le fit surgir comme un
prophète sur la plus haute tour d'Hénokia, la cité
cyclopéenne. Il mit dans ce poème ce qu'il avait de
plus sincère en lui, la protestation obstinée contre le
mal physique et moral, et aussi la sérénité de l'artiste
paisiblement enivré de visions précises. Ce jour-là,
M. Leconte de Lisle fit son chef-d'œuvre.

IV

En la trentième année, au siècle de l'épreuve,
Étant captif parmi les cavaliers d'Assur,
Thogorma, le voyant, fils d'Élam, fils de Thur,
Eut ce rêve, couché dans les roseaux du fleuve,
A l'heure où le soleil blanchit l'herbe et le mur,

Il vit Hénokia, la cité des Géants. C'est le soir ; ils
rentrent dans la ville avec leurs femmes et leurs troupeaux,

Suants, échevelés, soufflant leur rude haleine
Avec leur bouche épaisse et rouge, et pleins de fain*faim*

Le tombeau de Kaïn est au sommet de la plus haute tour. Voilà qu'un ange, un cavalier, sort des ténèbres, traînant après lui et ameutant toutes les bêtes de la terre, et charge d'imprécations, au nom du Seigneur, le rebelle et ses fils. Alors Kaïn se dresse dans son tombeau, impose silence au cavalier et aux bêtes; il se souvient, et raconte sa sombre histoire.

Celui qui m'engendra m'a reproché de vivre;
Celle qui m'a conçu ne m'a jamais souri.

Il revoit l'Éden gardé par un Khéroub « chevelu de lumière ». La nuit, il rôdait, voulant y rentrer et sour, aux insultes de l'archange.

Ténèbres, répondez! Qu'Iavèh me réponde!
Je souffre, qu'ai-je fait? — Le Khéroub dit : Kaïn,
Iavèh l'a voulu. Tais-toi. Fais ton chemin
Terrible. — Sombre esprit, le mal est dans le monde;
Oh! pourquoi suis-je né? — Tu le sauras demain.

Pour le punir, Iavèh l'aveugle « le précipite dans le crime tendu », lui fait, dans un accès de fureur, tuer son frère, qu'il aimait pourtant.

Dors au fond du Schéol! Tout le sang de tes veines,
O préféré d'Héva, faible enfant que j'aimais,
Ce sang que je t'ai pris, je le saigne à jamais!
Dors, ne t'éveille plus! Moi, je crierai mes peines,
J'élèverai la voix vers Celui que je hais.

Kaïn se venge ███ vengera les hommes. Quand

« assouvi de son rêve », Dieu voudra détruire la race humaine par le déluge, Kaïn la sauvera. Le poète (et ceci a tout l'air d'une trouvaille de génie) veut que l'arche ait été construite malgré Jéhovah et que Kaïn, son Kaïn immortel et symbolique, l'ait empêchée de sombrer. — L'homme, continue le vengeur, couvrira de nouveau la terre, non plus indompté, mais lâche et servile.

> Dans les siècles obscurs l'homme multiplié
> Se précipitera sans halte ni refuge,
> A ton spectre implacable horriblement lié.

> - Mais un jour mon souffle redressera ta victime :

> Tu lui diras : Adore! Elle répondra : Non !...

> Afin d'exterminer le monde qui te nie,
> Tu feras ruisseler le sang comme une mer,
> Tu feras s'acharner les tenailles de fer,
> Tu feras flamboyer, dans l'horreur infinie,
> Près des bûchers hurlants le gouffre de l'Enfer ;

> Mais quand tes prêtres, loups aux mâchoires robustes,
> Repus de graisse humaine et de rage amaigris,
> De l'holocauste offert demanderont le prix,
> Surgissant devant eux de la cendre des justes,
> Je les flagellerai d'un immortel mépris.

> Je ressusciterai les cités submergées,
> Et celles dont le sable a couvert les monceaux;
> Dans leur lit écumeux j'enfermerai les eaux;
> Et les petits enfants des nations vengées,
> Ne sachant plus ton nom, riront dans leurs berceaux !

> J'effondrerai des cieux la voûte dérisoire.
> Par delà l'épaisseur de ce sépulcre

Sur qui gronde le bruit sinistre de ton pas,
Je ferai bouillonner les mondes dans leur gloire ;
Et qui t'y cherchera ne t'y trouvera pas !

Et ce sera mon jour ! Et, d'étoile en étoile,
Le bienheureux Éden longuement regretté,
Verra renaître Abel sur mon cœur abrité ;
Et toi, mort et cousu sous la funèbre toile,
Tu t'anéantiras dans ta stérilité.

Kaïn se tait. Alors le déluge éclate, et...

Quand le plus haut des pics eut bavé son écume,
Thogorma, fils d'Élam, d'épouvante blêmi,
Vit Kaïn le vengeur, l'immortel ennemi
D'Iavèh, qui marchait, sinistre, dans la brume,
Vers l'arche monstrueuse apparue à demi.

Ce poème de *Kaïn* traduit, sous une forme saisissante, un sentiment éternel (aujourd'hui plus intense que jamais) et profondément humain : n'est-ce point là justement la définition des chefs-d'œuvre ? Ce que j'ai envie de dire pourra paraître un éloge démesuré : car le public n'a pas l'air de se douter, vraiment, que notre siècle finissant a de grands poètes. Mais enfin, ce n'est pas la faute des lecteurs ingénus de M. Leconte de Lisle si son Kaïn leur rappelle le Prométhée d'Eschyle. Et Kaïn, venant plus tard, a cet avantage de mieux savoir ce qu'il veut et de dire plus nettement ce qu'il espère. Kaïn est, si l'on veut, un Prométhée qui parle et sent comme Lucrèce, c'est-à-dire comme le plus jeune des poètes anciens.

Humana ante oculos fœde cum vita jaceret
In terris, oppress▓▓avi sub Religione,

Quæ caput a cœli regionibus ostendebat,
Horribili super aspectu mortalibus instans,
Primum Graius homo mortales tollere contra
Est oculos ausus, primusque obsistere contra...

Hénokia est aussi énorme que le Caucase. Mercure n'est pas plus lâche que le Cavalier, Kaïn vaut le *Graius homo*. Jamais blasphème n'est sorti d'une bouche d'homme, plus tragique depuis Eschyle, ni plus triomphant depuis Lucrèce. Il y a dans le cri de Kaïn une âpreté plus superbe, s'il se peut, que celle du poète de la *Nature*, et une espérance non plus forte, mais moins vague et plus voisine de son objet, que celle du Titan voleur de feu. — La protestation du corps contre la douleur, du cœur contre l'injustice et de la raison contre l'inintelligible, devient, semble-t-il, plus ardente à mesure que l'industrie humaine combat la souffrance, que l'idée de justice passe dans les institutions et que la science entame les frontières de l'inconnu; comme si l'homme, moins éloigné de son idéal, en subissait plus invinciblement l'attraction et se précipitait vers lui d'un mouvement plus furieux. Au fond, la science et la poésie sont deux grandes insurgées, et les Satans et les Prométhées pullulent sous nos habits noirs. Il y a une volupté dans cet état d'insurrection, d'autant plus que le sens critique, véritable esprit du diable, ouvre un domaine spacieux et nouveau à l'imagination plastique et, en même temps que la joie de la révolte, nous donne celle de reconstruire et de con-

templer avec des yeux d'artiste l'immense tragédie
humaine. Je trouve tout cela dans *Kaïn*, et c'est par
là qu'il est si complètement moderne. — Sans parler
davantage de l'âpre et généreuse pensée qui est au
fond de cette belle histoire symbolique, le passé
surgit aux regards de Thogorma avec une précision
si poignante et dans un détail si arrêté qu'on n'y
peut rien comparer, sinon les plus belles pages de
Salammbô. Voyez la rentrée des Géants dans leur
ville : la vie de l'homme dans les rudes civilisations
primitives vous apparaît dans un éclair. On songe au
V° livre de Lucrèce ; puis on se dit qu'il y a là autre
chose encore qu'une intuition de poète, que la science
contemporaine, l'archéologie, l'anthropologie, ont
seules rendu possibles de pareilles résurrections, et
que, de toutes façons, un tel poème sonne glorieuse-
ment l'heure exacte où nous sommes.

V

Kaïn est un poème non de désespoir, mais d'espoir
violent né de l'intensité même du désir. Il marque une
aspiration d'un jour, une involontaire concession du
poète à « l'illusion qui fait de nous sa pâture »[1] et qui,
trompant sans cesse les efforts qu'elle suscite, ne permet
point à la douleur de s'endormir. Il est bien jeune et
bien naïf, le vieux Kaïn, et trop dupe de son bon

1. Les *Spectres*.

cœur. Eh! oui, les dieux passeront, mais après? l'humanité en sera-t-elle plus heureuse? Le Runoïa n'a pas l'ingénuité du premier meurtrier. — Et ce sera ton heure, dit-il au Christ.

> Et dans ton ciel mystique
> Tu rentreras, vêtu du suaire ascétique,
> Laissant l'homme futur, indifférent et vieux,
> Se coucher et dormir en blasphémant les dieux [1].

L'éternel cri : « Je souffre, qu'ai-je fait? » est une plainte d'enfant, stérile et vaine. Satan lui-même se demande à quoi bon.

> Force, orgueil, désespoir, tout n'est que vanité,
> Et la fureur me pèse et le combat m'ennuie [2].

Et le poète, avec le diable, descend, d'un mouvement fatal, aux dernières profondeurs de la tristesse, jusqu'à la désespérance qui ne veut plus lutter. *Aux Morts*, le *Dernier souvenir*, les *Damnés*, *Fiat nox*, *In Excelsis*, la *Mort du soleil*, les *Spectres*, le *Vent froid de la nuit*, la *Dernière vision*, l'*Anathème*, *Solvet sæclum*, *Dies Iræ*, tous ces poèmes, prodigieux par la magnificence et la dureté des lamentations, ne sont que prières à la Mort, effusions noires vers le néant. Je ne sais quel orgueil vient parfois les comprimer :

> Tais-toi. Le ciel est sourd, la terre te dédaigne.
> A quoi bon tant de pleurs si tu ne peux guérir?

1. Le *Runoïa*.
2. La *Tristesse du diable*.

> Sois comme un loup blessé qui se tait pour mourir
> Et qui mord le couteau, de sa gueule qui saigne [1]

Ces plaintes ne servent de rien ; mais il ne sert de rien non plus de les retenir, et l'hymne lugubre se déroule à flots lents, si horriblement triste qu'auprès de cette tristesse-là celle de l'*Ecclésiaste* est d'un enfant et celle de René est d'un bourgeois. Et je ne sais si l'amour du néant est contagieux ou si cet amour n'est pas le suprême mensonge et la dernière et incurable illusion faite de la ruine de toutes les autres ; mais volontiers, séduit par le maléfice de ces admirables vers qui aspirent au néant en empruntant à l'Être de si belles images, on s'unirait, avec un désespoir voluptueux, à l'oraison du poète :

> Et toi, divine Mort où tout rentre et s'efface,
> Accueille tes enfants dans ton sein étoilé ;
> Affranchis-nous du temps, du nombre et de l'espace,
> Et rends-nous le repos que la vie a troublé [2] !

« Fantaisie funèbre, dira-t-on, et même assez froide ; car le vrai seul est aimable, disait Boileau, qui n'a point prévu cette poésie. » Mais est-on bien sûr que ce ne soit là qu'un amusement poétique ? Je vous assure qu'à de certaines heures cet amusement vous prend aux entrailles. Parmi nos « minutes singulières », comme dit M. Taine (et ce sont surtout celles-là qui doivent intéresser les poètes), il y a des minutes de

---

1. Le *Vent froid de la nuit.*
2. *Dies iræ.*

dégoût complet, de sincère renonciation à la vie, de
pessimisme absolu et sans réserve. Il est certain qu'en
dépit de ces minutes on continue de vivre; et cependant ceux pour qui elles reviennent souvent devraient,
s'ils étaient aussi sincères qu'ils le paraissent, se ré-
fugier volontairement dans la mort. Mais point; et
Schopenhauer s'est laissé mourir dans son lit. C'est
qu'il y a une sorte de plaisir dans cette morne désespérance dont on ne peut nier la réalité paradoxale.
On dit que la vie est mauvaise, on le croit et on l'é-
prouve; on sait la vanité de tout espoir et de toute
révolte, sauf de la révolte radicale qui secoue le fardeau de la vie; et pourtant on vit, justement parce
qu'on sait tout cela, parce que c'est une espèce de
volupté pour le roseau pensant de se savoir écrasé
par l'univers fatal et que cette connaissance est encore
une insurrection et, par suite, une raison de vivre.
On peut succomber aux souffrances physiques qui
jettent l'homme hors de soi, l'affolent et le font crier;
on peut succomber aux mécomptes qui ont pour objet
des personnes; mais les douleurs purement intellec-
tuelles ne tuent pas, parce que, dans la plupart des
cas, à mesure qu'elles croissent, croît aussi notre
orgueil. Le pire malheur n'est pas de savoir ou de
croire le monde inutile ou mauvais : c'est de pâtir
dans son corps et d'être déçu brutalement dans ses
passions. Les tortures du pessimisme ou du doute
peuvent être cruelles, mais moins qu'un membre coupé,
un cancer qui vous ronge, ou la trahison d'une per-

sonne aimée. Contre les tortures de la pensée on a le
sentiment vivace de la puissance déployée à penser et
aussi, le plus souvent, la protestation tranquille du
corps bien nourri. Le songeur qui condamne l'Être
universel lui oppose son être particulier et prend davantage conscience de lui-même. « Moi seul, se dit-il,
moi seul, passif, mais conscient et irréductible, contre
le monde entier. » C'est par là qu'on se console, du
moins dans notre Occident. On a encore d'autres raisons d'accepter la vie. « Pourquoi je vis? par curiosité, » dit L'Angely. La curiosité de M. Leconte de
Lisle sera celle d'un artiste attaché surtout aux manifestations extérieures de l'histoire et de la nature. Il
reproduira l'absurde et magnifique spectacle des
choses avec un relief qui est à lui. N'ayez crainte :
son imagination, après sa superbe, l'a sauvé du suicide; et le voici qui commence, à travers le temps et
l'espace, la revue des apparences, œuvre de Maya.

VI

Justement c'est l'Inde, éprise du néant, qui au début
de son pèlerinage esthétique accueille et berce son
âme désenchantée de l'action. Il est remarquable que
la plus ancienne philosophie soit si complètement
pessimiste et que l'homme, dès qu'il a su penser, ait
condamné l'univers et renié la vie. Cela donne à réfléchir, d'autant plus que nous-mêmes, les derniers

venus et les moins malheureux, nous nous sent(
encore inclinés vers la métaphysique vague et dés(
où s'assoupissaient nos plus lointains ancêtres
même que souvent dans le cerveau d'un homme r(
naissent au déclin de l'âge les songes et les croyance:
de ses jeunes années, ainsi l'humanité vieillissant(
refait le songe de sa jeunesse. Oui, c'est charman:
d'être bouddhiste, et béni soit Çakia-Mouni ! Sa philosophie n'est peut-être pas très claire : mais combier
belle! Ce monde est un scandale au juste? Rassurez
vous. Ce monde n'est pas vrai : il n'est que le rêve d(
Hâri. Et qu'est-ce que Hâri en dehors de son rêve? /
n'est pas très aisé de le savoir. Ce qui est certain, c'es
qu'il est parfaitement heureux et qu'on arrive à s
fondre dans sa béatitude par le détachement et l
bonté inactive. Ce sont bien, en effet, les deux seul(
choses qui ne trompent point. Ajoutez-y le rêve pouss(
jusqu'à l'évanouissement de la conscience. Certes, elle
sont monstrueuses, les idoles de l'Olympe indien
mais, bien mieux que les belles divinités grecque:
elles font courir en nous le frisson du mystère. L:
bizarrerie de leurs formes, la disproportion de leur:
membres et l'absurdité de leur structure ne donnen
point l'idée d'une personne et découragent l'anthro
pomorphisme où nous sommes enclins. Elles n'o1
point de beauté ni, à proprement parler, de laideu:
mais des contours extravagants d'où l'harmonie es
absente et qui, par une sorte d'indéfini terrible, sym
bolisent l'infini. — Et s'il vous plaît de voir quelqu'un

de ces figures, non plus telle qu'on peut la traduire
x sens, mais telle que l'imagination la conçoit,
ntemplez le dieu Hâri, le principe suprême, dans la
Vision de Brahma. Toute splendeur et toute horreur
s'y trouvent réunies. Rien n'égale la précision des
détails, sinon le vague formidable de l'ensemble. Il
croise comme deux palmiers d'or ses vénérables
cuisses; deux cygnes l'éventent de leurs ailes et un
açvatha l'abrite de ses palmes; mais les *Védas* bour-
donnent sur ses lèvres, des forêts de bambous ver-
doient à ses reins, des lacs étincellent dans ses paumes
et son souffle fait rouler les mondes qui jaillissent de
lui pour s'y replonger; si bien que sa vue délecte les
sens en même temps que son immensité fatigue et
dépasse le plus vaste essor du rêve et que son essence
exerce la pensée jusqu'à l'engloutir et l'annihiler.
Tandis qu'il songe le monde, tandis qu'il nous ravit
par la grâce des mille vierges qui se baignent à ses
pieds parmi les lotus et qu'il nous épouvante par le
grincement des dents du géant pourpre qui à sa gauche
broie et dévore l'univers; tandis que sa seule inertie
est la source de l'Être, qu'il s'incarne dans les héros,
que les sages rentrent dans son sein par l'inaction, —
lui se demande tranquillement s'il ne serait pas le
Néant. Comprenne qui pourra! Qu'importe? il ne faut
pas comprendre. Rien n'a de substance ni de réalité;
toute chose est le rêve d'un rêve; et la *Vision de
Brahma* est un obscur poème qu'il faut lire sous le
poids d'un grand soleil, quand la tête se vide, quand

la mémoire fuit, quand la volonté se dissout, quand on reçoit des objets voisins des impressions si intenses qu'elles tuent la pensée, quand on sent sur soi de tous côtés la molle pesée de la vie universelle et que le *moi* y résiste à peine et voudrait s'y perdre tout entier, quand la vie arrive à n'être plus qu'une succession d'images sur lesquelles ne s'exerce plus le jugement et que l'on conserve juste assez de conscience pour souhaiter qu'elle s'évanouisse tout à fait, parce qu'alors il n'y aurait plus rien, plus même d'images, et que cela vaudrait mieux.

Qui expliquera l'étrange plaisir qu'on prend parfois à désirer l'absorption du *moi* dans l'être, c'est-à-dire à désirer le néant ou à croire qu'on le désire? — La perfection de la forme et la curiosité du fond suffiraient à faire goûter le poème de *Baghavat;* mais voulez-vous y trouver un charme poignant? Unissez-vous de cœur, cela est aisé, avec les trois Brahmanes dans la haine de la vie, dans le sentiment que rien ne sert à rien et que toute passion apporte plus de peine que de joie; et pénétrez-vous de cet hymne lugubre :

Une plainte est au fond de la rumeur des nuits,
Lamentation large et souffrance inconnue
Qui monte de la terre et roule dans la nue;
Soupir du globe errant dans l'éternel chemin,
Mais effacé toujours par le soupir humain.
Sombre douleur de l'homme, ô voix triste et profonde,
Plus forte que les bruits innombrables du monde,
Cri de l'âme, sanglot du cœur supplicié,
Qui t'entend sans frémir d'amour et de pitié?
Qui ne pleure sur toi, magnanime faiblesse,
Esprit qu'un aiguillon divin excite et blesse,

Qui t'ignores toi-même et ne peux te saisir,
Et, sans borner jamais l'impossible désir,
Durant l'humaine nuit qui jamais ne s'achève,
N'embrasse l'infini qu'en un sublime rêve !...
O conquérant vaincu, qui ne pleure sur toi ?

Maitreya se souvient d'une jeune fille, Narada pleure sa mère morte, Angira cherche et doute. Tous trois souffrent et voudraient oublier. La déesse Ganga les entend et leur dit d'aller à Baghavat. Ils se lèvent, gravissent la divine montagne où siège Baghavat et, sortant de l'Illusion qui enveloppe le dieu, entrent en lui et s'unissent à l'Essence première.

Heureux Maitreya ! Heureux Narada ! Heureux Angira ! — Pourtant, s'il est sûr que la vie est foncièrement mauvaise, il ne l'est pas moins qu'elle semble douce à certaines heures et que les passions nous enivrent délicieusement avant de nous meurtrir. — *Çunacépa* est un acheminement vers une philosophie moins hostile à l'illusion et à l'action. Le fils du Richi, qui doit, à peu près comme Iphigénie, être immolé pour expier la faute du roi Maharadjah, aime Çanta et ne veut pas mourir, et Çanta ne veut pas qu'il meure. Les deux enfants vont consulter le vieil ascète Viçvamithra. Si desséché qu'il soit par l'extase, si avant qu'il se soit enfoncé dans le *nirvâna*, le solitaire, « rêvant comme un dieu fait d'un bloc sec et rude », sent à leur voix suppliante remuer en lui quelque chose d'humain et « entend chanter l'oiseau de ses jeunes années ». Il révèle à Çunacépa qu'il échappera à la mort en récitant sept fois l'hymne sacré d'Indra.

En effet, au moment du sacrifice, un étalon prend la place de la victime. — Maudite soit la vie ! et que les brahmanes rêvent, et que la vision s'évanouisse dans leurs yeux fixes, le sentiment dans leur cœur et la pensée dans leur cerveau ! Le sang de la jeunesse sera toujours prompt à la duperie de Mâya. Rien n'est meilleur que l'amour du néant; mais rien aussi n'est meilleur que l'amour, et c'est pourquoi le monde dure encore.

VII

Ils ne s'en plaignaient point, ces nobles Grecs pour qui M. Leconte de Lisle finit par délaisser les mornes buveurs de l'eau sacrée du Gange. Le goût de l'action se réveille sous un ciel moins accablant qui permet la lutte, et le sens de la beauté vit et se développe dans une nature aux contours harmonieux et modérés, dans une lumière qui réjouit et n'aveugle point. Toutefois l'obsession du Destin et le sentiment de la vanité de toutes choses ont suivi l'humanité dans ses immigrations vers l'Occident. Longtemps, sous la sérénité de la forme, la poésie grecque a caché de profondes tristesses. Sophocle pense que le meilleur est de n'être pas né ou de vivre peu [1]. Les larmes orientales de Xerxès, Hérodote les a pleurées. « Il m'est venu une pitié au cœur, dit le roi, ayant calculé combien est

1. *Œdipe à Colone.*

brève toute existence humaine, puisque de tous ceux-
là, qui sont si nombreux, nul dans cent ans ne sur-
vivra. — Ce n'est pas là, répond Arbatane, ce qu'il y
a dans la vie de plus déplorable; car, malgré sa brièveté, il n'est point d'homme tellement heureux que
pour un motif ou pour un autre il n'ait souhaité, non
une fois, mais souvent, de mourir plutôt que de vivre.
Cette vie si courte, les maladies qui la troublent, les
calamités qui surviennent la font paraître longue.
Ainsi la mort, à cause de l'amertume de la vie, est
pour l'homme le refuge le plus désirable, et la divinité
qui nous fait goûter quelque douceur à vivre s'en
montre aussitôt jalouse[1]. » — *Prométhée*, l'*Orestie*,
Œdipe roi nous montrent l'homme instrument et
jouet du destin. Ou bien il subit ses passions qu'il dit
lui être envoyées par les dieux : *Sua cuique deus fit
dira cupido*[2]. — « Chère fille, dit Priam à Hélène, à
mes yeux tu n'es point coupable, mais les dieux[3]. »
Voyez aussi la Phèdre d'Euripide. — Qu'importe!
chez cette merveilleuse race, l'homme aime l'action,
même quand il la sait inutile et décevante. « Laissons
ces discours sur l'existence humaine, quoiqu'elle soit
ce que tu la décris[4]. » Les durs commencements dans
une terre toute neuve et qui n'était pas toujours clé-
mente, les longues luttes entre Pélasges, Hellènes,

1. *Polymnie*, 46.
2. *Énéide*, IX.
3. *Iliade*, III.
4. Hérodote, *Polymnie*, 47.

Doriens, Ioniens, et aussi les grands cataclysmes naturels dont plusieurs de leurs mythes ont conservé le
souvenir, avaient fait aux Grecs une âme à la fois
active et résignée, où le plaisir de vivre et d'agir se
tempérait par instants de mélancolie fataliste. Après
Marathon et Salamine, une sorte de joie héroïque les
transporte, et leur génie s'épanouit en œuvres con-
fiantes et superbes. Non qu'ils aient cessé de croire à
la Moïra invincible ; mais peut-être est-elle intelligente :
elle leur a laissé faire de si grandes choses ! Surtout
ils adorent la beauté et savent l'exprimer sans y faire
effort. Par la parole ou par les contours ils ont traduit
les énergies de la Nature et celles du corps et de l'âme
sous une forme qui les glorifie sans les altérer, où la
plénitude et la spontanéité de l'impression produisent
la grâce, qui est la marque de ces divins artistes. Leur
vie même, qui les exerçait tout entiers, était comme
une œuvre d'art dont ils s'enchantaient. Vraiment ils
ont dû être heureux. Leur existence n'avait point de
vide où se pût introduire le désespoir. Ils vivaient
sous le destin et ils le savaient, mais ils ne s'occupaient
que de vivre, et de vivre ici-bas. Ils s'accommodaient
admirablement d'être hommes ; ils connaissaient ce
que cela vaut depuis que trente mille Grecs avaient
vaincu un million de Barbares. L'horreur en face de
l'inconnu et la révolte contre ce qui est n'étaient chez
eux que des sentiments passagers ; leur activité les
sauvait de tout. Si la passion est fatale, elle ne va pas
sans volupté. Si l'homme est opprimé par quelque

2.

chose de plus fort que lui, la résistance est bonne, fût-elle sans succès. La palestre, l'Agora, les Diony-siaques et les Panathénées leur étaient de suffisantes raisons de consentir à voir la lumière et empêchaient la maladie métaphysique de devenir jamais mortelle à ce peuple subtil. Plus tard, quand ils eurent perdu la liberté, à Alexandrie, en Sicile, ils se consolaient encore par leur belle mythologie, par les symboles sensuels de leur religion naturaliste et par des rêves de vie pastorale dans la campagne divinisée.

Or la sérénité de leur fatalisme, de leurs révoltes et de leurs joies, et tout ce qu'il y a d'humain dans leurs mythes revit aux poèmes de M. Leconte de Lisle. Il a passionnément aimé ces amants de la vie et de la beauté. — Nous sommes loin de Hâri formidable et inintelligible. Salut, dit le poète à Vénus de Milo,

> Salut! à ton aspect le cœur se précipite;
> Un flot marmoréen inonde tes pieds blancs;
> Tu marches fière et nue, et le monde palpite,
> Et le monde est à toi, déesse aux larges flancs!

Au sortir des lourdes somnolences bouddhiques, il dit les tristesses viriles de la muse grecque. Il nous montre, en deux drames dont la forme imite d'assez près les tragédies d'Eschyle, l'aventure fatale d'Hélène amante de Pâris, et d'Oreste vengeur de son père et meurtrier de sa mère. Mais aussitôt surgissent les rebelles, chers au poète de *Kaïn* : c'est Khirôn puni pour avoir rêvé des dieux meilleurs que ceux· de

l'Olympe; c'est Niobé, fidèle aux Titans vaincus, qui
auront leur jour et qui rétabliront le règne de la
Justice. — Enfin, il se repose de ces graves histoires
dans l'adoration de la beauté physique. Viennent alors
les idylles, *Glaucé*, *Klytie*, *Kléariste*, la *Source*, etc.,
songes d'amour enchanté, tout près de la nature,
pleins d'images ravissantes, presque sans pensée.
Dirai-je qu'il manque à ces églogues, pour être entièrement grecques, le « je ne sais quoi » que Chénier
seul a connu par un extraordinaire privilège? M. Leconte de Lisle a peu de naïveté, et il serait naïf de
s'en étonner ou de s'en plaindre.

VIII

Mais la Grèce était trop petite pour contenir toute
la race humaine, et c'est vraiment dommage. Plus
loin, vers l'Occident et vers le Nord, s'avançait le flot
des tribus voyageuses. Les plus durs, les plus robustes
et les plus inquiets, dans leur besoin de mouvement
et leur soif d'inconnu, allaient toujours devant eux,
jusqu'aux régions du brouillard et de l'hiver.

> Vieillards, bardes, guerriers, enfants, femmes en larmes,
> L'innombrable tribu partit, ceignant ses flancs,
> Avec tentes et chars et les troupeaux beuglants;
> Au passage entaillant le granit de ses armes,
> Rougissant les déserts de mille pieds sanglants.
> . . . .
> Une mer apparut, aux hurlements sauvages . . .
> Et cette mer semblait la gardienne des mondes

Défendus aux vivants, d'où nul n'est revenu ;
Mais, l'âme par delà l'horizon morne et nu,
De mille et mille troncs couvrant les noires ondes,
La foule des Kimris vogua vers l'inconnu [1].

Arrivés au terme de leur énergique pèlerinage, ils eurent à lutter contre une nature rude et pauvre de soleil, dont l'inhumanité les condamnait à l'action violente, tandis que ses aspects les inclinaient aux rêves vagues et brumeux. Aussi éloignés de la sérénité grecque que de l'inertie orientale, leur activité est aventureuse et farouche, leur mythologie féroce et obscure, leur tristesse noire, mais cramponnée à la vie. Et cette vie n'est que massacres, expéditions de pirates, combats obstinés contre les éléments et contre les hommes, furieuses orgies avec de sombres retours sur soi et des mélancolies confuses. Mais le plaisir qu'ils prennent au déploiement des forces brutales et leur intelligence bornée les préservent des désespoirs métaphysiques. Ce que sont les passions chez ces hommes, M. Leconte de Lisle nous le dit dans la *Mort de Sigurd*, l'*Épée d'Angantyr*, le *Cœur d'Hialmar*, etc. Il dit leur fierté, leurs morts silencieuses, les chants de leurs bardes, leurs fêtes, leurs mystérieuses assemblées, leur attente d'un paradis guerrier, sensuel et grave. La *Légende des Nornes* déploie leur théogonie bizarre et grandiose : la naissance d'Ymer et des géants, qui sont les puissances mauvaises ; la naissance des dieux bienfaisants, des Ases, qui domptent Ymer

1. Le *Massacre de Mona*.

et de son corps forment l'univers; le rouge déluge que fait son sang; l'apparition du premier couple humain; Loki, le dernier-né d'Ymer, et le Serpent, et le Loup Fenris et tous les dieux du Mal vaincus par les Ases bienheureux; la venue du jeune dieu Balder; puis la suprême révolte de Loki, du Serpent, de Fenris et des Nains, et la fin misérable du monde. — La pensée de l'au delà hantait ces hommes du Nord dans l'intervalle des tueries : ils étaient tout prêts pour le christianisme et devaient le prendre terriblement au sérieux. On se rappelle le discours d'un chef saxon à ses compagnons d'armes, dans Augustin Thierry. Seuls, les prêtres et les bardes, soit orgueil sacerdotal, soit qu'ils subissent la fascination de leurs propres théogonies ou que leurs dieux désertés leur deviennent plus chers, résistent au dieu nouveau. Le vieux barde de Temrah se tue sous les yeux du beau jeune homme inspiré qui, tour à tour, lui parle divinement du Christ et le menace sauvagement de l'enfer [1] ; et les prêtres et les vierges se laissent massacrer en chantant par le chef chrétien Murdoch, un farouche apôtre [2].

Les nouveaux convertis au Christ, Saxons, Germains, Gaulois, n'ont point dépouillé leurs mœurs barbares ni leur facilité à tuer et à mourir. Sans doute, ils ne sont point fermés à la douceur de Jésus; on les fera pleurer en leur contant la Passion. Mais leur foi les rend impitoyables, et leur charité est d'une espèce

1. Le *Barde de Temrah.*
2. Le *Massacre de Monah.*

étrange et s'exerce surtout en vue de l'autre monde.
Attachés à la terre par leur corps robuste plein de
désirs grossiers, ils n'en sont pas moins obsédés par
la pensée de l'invisible, par le désir de la cité d'en
haut; ils ne la conçoivent pas d'ailleurs d'une façon
beaucoup plus raffinée que leurs aïeux ne faisaient le
paradis d'Odin. — Les Indous, émus par la souffrance
universelle, pratiquaient une charité purement terrestre, épanchaient sur leurs frères une immense pitié;
on ne peut dire qu'ils aient sacrifié cette vie à une vie
future, puisque ce qu'ils attendaient de la mort ou de
l'extase, c'était l'anéantissement de la personnalité.
Quant aux Grecs, ils s'occupaient médiocrement de
l'avenir de l'homme par delà la tombe et pensaient
que cette vie peut être à elle-même son propre but.
Mais l'homme du moyen âge, si fort qu'il mange et
qu'il boive, qu'il bataille et qu'il pille, subordonne
pourtant cette existence, où sa lourde chair s'enfonce,
à l'idée plus ou moins présente, mais rarement effacée,
du ciel et de l'enfer. Aussi, même chez les meilleurs,
si la charité vient des entrailles, toujours il s'y mêle
une arrière-pensée surnaturelle. S'ils aiment et secou-
rent les hommes, ce n'est point parce qu'ils sont des
hommes, tout simplement, c'est qu'ils voient en eux
des âmes appelées au salut éternel et qu'en s'occupant
de ces âmes ils assureront leur propre salut. Au fond,
ce n'est point de l'enveloppe charnelle de leurs frères
qu'ils ont souci. — Terrible charité que celle de la
bonne dame de Meaux! Elle a nourri tant qu'elle a pu

son armée de pauvres; quand elle n'a plus rien à leur donner, elle leur donne le ciel.

> Il fallait en finir. La dame résolut
> De délivrer les siens en faisant leur salut;
> Car en charité vraie elle était toujours riche.

Elle les enferme dans une grange et y met le feu (elle aurait pu commencer par là).

> J'ai fait ce que j'ai pu, je vous remets à Dieu,
> Cria-t-elle, et Jésus vous ouvre son royaume[1]!

Contre les pécheurs endurcis, surtout contre les hérétiques et les mécréants, les saints du moyen âge éclatent en effroyables colères. Ils prisent assez haut l'honneur de Dieu pour le venger par des supplices, et le salut de leurs frères pour y employer les bûchers. Quand ils s'en tiennent aux imprécations, ils y font flamboyer tout l'enfer. Leurs fureurs semblent redoublées par je ne sais quel dépit jaloux de voir les futurs damnés jouir du moins, en attendant la géhenne, de leurs plaisirs coupables, dont les élus sont sevrés. Voyez les *Paraboles de dom Guy*, truculente enluminure des sept péchés capitaux incarnés dans les grands pécheurs du siècle, poème de foi implacable, imagination d'un Dante qui serait moine et qui n'aurait point de Béatrix.

On sent que M. Leconte de Lisle, qui a tant aimé le bouddhisme et l'hellénisme, hait le moyen âge et son

1. *Un acte de charité.*

christianisme cruel et mystique. |Il n'a voulu y voir
que les plus sombres effets de la pensée du surnaturel
dans une société à demi barbare : l'exaltation inhumaine des solitaires [1], l'orthodoxie homicide des saints
actifs [2], l'orgueil des papes foulant les princes [3] ; bref,
l'idée de l'enfer subie ou exploitée au point de rendre
la terre inhabitable, l'autre monde pesant sinistre-
ment sur celui-ci, enlevant aux hommes la bonté et la
joie, effarant les justes et les faisant aussi durs que
les damnés. Mais, en même temps, cette époque singulière lui plaît et le retient par le spectacle des plus
violentes passions que l'humanité ait éprouvées, par
la puissance de sa vie tour à tour fouettée d'appétits
grossiers et pendue à l'invisible, par l'aspect infiniment pittoresque de son existence extérieure, par son
art maladif et grandiose à qui l'obsession du surnaturel a donné quelque chose de disproportionné et de
sublime. On comprend que le moyen âge féroce, misérable et éblouissant, ait arrêté un artiste impie et
amoureux des bizarreries plastiques de l'histoire. Et
même il y est revenu. Voilà longtemps qu'on nous
annonce les *États du diable* et les *Croisades et Jacqueries;*
et quelques morceaux en ont paru, qui font regretter
son peu de hâte à nous livrer les autres.

Néférou-Ra nous découvre un coin de l'antique
Égypte. La *Vigne de Naboth, Nurmahal,* le *Conseil du*

---

1. Les *Ascètes.*
2. L'*Agonie d'un saint.*
3. Les *Deux glaives.*

Fakir, *Djiham-Ara*, c'est la Syrie et la Perse, le monde
juif et musulman. L'Espagne du moyen âge et la légende du Cid sont évoquées avec brutalité dans l'*Ac-
cident de don Inigo*, la *Fête du comte* et *Dona Ximena*.
Je ne dirai rien de ces poèmes, sinon qu'ils partent
de la même inspiration que ceux dont j'ai parlé et que
la forme en est aussi parfaite. Je n'ai insisté que sur
les parties principales de l'œuvre de M. Leconte de
Lisle, sur les poèmes que l'on peut grouper et qui reproduisent les époques et les pays où il s'est longtemps
complu. Et ces poèmes, j'ai moins cherché à les analyser et à les juger qu'à rendre l'impression qu'ils
donnent.

IX

Cette impression est différente, sur des sujets quelquefois semblables, de celle qui se dégage de la *Légende des Siècles*. Victor Hugo écrit l'histoire, non
seulement pittoresque, mais morale de l'humanité.
Il déroule cette histoire en une série de petites
épopées lyriques, avec des surprises, des coups de
théâtre, des explosions d'amour ou d'indignation,
des vers immenses faits pour être clamés sur quelque
promontoire, par un grand vent, dans les crépuscules.
— Où Victor Hugo cherche des drames et montre le
progrès de l'idée de justice, M. Leconte de Lisle ne
voit que des spectacles étranges et saisissants, qu'il

reproduit avec une science consommée, sans que son émotion intervienne. On le lui a beaucoup reproché. Assurément, chaque lecteur est juge du plaisir qu'il prend, et je crains que M. Leconte de Lisle ne soit jamais populaire ; mais on ne peut nier que les sociétés primitives, l'Inde, la Grèce, le monde celtique et celui du moyen âge ne revivent dans les grandes pages du poète avec leurs mœurs et leur pensée religieuse. Il n'est pas impossible de s'intéresser à ces évocations, encore que le magicien garde un singulier sang-froid. Elles enchantent l'imagination et satisfont le sens critique. Ces poèmes sont dignes du siècle de l'histoire.

Il est vrai, M. Leconte de Lisle ne voit point les âges avec l'œil de Michelet ou de Hugo. Il les verrait plutôt du même regard que ce corbeau positiviste, soixante fois centenaire, qui raconte ses aventures à l'abbé Sérapion :

Seigneur, dit le corbeau, vous parlez comme un homme
Sûr de se réveiller après le dernier somme ;
Mais j'ai vu force rois et des peuples entiers
Qui n'allaient point de vie à trépas volontiers.
A vrai dire, ils semblaient peu certains, à cette heure,
De sortir promptement de leur noire demeure.
En outre, sachez-le, j'en ai mangé beaucoup,
Et leur âme avec eux, maître, du même coup.

. . . .

Ah ! ah ! les blêmes chairs des races égorgées,
De corbeaux, de vautours et d'aigles assiégées,
Exhalaient leurs parfums dans le ciel radieux
Comme un grand holocauste offert aux nouveaux dieux.

. . . .

Hélas ! je crois, seigneur, en y réfléchissant,
Que l'homme a toujours eu soif de son propre sang,
Comme moi le désir de sa chair vive ou morte.
C'est un goût naturel qui tous deux nous emporte
Vers l'accomplissement de notre double vœu.
Le diable n'y peut rien, maître, non plus que Dieu,
Et j'estime aussi peu, sans haine et sans envie,
Les choses de la mort que celles de la vie[1].

Les *Poèmes barbares*, c'est, par bien des points,
l'histoire parcourue à vol de corbeau, la bête étant
philosophe et artiste. Ce n'est pas chose très réjouissante. Il y a beaucoup de sang. L'ironie froide qui est
dans le récit du triste oiseau de proie, on la pressent,
inexprimée, dans presque tout le cours du livre. Ce
corbeau pessimiste juge le monde à peu près comme
Kaïn. Puni comme lui pour un crime dont il ne saurait être responsable, il élève, sous une forme moins
tragique, la protestation du premier Révolté ; mais il
n'a point son espérance vivace, et je crains bien qu'il
ne soit en cela un interprète plus fidèle de la pensée
du poète.

X

Le même pessimisme et, comme conséquence, le
même parti pris de ne peindre que l'extérieur se retrouvent dans les paysages. Presque tous appartiennent à l'Orient ou même à la région des tropiques

1. Le *Corbeau*.

et flambent crûment sous le soleil vertical. Le choix
du poète s'explique : de même qu'il n'a pas vu la
justice dans l'histoire, il ne lui plaît pas de voir la tendresse dans la nature, et il craint la charmante duperie des campagnes d'Occident. Il pense comme
Vigny, son maître le plus direct, qui avait fait dire à
la Nature dans un langage superbe :

> Je roule avec dédain, sans voir et sans entendre,
> A côté des fourmis, les populations ;
> Je ne distingue pas leur terrier de leur cendre ;
> J'ignore en les portant les noms des nations.
> On me dit une mère et je suis une tombe.
> Mon hiver prend vos morts comme son hécatombe,
> Mon printemps ne sent pas vos adorations [1].

Ainsi M. Leconte de Lisle :

> Pour qui sait pénétrer, Nature, dans tes voies,
> L'illusion t'enserre et ta surface ment :
> Au fond de tes fureurs comme au fond de tes joies
> Ta force est sans ivresse et sans emportement [2].

La Nature a chez nous l'ondoiement et la grâce,
quelque chose qui rit, qui flotte et se renouvelle. Elle
caresse et n'éblouit pas. Elle a des coins intimes qui
engagent, qui accueillent et qu'on dirait intelligents.
Bénis soient les coteaux modérés, les saules, les peu-
pliers et les ruisseaux de la Touraine ! La Cybèle
orientale est dure, fixe, métallique, insensible et semble
avoir moins de conscience que celle de chez nous. —
C'est à la Nature énorme, éblouissante et sans âme

1. La *Maison du berger*.
2. La *Ravine Saint-Gilles*.

que le poète, hostile aux attendrissements, consacre,
comme il devait, sa palette splendide où manquent les
demi-teintes. Il la décrit comme un enchantement des
yeux par où le cœur n'est point sollicité. La lumière
excessive et qui exclut la douceur des pénombres, la
végétation exubérante aux contours tranchés, le cha-
toiement des insectes et des oiseaux précieux, l'attitude et les mouvements des fauves dans la chasse ou
dans le sommeil, le jeu des lignes précises dans la
clarté uniforme, une vie intense où l'on ne sent pas
de bonté, où la rigidité de la flore semble aussi inhumaine que la rapacité de la faune, la tristesse sèche
qui vient peu à peu d'un spectacle trop brillant qu'on
regarde sans rêver et sans que l'œil puisse se reposer
dans le vague, — voilà de quoi se composent ces
poèmes, aussi *barbares* vraiment que les autres [1]. C'est
comme l'épopée de l'indifférence magnifique de la
nature. Et le poète ne proteste point contre elle, et il
ne mêle à sa vision aucun ressouvenir humain. Il se
contente de la dérouler en des vers pareils à des
joyaux trop riches et trop chargés de pierreries, en
des strophes où tout est images et où toutes les images sont au premier plan et fatiguent presque à force
de précision lancinante. Deux ou trois fois seulement
une émotion intervient, un accent d'élégie, d'autant
plus pénétrant que le poète n'en est point coutumier.
Je ne sais si je suis prévenu, mais peu de choses m'é-

---

1. La *Fontaine aux lianes;* la *Ravine Saint-Gilles;* les *Élé-*
phants; la *Forêt vierge;* la *Panthère noire;* le *Jaguar; Midi,* etc.

meuvent autant que les derniers vers, si simples, du
Manchy et la fin de la *Fontaine aux lianes*.

Mais la Nature n'est pas seulement cruelle par sa
sérénité : il lui arrive d'être franchement lugubre.
Elle a le soleil, mais elle a aussi le crépuscule et la
nuit. Pour une fois qu'elle est douce comme dans les
dernières strophes des *Clairs de lune*, délicieuse comme
dans la *Bernica*, sublime comme dans le *Sommeil du
Condor*, — l'*Effet de lune*, et surtout les *Hurleurs* nous
la montrent pleine de désespoirs et d'épouvantements.

Un scrupule me vient ici. Il se peut que j'aie vu
tout à l'heure dans les paysages diurnes du maître
plus de tristesse qu'il n'y en a, et que j'aie trahi son
Orient en le traduisant. C'est qu'on subit l'impression
du livre entier et qu'on est ainsi tenté de retrouver sa
philosophie même dans les tableaux d'où elle est peut-
être absente. Le discours de Viçvaméthra, l'*Anathème* et le *Solvet sœclum* n'accompagnent, quoi que je
fasse, jusqu'au bord de la Bernica. Le poète m'a si
bien prévenu contre les mensonges de l'éternelle Màya
que je ne puis croire qu'il s'y laisse prendre. — La
Nature, dont il cherche les aspects violents, occupe
ses sens et son imagination, mais rien de plus. Ils ne
se parlent point, ils n'ont pas commerce d'amour,
car elle n'est ni consciente ni juste, et elle ne saurait
aimer. Il ne sent point en elle, comme d'autres, une
âme vague, immense et bienveillante : elle lui est un
spectacle, non un refuge. Il la regarde, et c'est tout.
Mais il la voit si bien et la traduit par des assemblages

de mots si merveilleux que cela suffit à le consoler ; et
cette consolation est sans duperie.

XI

La forme des *Poèmes antiques* et des *Poèmes barbares*,
on a pu le remarquer déjà, répond exactement au
dessein que l'artiste a formé de ne voir et de ne
peindre les choses que par le côté plastique. Presque .
pas de ces mots flottants et de sens incertain qui cor-
rompent la clarté de la vision. Sauf de rares excep-
tions, les épithètes appartiennent à l'ordre physique,
rappellent des sensations, expriment des contours et
des couleurs. Il n'y a peut-être que la prose descriptive de Flaubert qui atteigne ce degré de précision
dans le rendu. — La versification, par sa régularité
classique, ajoute encore à la netteté sereine de la
forme. Elle exclut également et le rythme parfois
saccadé de Hugo et le rythme souvent lâché de Banville, qui risquent d'inquiéter l'oreille et par là de
troubler la quiétude de l'esprit. Peu de rejets. Le plus
grand nombre des vers coupés après l'hémistiche. Çà
et là une coupe romantique, la moins contestable,
celle qui divise le vers en trois groupes équivalents de
syllabes. Les périodes toujours assez courtes pour
qu'il soit très aisé d'en embrasser le dessin. Des
arrangements de rimes fort simples : rimes plates,
quatrains en rimes croisées ou embrassées, tierces

rimes, qui, par l'enlacement ininterrompu et la lenteur sans repos, semblent faites exprès pour un poète
comme Leconte de Lisle et conviennent singulièrement à la démarche de son inspiration. Ajoutez une
strophe de cinq vers dont il est, je crois, l'inventeur,
et à qui la prédominance des rimes masculines donne
beaucoup de force et de gravité. Quant aux rimes
elles-mêmes, elles sont constamment d'une grande
richesse, surtout dans les *Poèmes barbares*, et souvent
d'une rareté à ravir les gens du métier (voyez en
particulier les *Paraboles de don Guy*, le *Conseil du
Fakir* et les trois pièces espagnoles). En somme, il
est visible que M. Leconte de Lisle a voulu multiplier
les symétries faciles à saisir dans le rythme — et
dans les rimes, où la consonne d'appui fait une
symétrie de plus. Par là la netteté du rythme répond
à celle des images et les dessine en quelque sorte
pour l'oreille; et la régularité un peu monotone de la
phrase musicale est encore, pour le poète, une façon
d'exprimer à la fois et d'entretenir le calme de sa
contemplation.

Ainsi se tiennent les éléments de l'œuvre de M. Leconte de Lisle, le choix des sujets et la manière de
l'artiste s'expliquant par un pessimisme originel. Ce
qui est au fond, c'est un sentiment de révolte contre
le monde mauvais et contre l'inconnu inaccessible,
sentiment douloureux que vient apaiser la curiosité
critique et esthétique et qui se résout enfin dans une
étude sereine de l'histoire et de la nature pittores-

que♪. Qu'il y ait quelque affectation dans ce détachement du poète, dans cette indifférence finale pour
tout ce qui n'est pas un spectacle aux yeux, cela est
possible, et je ne songe point à lui en faire un reproche. Son dédain de la passion est sans doute chose
aussi humaine que la passion la plus emportée. Être
convaincu que toute émotion est vaine ou malfaisante, sinon celle qui procède de l'idée de la beauté
extérieure ; regarder et traduire de préférence les
formes de la Nature inconsciente ou l'aspect matériel
des mœurs et des civilisations ; faire parler les passions
des hommes d'autrefois en leur prêtant le langage
qu'elles ont dû avoir et sans jamais y mettre, comme
fait le poète tragique, une part de son cœur, si bien
que leurs discours gardent quelque chose de lointain
et que le fond nous en reste étranger ; considérer le
monde comme un déroulement de tableaux vivants ;
se désintéresser de ce qui peut être dessous et en
même temps, ironie singulière, s'attacher (toujours
par le dehors) aux drames provoqués par les diverses
explications de ce « dessous » mystérieux ; n'extraire
de la « nuance » des phénomènes que la beauté qui
résulte du jeu des forces et de la combinaison des
lignes et des couleurs ; planer au-dessus de tout cela
comme un dieu à qui cela est égal et qui connaît le
néant du monde : savez-vous bien que cela n'est point
dépourvu d'intérêt, que l'effort en est sublime, que
cet orgueil est bien d'un homme, qu'on le comprend
et qu'on s'y associe ? Savez-vous bien que cela sup-

pose deux sentiments éternels et très humains, portés
l'un et l'autre au plus haut degré : le désenchantement de la vie, et, seul remède durable, l'amour du
beau, et du beau sans plus : j'entends le beau plastique, celui qui est dans la forme et qui peut se passer
de la notion du bien, celui qu'on sent et qu'on reconnaît indépendamment de tout jugement moral, sans
avoir de haine ou d'amour pour ce qui en fait la
matière, que ce soit la Nature ou les actions des
hommes?

Or, l'union de ces deux sentiments semble devoir
être, dans l'art, le produit extrême d'une civilisation
très vieille et très savante, comme est la nôtre. Ainsi
rien n'est plus moderne, sous ses formes bouddhiques,
grecques ou médiévales, que la poésie de M. Leconte
de Lisle. L'homme comprend sur le tard que contre
l'Anankè, contre le mal universel, rien ne vaut mieux
et rien n'est plus fort que la protestation du contemplateur qui ne veut pas pleurer. Peut-être aussi qu'à
y regarder de près, rien n'égale le tragique rentré,
l'amertume intérieure que ce genre de protestation
fait deviner. Mais cela est oublié lorsqu'on atteint aux
templa serena. Le mépris des émotions vulgaires et le
pessimisme spéculatif donnent, je ne sais comment,
un orgueil délicieux. Cet orgueil est-il mauvais? je
ne sais. Qu'on se rassure du reste : il n'empêchera
pas d'agir et de souffrir à certains moments. — L'état
d'esprit où nous met la poésie de M. Leconte de Lisle,
une fois qu'on y est installé, est pour longtemps, je

crois, à l'abri de la banalité, le domaine qu'elle exploite étant beaucoup moins épuisé que celui des passions et des affections humaines tant ressassées. De là, pour les initiés, l'attrait puissant des *Poèmes antiques* et des *Poèmes barbares*.

> C'est peut-être un blasphème et je le dis tout bas;

mais il est des heures où les *Harmonies*, les *Contemplations* et les *Nuits* ne nous satisfont plus, où l'on est infâme au point de trouver que Lamartine fait *gnan-gnan*, que Hugo fait *boum-boum*, et que les cris et les apostrophes de Musset sont d'un enfant. Alors on peut se plaire dans Gautier, mais il y a mieux. Si l'on n'a pas le grand Flaubert sous la main, qu'on s'en console : il a encore trop d'entrailles. Qu'on ouvre Leconte de Lisle : on connaîtra pour un instant la vision sans souffrance et la sérénité des Olympiens ou des Satans apaisés.

JOSÉ-MARIA DE HEREDIA [1]

Une première originalité de M. José-Maria de Heredia, c'est d'être à la fois presque inédit et presque célèbre.

Au temps déjà lointain où j'apprenais l'histoire de la littérature française sur les bancs du collège, un nom m'avait frappé parmi ceux des poètes de la Pléiade : Ponthus de Thyard. Je me figurais que le poète qui portait ce nom harmonieux et fleuri avait dû être quelque cavalier merveilleusement élégant et fier, et qu'il avait dû écrire des vers plus beaux qu'aucun de ses compagnons, des vers d'un tour plus hautain et d'une mythologie plus fastueuse. Lorsque je pus lire

1. Le *Parnasse contemporain*, 1866, 1869, 1876 (Lemerre). — *Revue des Deux Mondes*, 15 mai et 1er novembre 1885. — *Véridique histoire de la conquête de la Nouvelle-Espagne*, par le capitaine Bernal Diaz del Castillo, traduction, 4 volumes (Lemerre). — Sonnets inédits.

ses *Erreurs amoureuses*, ma déception fut grande : pourtant je continuai d'aimer Ponthus pour le noble esprit qui paraît çà et là dans ses méchants vers et surtout pour la sonorité de son nom.

Ce que Ponthus de Thyard fut pour moi jadis, M. José-Maria de Heredia l'est sans doute encore aujourd'hui pour la plus grande partie du public : un nom éclatant et mystérieux. Mais croyez qu'il ne ménage pas à ses lecteurs le même mécompte. On verra, quand il nous donnera enfin ses *Trophées*, que ses vers sont aussi beaux que son nom, et l'on reconnaîtra dans ses sonnets le suprême épanouissement, sous la forme littéraire, d'un sang héroïque et aventureux. Et nous lui dirons tous avec Théophile Gautier :

— Heredia, je t'aime parce que tu portes un nom exotique et sonore et parce que tu fais des vers qui se recourbent comme des lambrequins héraldiques.

I

Ce qui distingue et ce qui honore les poètes de la seconde génération romantique et plus encore ceux de la troisième, ceux qu'on a appelés les Parnassiens, il me semble que c'est leur grand effort vers la perfection absolue. Il y a dans Lamartine bien du vague et de l'à peu près, sans compter les innombrables solécismes ; dans Victor Hugo, bien des redondances et

des obscurités; dans Musset, bien des négligences et
parfois un trop grand mépris de la technique de son
art. Ils avaient du génie, c'est bien, et cela sauve
tout. Vigny avait cherché une forme plus serrée; mais
il gardait des gaucheries de primitif. Avec Gautier,
Banville et Baudelaire, puis avec Leconte de Lisle, qui
fut le vrai maître des Parnassiens, le culte de la forme
poétique se fait plus attentif et plus scrupuleux. On
dirait que le romantisme se replie sur soi et qu'après
s'être épandu il se resserre pour exprimer en des
œuvres plus travaillées et plus précises ses sentiments
essentiels, affinés et développés par le temps. Je sais
que l'exactitude de ces vues trop générales est presque
toujours sujette à caution; mais, de même que la
poésie un peu débordante et confuse de la Renaissance
païenne s'est comme épurée et calmée au xviie siècle
(à partir de Malherbe), ne pourrait-on pas dire que la
Renaissance romantique, qui apportait, elle aussi, un
monde d'idées et de sentiments nouveaux, est arrivée,
dans la seconde moitié de ce siècle, à la pleine conscience d'elle-même et, plus réfléchie, s'est éprise
d'une perfection plus étroite? La différence, c'est que
nos poètes classiques l'ont évidemment emporté sur
ceux de l'âge précédent, au lieu que l'on peut douter
encore que les poètes issus du romantisme aient égalé
les trois grands initiateurs, Lamartine, Hugo et Musset.
Mais enfin, à considérer l'histoire de très haut, nous
avons dans les deux cas une poésie neuve, sortie
d'un grand mouvement d'idées, qui peu à peu sub-

stitue à l'inspiration un art plus conscient et moins spontané.

C'est ainsi qu'à la mélancolie diffuse des *Méditations* succède la tristesse analytique de la *Vie intérieure ;* à l'amour selon Musset, l'amour selon Baudelaire; à la métaphysique rudimentaire de Victor Hugo, la criticisme de Sully Prudhomme et le nihilisme de Leconte de Lisle. Et c'est ainsi surtout que le pittoresque romantique va se précisant dans les *Poèmes antiques* et les *Poèmes barbares* et, puisque j'ai à parler de lui, dans les sonnets de José-Maria de Heredia. On l'a souvent remarqué : la littérature a été prise, un peu après 1850, d'un grand désir d'exactitude et de vérité, et les poètes parnassiens obéissaient, sans s'en douter, au même sentiment que Dumas fils dans ses premières pièces, Flaubert dans son premier roman, Taine dans ses premières études critiques.

Mais le souci de perfection et le besoin de beauté qui hantaient les Parnassiens devaient, au moins dans les commencements (car toute école nouvelle est intransigeante), les conduire à préférer la poésie impersonnelle, presque uniquement descriptive et plastique, celle qui demande ses tableaux à l'histoire et à la légende ou qui reproduit les symboles par lesquels l'humanité passée s'est représenté l'univers. Cette poésie est, en effet, la seule où la forme soit vraiment tout, où l'on soit sûr, si on est séduit, de ne pas céder à un autre attrait que celui des belles images évoquées par des mots harmonieux. Les

rêveries de Lamartine ou la passion de Musset beaucoup de gens en sont capables, et Musset et Lamartine ne sont poètes que pour les avoir exprimées
de la façon que l'on sait. Mais justement il est difficile de distinguer ce qui, dans la beauté totale de
quelques-uns de leurs vers, revient au sentiment et
ce qui revient à la forme. La valeur morale de certaines émotions, la noblesse de certaines pensées peuvent faire illusion : or ni la tendresse ni l'éloquence
ne sont proprement poésie. Pour Dieu ! que le poète
se garde d'être trop touchant ou de faire paraître un
trop bon cœur ! car cela est à la portée de tout le
monde et je me demanderai si c'est à la beauté de
ses vers que je suis sensible, ou à la beauté de son
âme. C'est donc par un excès de loyauté et de délicatesse artistique que les Parnassiens se déclaraient
impassibles, ne voulaient exprimer que la beauté
des contours et des couleurs ou les rêves et les sentiments des hommes disparus. Et à ce scrupule de
poètes irréprochables se mêlait naturellement un
orgueil aristocratique, la fierté et peut-être aussi
l'affectation de ne jamais traduire dans la langue des
dieux aucune émotion vulgaire, de se confiner dans
des impressions exquises, rares, difficiles, inacces-
sibles à la foule.

II

Or, tandis que d'autres donnaient dans le mysticisme sensuel de Baudelaire ou dans le bouddhisme de Leconte de Lisle, et tandis que presque tous étaient profondément tristes, le sentiment que M. José-Maria de Heredia exprimait de préférence, c'était je ne sais quelle joie héroïque de vivre par l'imagination à travers la nature et l'histoire magnifiées et glorifiées. En cela il se rencontrait avec M. Théodore de Banville; mais ce qui peut-être le distinguait entre tous, c'était la recherche de l'extrême précision dans l'extrême splendeur. Il joignait à l'ivresse des sons et des couleurs le goût d'une forme dont la brièveté, l'exactitude et la plénitude rappelassent en quelque façon nos écrivains classiques. Il rêvait d'enfermer un monde d'images dans un petit nombre de vers absolument parfaits et de faire tenir les songes d'un dieu dans de petites coupes bien ciselées. Dès lors la forme du sonnet, qui exige la sobriété et commande presque la perfection, qui n'a pas le droit d'être plus ou moins bon, mais qui doit être superbe ou exquis sous peine de n'être pas, s'imposait à M. José-Maria de Heredia. Et, en effet, il n'a guère écrit que des sonnets, et il est assurément, avec le poète des *Épreuves* et dans un genre très différent, le premier de nos sonnettistes.

Ce tour d'imagination héroïque et ce besoin d'exac-

titude et de clarté s'expliquent l'un et l'autre par les
origines et par l'éducation de M. de Heredia. Il descend de ces *conquistadores* qu'il aime tant, et dont la
vie a été comme un rêve sublime. Il a parmi ses ancêtres un des compagnons de Cortez, un fondateur
de ville. Et toute son enfance s'est passée à Cuba,
parmi les enchantements de la plus belle flore qui
soit au monde : une enfance nue, libre et rêveuse,
pareille à celle de Paul et Virginie. Et plus tard c'est
à la Havane, dans la cour de l'École de droit et de
théologie, sous les orangers d'une fontaine, qu'il
lisait ses auteurs favoris, Ronsard, Chateaubriand et
Leconte de Lisle. Il tient apparemment de ses origines
espagnoles et créoles la grandiloquence de ses vers,
la « grandesse » de ses sentiments et l'opulence de
sa vision; mais il a aussi du sang normand dans les
veines, et il est permis de croire que c'est par là que
lui sont venues ses bonnes habitudes classiques, son
goût de l'ordre et de la clarté. Il a d'ailleurs fait ses
études dans un vieux collège de prêtres qui étaient
d'excellents humanistes à l'ancienne mode, et il a été,
par surcroît, élève de l'École des chartes. Ainsi la
sublimité d'imagination du descendant des grands
aventuriers, contrôlée et contenue par le lettré et par
l'érudit, a éclaté avec une véhémence plus travaillée
et plus sûre. Il en est résulté des sonnets si pleins
qu'ils « valent vraiment de longs poèmes », et si
sonores que la voix humaine ne suffit plus pour les
clamer et qu'il y faudrait une bouche d'airain.

III

Ces sonnets, qui, comme tous les sonnets, n'ont que quatorze vers, mais qui contiennent autant de choses que s'ils en avaient soixante, sont des combinaisons savantes, subtiles, compliquées, avec des artifices et des dessous qu'on ne soupçonne pas tout d'abord. Chacun d'eux suppose une longue préparation, et que le poète a vécu des mois dans le pays, dans le temps, dans le milieu particulier que ces deux quatrains et ces deux tercets ressuscitent. Chacun d'eux résume à la fois beaucoup de science et beaucoup de rêve. Tel sonnet renferme toute la beauté d'un mythe, tout l'esprit d'une époque, tout le pittoresque d'une civilisation. Le Japon vu par l'extérieur, le Japon-bibelot n'est-il pas tout entier dans ce *quadro* divertissant :

LE SAMOURAÏ.

D'un doigt distrait frôlant la sonore bîva,
A travers les bambous tressés en fine latte,
Elle a vu, sur la plage éblouissante et plate,
S'avancer le vainqueur que son amour rêva.

C'est lui; sabres au flanc, l'éventail haut, il va.
La cordelière rouge et le gland écarlate
Coupent l'armure sombre, et sur l'épaule éclate
Le blason de Hizen et de Tokungawa.

Ce beau guerrier vêtu de lames et de plaques,
Sous le bronze, la soie et les brillantes laques,
Semble un crustacé noir, gigantesque et vermeil.

Il l'a vue. Il sourit dans la barbe du masque
Et son pas plus hâtif fait reluire au soleil
Les deux antennes d'or qui tremblent sur son casque.

Et, pour passer du joli au grandiose, ce sonnet si connu des *Conquérants* n'est-il pas large comme une épopée, et n'éveille-t-il pas une vision complète de la plus grande aventure des temps modernes?

Comme un vol de gerfauts hors du charnier natal,
Fatigués de porter leurs misères hautaines,
De Palas de Moguer, routiers et capitaines
Partaient ivres d'un rêve héroïque et brutal..

Ils allaient conquérir le fabuleux métal
Que Cipango mûrit dans ses mines lointaines,
Et les vents alizés inclinaient leurs antennes
Aux bords mystérieux du monde occidental.

Chaque soir espérant des lendemains épiques,
L'azur phosphorescent de la mer des Tropiques
Enchantait leur sommeil d'un mirage doré;

Ou, penchés à l'avant des blanches caravelles,
Ils regardaient monter dans un ciel ignoré
Du fond de l'Océan des étoiles nouvelles.

Et, prenez-y garde, pas un mot dans ces sonnets n'a été choisi ni placé au hasard. M. de Heredia possède, à un plus haut degré peut-être qu'aucun autre poète, le don de saisir, entre les images, les idées, les sentiments — et le son des mots, la musique des syllabes, de mystérieuses et sûres harmonies. Pour lui, évidemment, chaque sonnet a ses rimes nécessaires, les seules qui conviennent au sujet, et

qu'il s'agit de trouver. Lisez, par exemple, le sonnet
du *Vieil orfèvre* :

> Mieux qu'aucun maître inscrit au livre de maîtrise,
> Qu'il ait nom Ruyz, Arphé, Ximeniz, Becerril,
> J'ai serti le rubis, la perle et le béryl,
> Tordu l'anse d'un vase et martelé sa frise.
>
> Dans l'argent, sur l'émail où le paillon s'irise,
> J'ai peint et j'ai sculpté, mettant l'âme en péril,
> Au lieu du Christ en croix ou du Saint sur le gril,
> O honte ! Bacchus ivre ou Danaé surprise.
>
> J'ai de plus d'un estoc damasquiné le fer
> Et, dans le vain orgueil de ces œuvres d'Enfer,
> Aventuré ma part de l'éternelle Vie.
>
> Aussi, voyant mon âge incliner vers le soir,
> Je veux, ainsi que fit Fray Juan de Ségovie,
> Mourir en ciselant dans l'or un ostensoir.

Croyez-vous qu'il soit possible de substituer, sans
dommage pour le poème, d'autres rimes à celles-là?
Notez d'abord que plusieurs des mots qui sont à la
rime sont des mots essentiels du vocabulaire de l'orfèvre et de l'armurier. Mais, en outre, on sent fort
bien qu'une rime ouverte, en *ère* ou en *ale* si vous
voulez, n'eût pas convenu ici, et que l'*i* devait dominer à la fin des vers, voyelle aiguë comme l'épée,
menue et fine comme les joyaux. Et sans doute la
rime en *rie* (*pierrerie, fleurie, orfèvrerie*) n'eût point
été malséante; mais qui ne voit que la sifflante
adoucie qui se joint à la voyelle affilée (*frise, irise*)
fait rêver de ciselure, de pointe glissant sur un métal?

Faites ce travail sur tous les sonnets de M. de Heredia, non seulement pour les rimes, mais pour tout l'intérieur du vers : peut-être ne démêlerez-vous pas toujours les raisons de cette harmonie secrète du sens et de la musique des phrases; mais toujours vous la sentirez.

IV

Les sonnets et poèmes de M. de Heredia (trop peu nombreux : il n'y en a guère plus d'une cinquantaine) se partagent assez naturellement en quatre groupes. Il y a d'abord les sonnets de pure description : quelques paysages de Bretagne, le sonnet japonais que je rappelais tout à l'heure, ou encore cet admirable *Récif de corail* que je ne puis me tenir de citer :

Le soleil, sous la mer, mystérieuse aurore,
Éclaire la forêt des coraux abyssins
Qui mêle, aux profondeurs de ses tièdes bassins,
La bête épanouie et la vivante flore.

Et tout ce que le sel ou l'iode colore,
Mousse, algue chevelue, anémones, oursins,
Couvre de pourpre sombre, en somptueux dessins,
Le fond vermiculé du pâle madrépore.

De sa splendide écaille éteignant les émaux,
Un grand poisson navigue à travers les rameaux.
Dans l'ombre transparente indolemment il rôde.

Et brusquement, d'un coup de sa nageoire en feu,
Il fait dans le cristal morne, immobile et bleu,
Courir un frisson d'or, de nacre et d'émeraude.

Parmi les sonnets de ce premier groupe il en est un bien curieux et bien significatif, où se trahit d'une façon singulière le tour d'imagination propre à M. de Heredia. Les choses n'apparaissent le plus souvent à ce poète érudit et gentilhomme qu'à travers des souvenirs de mythologie, de chevalerie et d'aventures héroïques. Si bien qu'un jour, non content de diviniser la nature, il l'a anoblie et blasonnée. Le sonnet que voici est proprement un paysage météorologico-héraldique. Il est intitulé : *Blason céleste.*

> J'ai vu parfois, ayant le ciel bleu pour émail,
> Les nuages d'argent et de pourpre et de cuivre,
> A l'Occident, où l'œil s'éblouit à les suivre,
> Peindre d'un grand blason le céleste vitrail.
>
> Pour cimier, pour support, l'héraldique bétail,
> Licorne, léopard, alérion ou guivre,
> Monstres, géants captifs qu'un coup de vent délivre,
> Exhaussent leur stature et cabrent leur poitrail.
>
> Certe, aux champs de l'azur, dans ces combats étranges
> Que les noirs Séraphins livrèrent aux Archanges,
> Cet écu fut gagné par un baron du ciel.
>
> Comme ceux qui jadis prirent Constantinople,
> Il porte en bon croisé, qu'il soit George ou Michel,
> Le soleil, besant d'or, sur la mer de sinople.

Le deuxième groupe est celui des sonnets mythologiques. La mythologie, ce sont les forces naturelles personnifiées, et c'est aussi, par conséquent, l'humanité déifiée. Vous trouverez dans les apothéoses de M. de Heredia cette intime union de la Nature et de l'homme-dieu. Vous rappelez-vous le dernier sonnet de *Persée et Andromède*, quand les deux amants, élancés par les espaces, voient déjà luire les constellations où ils vont se fondre?

> D'un vol silencieux, le grand cheval ailé,
> Soufflant de ses naseaux des jets d'ardente brume,
> Les emporte dans un frémissement de plume
> A travers la nuit bleue et l'éther étoilé.
>
> Ils vont. L'Afrique plonge au gouffre flagellé;
> Puis le désert, l'Asie et le Liban qui fume;
> Et voici qu'apparaît, toute blanche d'écume,
> La mer mystérieuse où vint sombrer Hellé.
>
> Et le vent gonfle, ainsi que deux immenses voiles,
> Les ailes qui, volant d'étoiles en étoiles,
> Aux amants enivrés font un tiède berceau;
>
> Tandis que, l'œil au ciel et s'étreignant dans l'ombre,
> Ils voient, étincelant du Bélier au Verseau,
> Leurs constellations poindre dans l'azur sombre.

La troisième série est celle des sonnets et des poèmes inspirés par la prodigieuse histoire des conquérants de l'Amérique. Poésie tout proche des sonnets mythologiques, car elle célèbre l'œuvre la plus extraordinaire qu'aient accompli les hommes à travers les âges, une aventure où ils se sont vraiment montrés « pareils à des dieux », puisqu'ils ont agrandi une planète et créé en quelque sorte un autre monde. Le grand élan héroïque, l'entrée dans l'inconnu, l'étrangeté, l'énormité du drame et l'éblouissement des décors, tout cela devait séduire M. de Heredia. Ces conquistadores, nous les aimons surtout parce qu'ils diffèrent de nous, parce que leur fureur d'action amuse notre doute et notre mollesse; mais M. de Heredia les aime parce qu'il leur ressemble un peu, parce qu'il sent encore tressaillir en lui quelque chose de leur âme. Il est de leur race, et ce qu'ils ont fait, il l'a rêvé.

C'est pourquoi il a si bien traduit la *Véridique histoire de la conquête de la Nouvelle-Espagne*, par le capitaine Bernal Diaz del Castillo, l'un des conquérants, et y a mis une préface qui est un très beau morceau d'histoire et qui faisait la joie et l'émerveillement du vieux Flaubert. Et c'est pourquoi il a consacré à ces grands aventuriers, outre quelques-uns de ses plus beaux sonnets, la plus longue pièce qu'il ait écrite : les *Conquérants de l'or*, sorte de chronique fortement versifiée et miraculeusement rimée et qui, sans sortir du ton d'un récit très simple et sans ornements, coupée seulement, çà et là, de paysages éclatants et courts, prend des proportions d'épopée. Écoutez cette fin, où l'image devient symbole :

Cependant les soldats restaient silencieux,
Éblouis par la pompe imposante des cieux.

Car derrière eux, vers l'ouest, où sans fin se déroule
Sur des sables lointains la Pacifique houle,
Dans une brume d'or et de pourpre, linceul
Rougi du sang d'un dieu, sombrait l'antique Aïeul
De celui qui régnait sur ces tentes sans nombre.
En face, la sierra se dressait haute et sombre.
Mais, quand l'astre royal dans les flots se noya,
D'un seul coup, la montagne entière flamboya

De la base au sommet, et les ombres des Andes,
Gagnant Caxamalca, s'allongèrent plus grandes...
. . . .
Mais l'ombre couvrit tout de son aile. Et voilà
Que le dernier sommet des pics étincela,
Puis s'éteignit.

                    Alors, formidable, enflammée
D'un haut pressentiment, tout entière, l'armée,
Brandissant ses drapeaux sur l'occident vermeil,
Salua d'un grand cri la chute du Soleil.

A ce groupe de poèmes se rattachent encore les
tierces rimes, plus espagnoles que le *Romancero*, qu'on
a pu lire dernièrement dans la *Revue des Deux Mondes*.
Une telle poésie est bien la plus fière, la plus hau-
taine et, si je puis dire, la plus orgueilleuse qui soit.
Elle n'est donc pas impassible, quoi qu'on ait prétendu.
Elle exprime d'abord l'exaltation d'une âme tendue
à jouir superbement de toute la beauté éparse dans
le monde et dans l'histoire et de toutes les œuvres où
l'humanité a le plus joyeusement épanché son génie.
Elle implique une curiosité sympathique et passionnée. Elle contient un mépris du médiocre, un *Odi
profanum vulgus* dont le sentiment peut être une très
grande jouissance. Et il y a bien du courage, au
fond, dans cette allégresse d'artiste trompant la vie
par l'adoration du beau. Et même ces sonnets rutilants
et durs comme du métal ne vont pas tous sans larmes
secrètes. Quelques-uns font songer à ces statues d'airain qu'on voit pleurer dans Virgile. Car, s'ils célè-
brent de belles choses, ces belles choses sont passées,

et de là une mélancolie. Considéré du point de vue
de M. de Heredia et par ses surfaces brillantes, l'univers est magnifique et glorieux ; mais tout y croule,
tout y fuit d'une fuite éternelle. M. de Heredia a senti
plus d'une fois la tristesse des splendeurs éteintes
et la désolation des ruines. Ces tableaux où se plaît
son rêve enchanté, il les évoque souvent parce qu'ils
sont beaux, mais quelquefois aussi parce qu'ils ne
sont plus. Rappelez-vous l'adorable sonnet *Sur un
marbre brisé*, où la bonne Nature enveloppe de feuilles
et de fleurs la vieille statue éclopée :

> La mousse fut pieuse en fermant ses yeux mornes...

Lisez les « sonnets épigraphiques » : le *Dieu Hêtre*,
Nymphis Augustis sacrum, le *Vœu*. Comme ce sonnet
de l'*Exilée* est touchant, encore qu'il soit splendide!
Pourquoi? Parce qu'il nous parle de l'exil d'une
femme et surtout parce qu'il a été composé sur une
ruine, une pierre mutilée où se déchiffre une moitié
d'inscription (MONTIBV... CARRI DEO... SABINVLA V.S.L.M.),
et qu'il nous parle ainsi de cet autre exil d'où rien ni
personne n'est jamais revenu et qui s'appelle le passé :

> Dans ce vallon sauvage où César t'exila,
> Sur la roche moussue, au chemin d'Ardiège,
> Penchant ton front qu'argente une précoce neige,
> Chaque soir, à pas lents, tu viens t'accouder là.
>
> Tu revois ta jeunesse et ta chère villa
> Et le Flamine rouge avec son blanc cortège.
> Et lorsque le regret du sol latin t'assiège,
> Tu regardes le ciel, triste Sabinula...

V

M. José-Maria de Heredia est donc, pour conclure, un excellent ouvrier en vers, un des plus scrupuleux qu'on ait vus, et qui apporte dans son respect de la forme quelque chose de la délicatesse de conscience et du point d'honneur d'un gentilhomme. Et M. de Heredia est aussi (car l'un ne va jamais sans l'autre) un excellent poète, quoique un peu trop retranché dans sa vision d'un univers décoratif. Sa poésie, qui n'a pas l'étendue de celle de son maître Leconte de Lisle, en a l'intensité avec quelque chose de fier et de triomphant qui est bien à lui. Il est, dès maintenant, le sonnettiste par excellence du « Parnasse » contemporain. Je ne lui demande qu'une chose : Qu'il continue de feuilleter le soir, avant de s'endormir, des catalogues d'épées, d'armures et de meubles anciens, rien de mieux; mais qu'il s'accoude plus souvent sur la roche moussue où rêve Sabinula.

ARMAND SILVESTRE

On dit qu'il n'y a plus d'hommes de génie dans ce
dernier tiers du siècle, et en effet ceux qui passent
pour en avoir se font vieux, et il se peut bien que le
temps des génies soit passé. Mais en revanche — est-
ce une illusion? est-ce un effet de la perspective trop
courte? — il me semble qu'il y a beaucoup d'esprits
intéressants et singuliers, et cela justement parce
qu'ils sont tard venus; parce qu'ils ont derrière eux
toute une littérature accumulée; parce que, même
ignorants, ils savent néanmoins ou devinent beaucoup
de choses et se trouvent tout formés pour aller très
loin dans la sensation violente et raffinée; parce que,
tout ayant été dit (et voilà deux cents ans que cela
même a été dit), ils donnent naturellement dans l'osé,
le bizarre et le fou, et que leur extravagance fleurit
d'elle-même sur un passé trop riche, comme ces fleurs

étranges qui poussent mieux dans un humus composé d'innombrables débris de végétaux morts.

Si donc il n'y a plus guère de génies souverains, il y a des « cas particuliers ». Et c'en est un, parmi beaucoup d'autres, que celui de M. Armand Silvestre, hiérophante dans ses vers, commis voyageur et des plus mal élevés dans sa prose.

I

Les lecteurs du *Gil Blas*, qui se délectent deux ou trois fois par semaine aux amours de l'ami Jacques et aux aventures du commandant Laripète, ont-ils lu les *Renaissances*, les *Paysages métaphysiques*, et les *Ailes d'or*, et soupçonnent-ils que M. Silvestre a été l'un des plus lyriques, des plus envolés, des plus mystiques et des mieux sonnants parmi les lévites du Parnasse? Se doutent-ils qu'il y eut jadis chez cet étonnant fumiste de table d'hôte, chez ce grand et gros garçon taillé en Hercule qui courait, il y a quelques années, la foire au pain d'épice, relevant le « caleçon » des lutteurs (c'est le gant de ces gentils-hommes) et sollicitant les faveurs des femmes géantes visitées par l'empereur d'Autriche, — se doutent-ils qu'il y a peut-être encore chez ce Panurge bien en chair un Indou, un Grec, un Alexandrin?

Le poète, pâmé aux pieds de sa maîtresse — non toujours à ses pieds, pour dire vrai, — chante son

chant extatique et lamentable. Rosa est magnifique-
ment, impassiblement et implacablement belle. Lui
s'enivre de la beauté des formes; mais il aspire à
quelque chose par delà. Hélas! cette beauté parfaite
n'a point d'âme, et c'est l'âme aussi qu'il voudrait
étreindre... En attendant, le Désir du poète adore à
genoux la Beauté de la femme. Qu'en dites-vous,
commandant Laripète? Tout cela très large, très
sonore, très harmonieux, très vague, avec des ressouvenirs du panthéisme indien, de l'art grec et de
l'idéalisme de Platon, et çà et là, parmi l'enchantement des nobles et vastes images, le cri soudain de la
chair ardente. Et cela s'appelle *Sonnets païens*, et
c'est assurément une des plus belles « séries » qu'ait
produites le « Parnasse contemporain ».

Puis le poète soupire des *Vers pour être chantés*, des
romances où il y a des fleurs et des oiseaux comme
dans celles que chantaient nos mères du temps de
Louis-Philippe. Mais — ô puissance de la baguette
magique que les fées ont coutume de prêter aux
poètes! puissance du seul enlacement des mots et du
sentiment qui les tresse et les enlace! — elles sont
adorables, ces romances où il n'y a rien que des ros-
signols, des lis, beaucoup de lis, des roses, des vio-
lettes, des raisins, des abeilles, l'aube, le crépuscule,
l'automne et le printemps et, mêlée à toute la nature
au point qu'elle ne s'en distingue presque plus, l'image
de la femme aimée. Et c'est là précisément la secrète
et pénétrante originalité de ces petits vers, de ces

menues ritournelles, de ces rimes caressantes : elles
font couler jusqu'à l'âme l'ivresse des couleurs, des
formes et des parfums, et l'amour de la vie univer-.
selle, toujours un peu triste parce qu'il est toujours
inassouvi. Et, pour une fois, la musique a su ajouter
à la poésie au lieu de l'effacer par des sensations moins
définies et plus fortes ; et, comme ces petits vers ne
sont qu'un tissu d'images et d'impressions flottantes,
les mélodies de Massenet nous ont peut-être encore
mieux fait sentir tout ce que recèlent d'enchantement
ces vagues et délicieuses romances, que je voudrais
appeler des romances panthéistiques.

Ensuite le poète dit la *Vie des morts*, leur âme éparse
dans les arbres, dans les broussailles, dans les sources
qui sont leurs yeux, dans les nuages qui sont leur
pensée inquiète, dans les astres où flambent leurs
anciennes passions, dans la mer, « temple obscur des
métamorphoses », dans les parfums, dans le chant
nocturne des voix terrestres... Et cependant ce n'est
pas tout ce qui reste des morts. « Ce que m'a pris le
rêve, mes aspirations vers le juste et le beau, ce que
j'ai dit tout bas à la nuit, ce que j'ai vu en fermant
les yeux,

Ma chair ne saurait plus l'entraîner au tombeau. »

Et, après ces sonnets vaguement platoniciens, le
poète chante les *Vestales*, la beauté chaste, « la fleur
spirituelle dont il veut boire, après la mort, les longs
parfums ». Il rêve, il adore, il pétrarquise...

Et puis... et puis c'est toujours la même chose :
vague panthéisme, vague souffrance, vague désespoir,
vague ivresse, vague rêverie, vague chasteté, désir
quelquefois vague et plus souvent précis, vagues
images, amples, indéfinies, forme harmonieuse, mots
sonores — quelquefois jargon sublime. De pensée dans
tout cela, autant dire point. Le panthéisme de M. Silvestre n'a pas tout à fait la rigueur de celui de Spinosa,
et son idéalisme ignore profondément la dialectique
de Platon. Ce n'est qu'une rêverie magnifique et
épandue.

Mais quelle floraison d'images, et combien belles !
Toutes éclatantes et indéterminées, et qui souvent font
songer (qu'en dis-tu, Jacques Moulinot ?) aux images
lamartiniennes.

Ton souffle égal et pur fait comme un bruit de rames :
C'est ton rêve qui fuit vers des bords enchantés.
. . . .
Je veux ceindre humblement, de mes bras prosternés,
Tes pieds, tes beaux pieds nus, frileux comme la neige
Et pareils à deux lis jusqu'au sol inclinés.

(Remarquez-vous que « bras *prosternés* » et « *frileux* comme la neige » sont des expressions bizarres
et douteuses, qu'il ne faut pas trop presser non plus
la comparaison des lis renversés, et qu'avec tout cela
— ou j'ai la berlue — ces trois vers sont très beaux ?)

On dirait que la Terre a bu le sang des lis.
. . . .
Les charnelles senteurs des verdures marines
Suivent le long des flots le spectre de Vénus.

. . . .
Les voluptés du soir montent des horizons.

. . . .
Dans le recueillement des longs soirs parfumés,
A l'heure où, scintillant comme un pleur sous des voiles,
La tristesse des nuits monte aux yeux des étoiles...

Je crois bien que, si l'on cherchait où est décidément l'originalité de M. Armand Silvestre, c'est dans
cette ampleur et cette monotonie des images, presque
toutes empruntées aux grands phénomènes naturels,
qu'il faudrait la voir. Panthéistes ou néo-grecs, bien
d'autres poètes l'ont été de nos jours; mais nul peut-
être n'a eu au même degré cette uniforme et tour à
tour admirable et insupportable sublimité d'imagination.

« Je ne connais pas Chicago, dit quelque part
M. Cardinal; mais je suis sûr que Chicago est autrement vivant que Rome. » — Eh bien, moi, je ne
connais pas les *Védas*; mais je suis presque sûr que
la poésie de M. Silvestre ressemble parfois à celle des
Védas, et je suis fort tenté de croire que ses vers sont
peut-être, dans notre littérature, ce qui se rapproche
le plus de ce lyrisme grandiose, éblouissant, vite ennuyeux, débordant d'images toujours les mêmes, où
tout l'univers vit d'une vie énorme et confuse, où
chaque métaphore, démesurée, est toute prête à devenir un mythe. Relisons quelques strophes de l'ami
de Laripète :

Comme au front monstrueux d'une bête géante,
Des yeux, des yeux sans nombre, effroyables, hagards,

Les Astres, dans la nue impassible et béante
Versent leurs rayons d'or pareils à des regards,
. . . .
Et la Terre, œil aussi, brûlant et sans paupière,
Sent dans ses profondeurs sourdre le flot amer
Que déroule le flux éternel de la mer,
Larme immense pendue à son orbe de pierre.

Et dans les *Paysages métaphysiques* :

Le bleu du ciel pâlit. Comme un cygne émergeant
D'un grand fleuve d'azur, l'Aube, parmi la brume,
Secoue à l'horizon les blancheurs de sa plume
Et flagelle l'air vif de son aile d'argent...

Et plus loin :

Luisante à l'horizon comme une lame nue,
Sur le soleil tombé la mer en se fermant
De son sang lumineux éclabousse la nue
Où des gouttes de feu perlent confusément...

Cette aube qui est un cygne, ce soleil qui est un
dieu décapité, et bien d'autres images que je pourrais
citer..., alors que M. Armand Silvestre avait ces visions, est-ce qu'il n'était pas, spontanément ou par
artifice, dans un état d'esprit aussi approchant que
possible de celui des anciens hommes quand, essayant
d'exprimer dans leur langue incomplète les phénomènes de la nature, ils créaient sans effort des mythes
immortels? Par malheur, d'aucuns croiront que,
lorsque je compare à Valmiki l'auteur des *Contes
grassouillets*, je ne saurais parler bien sérieusement.

II

C'est pourtant avec le plus grand sérieux que « la bonne femme Sand » écrivait à propos des *Sonnets païens :*

C'est l'hymne antique dans la bouche d'un moderne, c'est-à-dire l'enivrement de la matière chez un spiritualiste quand même, qu'on pourrait appeler le spiritualiste malgré lui ; car, en étreignant cette beauté physique qu'il idolâtre, le poète crie et pleure. Il l'injurie presque et l'accuse de le tuer. Que lui reproche-t-il donc ? De n'avoir pas d'âme. Ceci est très curieux et continue, sans la faire déchoir, la thèse cachée sous le prétendu scepticisme de Byron, de Musset et des grands romantiques de notre siècle, etc.

Elle n'a pas trop l'air de s'entendre, la vieille Lélia ; mais enfin elle admire son filleul. Hélas ! qu'aurait-elle pensé si elle avait pu lire les *Mesaventures du commandant Laripète ?*

Comment en un plomb vil l'or pur s'est-il changé

Le plus triste, c'est que cette transformation n'est peut-être point un si grand mystère, Méphistophélès, à qui Faust fait des phrases, lui répond tranquillement :

Un plaisir surnaturel ! S'étendre la nuit sur les montagnes humides de rosée, embrasser en extase la terre et le ciel, s'enfler d'une sorte de divinité, pénétrer par la

pensée jusqu'à la moelle de la terre, repasser en son sein
les six jours de la création, s'épandre avec délices dans le
Grand Tout, dépouiller entièrement tout ce qu'on a d'humain et finir cette haute contemplation... (*avec un geste*)
je n'ose dire comment.

Et c'est ainsi qu'a fini M. Armand Silvestre. Le
poète des *Vestales* s'est mis à conter des contes de
corps de garde ; l'adorateur mystique de « Rosa la
prêtresse » s'est tourné vers Rosa la Rosse; et les
« paysages » où il se plaît n'ont plus rien de « métaphysique ». Et l'historiette grivoise ne lui a point
suffi : il l'a voulue incongrue et mal odorante.

Jean-Jacques raconte que, tout enfant, il allait se
poster, à la promenade, sur le passage des femmes, et
que là il trouvait un plaisir obscur, mais très vif, à
mettre bas ses chausses. « Ce que je montrais, ajoute-
t-il, ce n'était pas le côté honteux, c'était le côté ridicule. » C'est ce dernier côté qu'étale M. Armand
Silvestre avec une complaisance jamais lasse et une
joie jamais ralentie. C'est le champ circulaire où il
s'est délicieusement confiné. L'ampleur charnue de
l'ordinaire interlocuteur de M. Purgon, l'instrument
des matassins de Molière, les bruits malséants qui,
d'après Flaubert, « faisaient pâlir les pontifes d'Égypte »,
inspirent à M. Silvestre des gaietés hebdomadaires et
bien surprenantes. Ce rêveur est amoureux d'une autre
lune que les romantiques. Ce poète lyrique « n'a pas
accoutumé de parler à des visages ».

D'autres conteurs nous font des récits légers, voluptueux, lubriques, et parcourent avec agrément tous les degrés de l'impudeur. Les récits de M. Silvestre sont essentiellement scatologiques : c'est là sa marque.

Disons franchement que la plupart de ces historiettes ne valent pas le diable. Je ne pense pas que, sur une centaine, il y en ait plus de quatre ou cinq qui soient franchement drôles. Les choses dont il est question là 'dedans étant assez plaisantes par elles-mêmes pour ceux qui les aiment, le conteur ne se met pas en frais. Notons en passant deux ou trois de ses procédés, qui sont gros et d'un emploi facile.

Il baptise heureusement ses personnages. D'avoir appelé un amiral Le Kelpudubec et un diplomate grec Fépipimongropoulo, c'est bien quelque chose. Puis l'auteur, dans chaque récit, proclame avec tant d'insistance, de conviction et un tel luxe d'épithètes plantureuses son goût pour les grosses femmes, qu'il se peut bien que cela devienne amusant à la longue. Enfin, il se plaît souvent à exprimer des choses banales ou grossières sous une forme ultra-lyrique ou à mêler le style du « Parnasse » à celui des estaminets, et de là des contrastes d'un effet sûr. Je n'en veux qu'un exemple, choisi avec une extrême discrétion :

... Ce qu'il a passé de doigts frais et blancs aux ongles roses dans l'ébène aujourd'hui traversé de fils d'argent de ma chevelure n'est comparable qu'au nombre des étoiles. J'ai été littéralement grignoté de caresses. Mais de toutes les belles qui dévorèrent ainsi les roses vivantes

de ma bouche et de mes lèvres, ce fut certainement
Héloïse qui témoigna le plus d'appétit. Je ne sais encore
comment j'ai pu sauver quelque chose de ma fatale
beauté des emportements de son amour. Oui, mes enfants,
Héloïse de Saint-Pétulant m'adora et me le prouva d'une
façon farouche. C'était une superbe personne qui avait
une demi-tête de plus que moi, des chairs à la Rubens,
une crinière fauve comme celle des lions et des hanches
d'un rebondi impertinent, etc.

Tout le Silvestre des contes est dans ces quelques
lignes, sauf les plaisanteries et les imaginations d'a-
pothicaire ou d'égoutier, dont je ne donnerai point de
spécimen. Et puis... et puis, comme dans ses vers,
c'est toujours la même chose. J'ai rencontré des gens
que cela n'amusait pas énormément. D'autre part, le
conteur n'y met, je pense, aucune espèce de prétention.
Il n'y a donc pas lieu de s'arrêter plus longtemps sur
cette partie de son œuvre.

III

Mais il est intéressant de chercher comment le poète
raffiné des *Renaissances* a pu écrire tant d'histoires
faites pour divertir Panurge, et comment des ouvrages si absolument différents sont partis de la même
main.

Comme rire me semble bon, dit M. Silvestre dans les
Contes grassouillets, je laisse courir ma plume aux incon-

gruités qui dérident les plus sévères. Je sais bien que
d'aucuns me blâment de cela, me jetant au nez le lyrisme
douloureux de mes poèmes et concluant de ce contraste
que je ne suis sincère ni en prose ni en vers. Moi, je me
permets de penser tout le contraire.

Nous voulons bien le penser aussi. D'abord il se
pourrait que M. Silvestre ne jouât un rôle que dans
l'un des deux cas ; et, comme il est visible que ses
incongruités l'amusent le premier, c'est donc en écrivant la *Gloire du souvenir* et les *Ailes d'or* qu'il se
serait moqué de nous? On a peine à le croire : il
n'aurait pas montré un goût si prolongé, si persis-
tant, pour un rôle si peu lucratif. Car remarquez
que, maintenant encore, tout en nous contant les
mésaventures de Laripète, il lui arrive de tresser
des rimes mystiques, de conclure même par un
sonnet parnassien quelque fantaisie de haute graisse
et, après avoir dûment empâté ses clients, d'enfiler
poétiquement des perles à leur nez (*ante porcos*).

D'ailleurs bon nombre d'écrivains présenteraient un
cas analogue au sien. Sans parler de Rabelais,
« charme de la canaille et mets des délicats », Marot,
Régnier, La Fontaine, J.-B. Rousseau et combien
d'autres ! ont écrit des obscénités et traduit les psaumes de David. Je sais que pour quelques-uns de ces
honnêtes gens la chose s'explique naturellement : c'est
à la fin, après la « conversion », qui au bon vieux
temps ne manquait guère, qu'ils se sont avisés de
rimer des vers édifiants ; mais il en est comme Marot

et Jean-Baptiste, qui ont mené de front les deux genres.
Faut-il voir là quelque chose d'inexplicable ? Hé !
non, même en supposant qu'ils aient été aussi sincères
dans la piété que dans la grivoiserie. Quoi de merveilleux à cela? Nous ne sommes pas les mêmes à
toutes les heures, et « je sens deux hommes en
moi ».

Le cas de M. Silvestre semble à première vue plus
extraordinaire et est, en réalité, encore plus simple.
Sans doute, la distance paraît plus grande encore et
plus surprenante entre la *Vie des morts* et *Bertrade* ou
la *Pince à sucre*, qu'entre les psaumes de Marot et ses
épigrammes. Mais, tandis que les psaumes n'appartiennent évidemment pas à la même inspiration que
les épigrammes et que celles-ci ne mènent point
naturellement à ceux-là, on peut affirmer, au contraire, que les vers lyriques de M. Silvestre et ses
contes plus que gaulois forment comme deux courants
de même origine et que, par exemple, la grossière
sensualité des *Contes grassouillets* était déjà contenue
dans la sensualité raffinée des *Sonnets païens*.

Les contes et les sonnets, c'est, *à des moments différents*, la manifestation du même sentiment originel
le sentiment de la beauté génétique, c'est-à-dire de ce
que la nature a mis d'attrayant dans les formes pour
amener les hommes à ses fins. Quand M. Silvestre
s'en tient à ce sentiment et s'y renferme, il écrit les
Mariages de Jacques. Mais, après avoir senti les formes
uniquement dans ce qu'elles ont de sexuel, on les aime

bientôt pour elles-mêmes ; à l'attrait génétique succède
le sentiment beaucoup plus complexe du Beau plastique, qui n'est en soi ni masculin ni féminin ; et la
sensation primitive appelle alors et provoque, par des
liaisons naturelles et rapides, une foule d'idées et de
sentiments très nobles, très doux et très purs. Ce qui,
dans le premier moment, n'est qu'instinct brutal, est
poésie à son dernier terme, et cette poésie peut être si
haute qu'elle fasse oublier absolument ses humbles
origines. Le poète des *Renaissances*, c'est un satyre
qui a rêvé; et le conteur des *Contes*, c'est un poète
qui n'en est qu'au commencement de son rêve — oh !
tout au commencement. Il faut ajouter, du reste, que
parfois, dans les poèmes les plus extasiés, sous la
plus magnifique floraison d'images, le pied du faune
s'entrevoit çà et là, et, comme chez Hugo « crève
l'azur ».

Reste une question. On comprend que le poète des
Ailes d'or ait pu écrire des gauloiseries ; mais ces plaisanteries de matassin en délire? Je pense que cela
s'explique par l'association fatale d'images qui dans
la réalité sont toutes proches, en sorte que celle qui
est ignoble bénéficie du voisinage de l'autre et devient
plaisante parce qu'elle la rappelle. Puis, certaines
fonctions de ce misérable corps, si elles peuvent sem-
bler avilissantes, sont bonnes pourtant par le soulagement et l'aise qu'elles apportent, par l'idée de
joyeuse vie animale qu'elles éveillent dans l'esprit, et
sont en même temps comiques par le démenti perpétuel

qu'elles opposent à l'orgueil de l'homme, à sa prétention de faire l'ange. Il y a là une source intaris-
sable de gaieté grossière. Il est seulement singulier
qu'un artiste aussi recherché s'y complaise à ce
point.

Mais, M. Armand Silvestre ne serait-il pas un faux
décadent? Je le soupçonne maintenant d'être un primitif. Nous avons remarqué que le spectacle des phénomènes naturels lui suggérait les mêmes images
amples et vagues qu'aux poètes d'il y a trois mille
ans : et voilà maintenant que ses facéties sont aussi
celles des primitifs et qu'il se délecte comme eux — et
comme les enfants — au comique incongru des basses
fonctions corporelles. Vous vous rappelez ce que dit
le dieu Crépitus dans la *Tentation de saint Antoine :*

Quand le vinaigre militaire coulait sur les barbes non
rasées, qu'on se régalait de glands, de pois et d'oignons
crus et que le bouc en morceaux cuisait dans le beurre
rance des pasteurs, sans souci du voisin, personne alors
ne se gênait. Les nourritures solides faisaient les digestions
retentissantes. Au soleil de la campagne les hommes se
soulageaient avec lenteur... J'étais joyeux. Je faisais rire!
Et, se dilatant d'aise à cause de moi, le convive exhalait
toute sa gaieté par les ouvertures de son corps... Mais à
présent je suis confiné dans la populace, et l'on se récrie,
même à mon nom...

M. Armand Silvestre a copieusement vengé le
pauvre dieu Crépitus, et je ne m'en étonne plus: il
est assez naturel qu'ayant, dans sa poésie savante,

5.

les imaginations des anciens hommes, il ait aussi leurs gaietés et se gaudisse des mêmes objets.

Ai-je vraiment expliqué le cas de M. Silvestre ? J'ai tâché au moins de le définir. Quand on ne tiendrait aucun compte du talent qui éclate dans ses poésies lyriques, M. Armand Silvestre garderait cette originalité d'avoir fait vibrer les deux cordes extrêmes de la Lyre, la corde d'argent et la corde de boyau... (l'épithète est dans Rabelais) ; et son œuvre double n'en serait pas moins un commentaire inattendu de la pensée de Pascal sur l'homme ange et bête.

ANATOLE FRANCE [1]

Est-il possible que j'aie failli reprocher à M. Weiss d'être un critique ondoyant et capricieux et de n'avoir pas dans sa poche un mètre invariable pour mesurer les œuvres de l'esprit? Une des pensées favorites de Montaigne, c'est que nous ne saurions avoir de connaissance certaine, puisque rien n'est immuable, ni les choses ni les intelligences, et que l'esprit et son objet sont emportés l'un et l'autre d'un branle perpétuel. Changeants, nous contemplons un monde qui change. Et même quand l'objet observé est pour toujours arrêté dans ses formes, il suffit que l'esprit où il se reflète soit muable et divers pour qu'il

1. *Poèmes dorés;* les *Noces corinthiennes;* les *Désirs de Jean Servien,* chez Lemerre.
Jocaste et le *Chat maigre;* le *Crime de Sylvestre Bonnard;* le *Livre de mon ami,* chez Calmann Lévy.

nous soit impossible de répondre d'autre chose que
de notre impression du moment.

⅄ Comment donc la critique littéraire pourrait-elle se
constituer en doctrine ? Les œuvres défilent devant le
miroir de notre esprit ; mais, comme le défilé est long,
le miroir se modifie dans l'intervalle, et, quand par
hasard la même œuvre revient, elle n'y projette plus
la même image.

Chacun en peut faire l'expérience sur soi. J'ai adoré
Corneille et j'ai, peut s'en faut, méprisé Racine :
j'adore Racine à l'heure qu'il est et Corneille m'est à
peu près indifférent. Les transports où me jetaient les
vers de Musset, voilà que je ne les retrouve plus. J'ai
vécu les oreilles et les yeux pleins de la sonnerie et de
la féerie de Victor Hugo, et je sens aujourd'hui l'âme
de Victor Hugo presque étrangère à la mienne. Les
livres qui me ravissaient et me faisaient pleurer à
quinze ans, je n'ose pas les relire. Quand je cherche
à être sincère, à n'exprimer que ce que j'ai éprouvé
réellement, je suis épouvanté de voir combien mes
impressions s'accordent peu, sur de très grands écrivains, avec les jugements traditionnels, et j'hésite à
dire toute ma pensée.

C'est qu'en effet cette tradition est presque toute
convenue, artificielle. On se souvient de ce qu'on a
senti peut-être, ou plutôt de ce que des maîtres vénérables ont dit qu'il fallait sentir. Ce n'est d'ailleurs que
par cette docilité et cette entente qu'un corps de jugements littéraires peut se former et subsister. Certains

esprits ont assez de force et d'assurance pour établir
ces longues suites de jugements, pour les appuyer sur
des principes immuables. Ces esprits-là sont, par
volonté ou par nature, des miroirs moins changeants
que les autres et, si l'on veut, moins inventifs, où les
mêmes œuvres se reflètent toujours à peu près de la
même façon. Mais on voit aisément que leurs doctrines
n'ont pas en elles de quoi s'imposer à toutes les intelligences et qu'elles ne sont jamais, au fond, que des
préférences personnelles immobilisées.

On juge bon ce qu'on aime, voilà tout (je ne parle
pas ici de ceux qui croient aimer ce qu'on leur a dit
être bon); seulement les uns aiment toujours les mêmes
choses et les estiment aimables pour tous les hommes;
les autres, plus faibles, ont des affections plus chan-
geantes et en prennent leur parti. Mais, dogmatique
ou non, la critique, quelles que soient ses prétentions,
ne va jamais qu'à définir l'impression que fait sur
nous, à un moment donné, telle œuvre d'art où l'écrivain a lui-même noté l'impression qu'il recevait du
monde à une certaine heure.

Puisqu'il en est ainsi et puisque, au surplus, tout est
vanité, aimons les livres qui nous plaisent sans nous
soucier des classifications et des doctrines et en con-
venant avec nous-mêmes que notre impression d'aujourd'hui n'engagera point celle de demain. Si tel
chef-d'œuvre reconnu me choque, me blesse ou, ce
qui est pis, ne me dit rien; si, au contraire, tel
livre d'aujourd'hui ou d'hier, qui n'est peut-être pas

immortel, me remue jusqu'aux entrailles, me donne
cette impression qu'il m'exprime tout entier et me
révèle à moi-même plus intelligent que je ne pensais,
irai-je me croire en faute et en prendre de l'inquiétude?
Les hommes de génie ne sont jamais tout à fait con-
scients d'eux-mêmes et de leur œuvre; ils ont presque
toujours des naïvetés, des ignorances, des ridicules;
ils ont une facilité, une spontanéité grossière; ils ne
savent pas tout ce qu'ils font, et ils ne le font pas
assez exprès. Surtout en ce temps de réflexion et de
conscience croissante, il y a, à côté des hommes de
génie, des artistes qui sans eux n'existeraient pas, qui
jouissent d'eux et en profitent, mais qui, beaucoup
moins puissants, se trouvent être en somme plus intelligents que ces monstres divins, ont une science et une
sagesse plus complètes, une conception plus raffinée
de l'art et de la vie. Quand je rencontre un livre écrit
par un de ces hommes, quelle joie! Je sens son œuvre
toute pleine de tout ce qui l'a précédée; j'y découvre,
avec les traits qui constituent son caractère et son
tempérament particulier, le dernier état d'esprit, le
plus récent état de conscience où l'humanité soit par-
venue. Bien qu'il me soit supérieur, il m'est semblable
et je suis tout de suite de plain-pied avec lui. Tout ce
qu'il exprime, il me semble que j'étais capable de
l'éprouver de moi-même quelque jour.

Des écrivains tels que M. Paul Bourget ou M. Anatole France me donnent ce plaisir; et c'est en relisant
le *Crime de Sylvestre Bonnard* et le *Livre de mon ami*

que me sont venues ces réflexions — que je donne
pour ce qu'elles valent, car elles sont justes sans l'être
et je sens très bien tout ce que j'y néglige.

I

Je ne parle point de la puissance d'invention qu'un
caprice de la nature a évidemment accordée avec
plus de libéralité à quelques écrivains de notre temps.
Je dis seulement que l'esprit de M. Anatole France est
une des « résultantes » les plus riches de tout le travail intellectuel de ce siècle, et que les plus récentes
curiosités et les sentiments les plus rares d'un âge de
science et d'inquiète sympathie sont entrés dans la
composition de son talent littéraire. Comment cette
intelligence s'est formée et successivement enrichie,
ses livres même nous l'apprennent.

Il est né, je pense, dans quelque vieille maison de
la rue de Seine ou du quai Malaquais, dans le quar-
tier des bouquinistes et des marchands d'estampes
et de bric-à-brac. Enfant précoce, nerveux, chétif,
caressant,

Déjà surpris de vivre et de regarder vivre,

de bonne heure il a aimé les images, et les livres avant
de les avoir ouverts ; de bonne heure il a su regarder
les objets, voir leurs formes, leurs couleurs et en jouir ;

et il a su goûter les vieilles choses et s'intéresser au passé. Ce petit enfant était déjà bien le fils du siècle de l'histoire et de l'érudition.

Que l'on s'en rapporte aux *Désirs de Jean Servien* ou au *Livre de mon ami*, que le père de ce petit enfant ait été relieur ou médecin, c'était un homme candide, sérieux et de caractère méditatif; sa mère était douce, fine et d'une adorable tendresse. Et l'enfant se ressentira plus tard de cette double influence.

Puis il a fait, comme Jean Servien, d'excellentes humanités, à l'ancienne mode. Il a naïvement frémi d'admiration en expliquant Homère et les tragiques grecs, il a vécu de la vie des anciens, il a senti la beauté antique, il a connu la magie des mots, il a aimé des phrases pour l'harmonie des sons enchaînés et pour les visions qu'elles évoquaient en lui.

Et c'est dans une école ecclésiastique qu'il a passé son enfance, ce qui est, je crois, un grand avantage, car souvent les exercices de piété y font l'âme plus douce et plus tendre; la pureté a plus de chance de s'y conserver, au moins un temps, et (sauf le cas de quelques fous ou de quelques mauvais cœurs), quand plus tard la foi vous quitte, on demeure capable de la comprendre et de l'aimer chez les autres, on est plus équitable et plus intelligent.

Puis il eut, comme Jean Servien, comme beaucoup d'écrivains et d'artistes dans notre société démocratique où si souvent le talent monte d'en bas, une jeunesse pauvre, dure, avec des amours absurdes, des

désirs démesurés, des aspirations furieuses vers une
vie brillante et noble, des déceptions, des amertumes.
Il souffrit des maux tour à tour imaginaires et réels
et, comme il arrive aux âmes bien situées, il sortit de
cette longue crise plus doux, plus indulgent aux
aux hommes et à la vie ; il en rapporta une vertu qui,
tout compte fait, a crû notablement dans ce siècle : la
pitié.

Puis il entra dans le cénacle parnassien et son esprit
y fit des acquisitions nouvelles. Il acheva d'y apprendre l'adoration de la beauté plastique. Il sut mieux
voir, mieux jouir des formes. Il s'efforça, avec quelques autres jeunes gens, de pousser plus loin qu'on ne
l'avait fait encore l'art de combiner exactement de
beaux mots qui suscitent de belles images. En même
temps il s'imprégnait des plus récentes philosophies.
Ses premiers vers respiraient Lucrèce renouvelé,
Darwin et Leconte de Lisle.

Et il était aussi un des plus fervents parmi les néo-
grecs. Cet amour enthousiaste de la vie, de la religion
et de la beauté grecques a été un des sentiments les
plus remarquables de la dernière génération poétique.
Il s'y mêlait, chez M. Anatole France, le souci du plus
singulier des événements historiques, de celui qui a le
plus préoccupé depuis trente années quelques-uns des
grands esprits de ce temps. Pendant que M. Renan
poursuivait sa délicieuse *Histoire des origines du
christianisme*, M. Anatole France écrivait les *Noces
corinthiennes*.

Il devait les écrire, car l'avènement du christianisme forme, pour les peuples d'Occident, le nœud du grand drame humain. J'ai dit ailleurs[1] pourquoi certains esprits regardaient cet avènement comme une immense calamité, et qu'ils me semblaient bien sûrs de leur fait, et qu'une âme riche et complètement humaine devait être païenne et chrétienne à la fois. Je trouve cette âme dans ce beau poème des *Noces corinthiennes* qui est un chef-d'œuvre trop peu connu. J'y trouve une vive intelligence de l'histoire, une sympathie abondante, une forme digne d'André Chénier; et je doute qu'on ait jamais mieux exprimé la sécurité enfantine des âmes éprises de vie terrestre et qui se sentent à l'aise dans la nature divinisée, ni, d'autre part, l'inquiétude mystique d'où est née la religion nouvelle.

Voilà bien le drame qui a dû, dans les trois premiers siècles, troubler d'innombrables familles. Le bon Hermas, vigneron de Corinthe, est resté païen, sa femme Kallista et sa fille Daphné sont chrétiennes, et c'est bien, en effet, par les femmes que la foi nouvelle devait le plus souvent pénétrer dans les foyers. Daphné est fiancée à Hippias, qui n'est point chrétien. Kallista, malade, fait vœu, si Dieu la guérit, de lui consacrer la virginité de sa fille, non par égoïsme, mais parce que la vie de la vieille femme est encore utile aux siens, aux pauvres et aux fidèles. Daphné se soumet douloureusement. Mais, Hippias étant revenu, elle ne peut

---

1. Le *Néo-hellénisme* (les *Contemporains*, première série.)

plus résister à son amour : ils fuiront tous deux, ou
plutôt ils iront se jeter aux pieds de Kallista et la flé-
chiront... Kallista survient et chasse le jeune homme
avec des imprécations ; mais Daphné le rejoint, la nuit,
au tombeau des aïeux et meurt dans ses bras, car elle
a pris du poison et l'évêque Théognis vient trop tard
la délier du vœu de sa mère.

L'action, que j'abrège fort, est simple, grande et
poignante, et les principaux états d'esprit qu'a dû
engendrer la rencontre des deux religions y sont tous
représentés. Daphné, chrétienne par docilité, mais
l'imagination et le cœur encore pleins des divinités
anciennes, mêlant avec candeur le culte du Christ,
dieu des morts, au ressouvenir des dieux de la vie, est
une figure d'une vérité délicate et charmante. Après le
vœu cruel de sa mère, c'est à la fontaine des Nymphes
qu'elle va jeter l'anneau des fiançailles :

> O fontaine où l'on dit que dans les anciens jours
> Les nymphes ont goûté d'ineffables amours,
> Fontaine à mon enfance auguste et familière,
> Reçois de la chrétienne une offrande dernière.
> ·O source! qu'à jamais ton sein stérile et froid
> Conserve cet anneau détaché de mon doigt.
> L'anneau que je reçus dans une autre espérance...
> Réjouis-toi, Dieu triste à qui plaît la souffrance!

Quand son amant revient, toute la nature se soulève
en elle dans une révolte irrésistible et chaste ; et pourtant elle subit encore l'attrait mystérieux du Dieu
« qui n'aime pas les noces » :

Christ Jésus doit un jour ressusciter les siens !
Voilà ce que du moins enseignent les anciens.
Homme, tu peux tenter d'éclaircir ce mystère;
Moi, femme, je dois croire, adorer et me taire.
Christ est le Dieu des morts : que son nom soit béni !
Hélas! la vie est brève et l'amour infini.

Mais M. Anatole France a surtout aimé les belles
pécheresses du premier et du second siècle de l'empire romain, celles qui, épuisées de voluptés, l'âme
en quête d'inconnu, demandaient à l'Orient des dieux
tristes à aimer, des cultes caressants et tragiques :

Les femmes ont senti passer dans leurs poitrines
Le mol embrasement d'un souffle oriental.
Une sainte épouvante a gonflé leurs narines
Sous des dieux apparus loin de leur ciel natal...
Elle les voit si beaux! Son âme avide et tendre,
Que le siècle brutal fatigua sans retour,
Cherche entre ces esprits indulgents à qui tendre
L'ardente et lourde fleur de son dernier amour...
Et Leuconoé goûte éperdument les charmes
D'adorer un enfant et de pleurer un dieu...

Et nous aussi nous les aimons, ces femmes, et, parce
qu'elle les a consolées et qu'elle console encore les
âmes en peine, la religion de Jésus continue d'inspirer
à beaucoup de ceux qui ne croient plus une tendresse
incurable. Nous sentons dans l'Évangile je ne sais
quel charme profond, mystique et vaguement sensuel. Nous l'aimons pour l'histoire de la Samari-
taine, de Marie de Magdala et de la femme adultère.
Nous nous imaginons presque que c'est le premier
livre où il y ait eu de la bonté, de la pitié, une faiblesse pour les égarés et les irréguliers, le senti-

ment de l'universelle misère et, peu s'en faut, de l'irresponsabilité des misérables. Et peut-être aussi goûtons-nous le plaisir d'entendre ce livre singulier d'une façon hétérodoxe. Nous l'aimons enfin, la religion de nos mères, parce qu'elle est parfaitement mystérieuse et qu'on est las, à certains moments, de la science qui est claire, mais si courte! et dont on se détache un peu en voyant de quelle suffisance elle emplit les esprits médiocres. De même que la Leuconoé aux inquiétudes ineffables, l'âme moderne, « consulte tous les dieux », non plus pour y croire comme la courtisane antique, mais pour comprendre et vénérer les rêves que l'énigme du monde a inspirés à nos ancêtres et les illusions qui les ont empêchés de tant souffrir. La curiosité des religions est, en ce siècle-ci, un de nos sentiments les plus distingués et les meilleurs : M. Anatole France ne pouvait manquer de l'éprouver.

Pour qu'aucune des études par où notre siècle s'est signalé ne lui échappât, il écrivit un jour sur les *Contes de Perrault* un dialogue exquis où il nous montrait comment sont sortis, des mythes solaires inventés par les anciens hommes, ces récits qui amusent nos petits enfants. Et, naturellement, il fit aussi de la critique littéraire, et de la plus libre et de la plus pénétrante; et son esprit s'élargit encore à voir quelle est la variété des esprits.

En même temps il connut, dans la compagnie de ces fous, de ces détraqués, de ces visionnaires qu'on

rencontre surtout à Paris, combien l'homme peut être
bizarre et quelles combinaisons inattendues la nature,
aidée de la civilisation, peut réaliser dans une âme et
dans une figure humaine. Il hanta les bohèmes, les
inconscients fantasques du *Chat maigre*, et il s'aperçut
à quel point le monde est réjouissant pour qui sait le
regarder. Il nota les gestes, les tics, les idées fixes,
les imaginations de ces fantoches. Et, à les voir
s'agiter, il devint, par un retour sur lui-même, de
plus en plus modeste et indulgent. Car, que sont les
plus forts et les plus sages, sinon des acteurs qui se
connaissent un peu mieux eux-mêmes, mais qui sont
mus aussi par des forces fatales et qui ne verront
jamais toutes les ficelles qui les tirent? Il eut cette
impression que la vie est bien un songe et que Dieu,
s'il fait à la fois le songe de tous et s'il le sait, doit se
divertir prodigieusement.

Il est une autre attitude, une autre façon de prendre
la vie, qui est bien de ce temps : une espèce de pessimisme stoïque, une affectation de voir toutes les du-
retés et toutes les absurdités du monde réel et tout ce
qu'il y a d'inhumain dans ses lois, et d'y opposer une
résignation ironique. C'est, dans l'esprit, une férocité
de carabin, et une douceur mâle, sans illusions, dans
la conduite de la vie : le caractère particulier que
prend la distinction morale chez un médecin ou un
chimiste. Cette attitude peut, au reste, recouvrir un
grand fond de tendresse et des passions violentes: c'est
précisément le cas de René Longuemare dans *Jocaste.*

Mais René Longuemare s'apaisera avec l'âge. Tous ces essais, ces expériences, ces sentiments successifs, maladie du désir, néo-hellénisme, amour des formes, curiosité, dilettantisme, pessimisme presque allègre, aboutissent à la suprême sagesse de M. Sylvestre Bonnard, membre de l'Institut.

Sylvestre Bonnard est la gloire de M. Anatole France. C'est la figure la plus originale qu'il ait dessinée. C'est M. Anatole France lui-même tel qu'il voudrait être, tel qu'il sera, tel qu'il est peut-être déjà. Vieilli? non pas : car d'abord, si l'esprit de M. Bonnard a soixante-dix ans, son cœur est resté jeune, il sait aimer. Et puis c'est l'homme d'un siècle où l'on est vieux de bonne heure. Sylvestre Bonnard résume en lui tout ce qu'il y a de meilleur dans l'âme de ce siècle. D'autres âges ont incarné le meilleur d'eux-mêmes dans le citoyen, dans l'artiste, dans le chevalier, dans le prêtre, dans l'homme du monde : le XIXᵉ siècle à son déclin, si on ne veut retenir que les plus éminentes de ses qualités, est un vieux savant célibataire, très intelligent, très réfléchi, très ironique et très doux.

Et cette figure presque symbolique, M. Anatole France a su nous la montrer très vivante et très particulière. M. Bonnard est bien un vieux garçon, et qui a des manies de vieux garçon. Il est opprimé par sa vieille servante, qu'il respecte et qu'il craint. Il a un grand nez dont les mouvements trahissent ses émotions. Il a une faiblesse innocente pour les vins

loyaux et pour les viandes saines habilement prépa-
rées. Il a dans ses façons de parler un brin de pédan-
tisme dont il est le premier à sourire. Il s'abandonne
à des bavardages pleins de choses, comme un vieillard d'Homère qui aurait trois mille ans d'expérience
en plus. Et le souvenir d'Homère vient d'autant mieux
ici que, par un mélange des plus savoureux, M. Anatole France, tout nourri de lettres grecques, se plaît
à imiter dans l'expression des sentiments les plus
modernes l'élégance du verbe antique, et que le style
de M. Bonnard rappelle tantôt l'*Odyssée* et tantôt les
Économiques ou l'*OEdipe à Colone*. Ce sont bien les
discours d'un Nestor qui, au lieu de trois pauvres
petites générations, en aurait vu passer cent vingt.

II

Or, quels romans devait écrire M. Sylvestre Bonnard?
Précisément ceux de M. Anatole France. L'habitude
de la méditation et du repliement sur soi ne développe guère le don d'inventer des histoires, des combinaisons extraordinaires d'événements. Même ce don
paraît de peu de prix aux vieux méditatifs (à moins
qu'il ne soit porté à un degré aussi exceptionnel que
chez le père Dumas, par exemple). M. Sylvestre Bonnard ne pouvait donc pas écrire des romans d'aventure ni même des romans romanesques. Joignez à
cela une peur de la rhétorique, de l'emphase d'expres-

sion qu'exigent presque toujours les fables tragiques.
Et enfin ce qui intéresse le plus M. Bonnard, ce ne
sont point les surprises du hasard ni la violence dramatique des situations, mais le monde et les hommes
dans leur train habituel. A qui réfléchit beaucoup
tout semble suffisamment singulier, et la réalité la
plus unie est, à qui sait regarder, un spectacle toujours surprenant.

Aussi M. France-Bonnard nous racontera-t-il des
histoires fort simples. Un pauvre garçon qui aime
une actrice et qui, après quelques années de vie difficile, est tué par hasard pendant la Commune, voilà
Jean Servien. — Un bon garçon d'Haïti qui, sous la
direction bizarre d'un professeur mulâtre, manque
plusieurs fois son baccalauréat; qui, vivant avec une
bande de fous, n'est pas même étonné, tant il est
irréfléchi; qui, ayant remarqué une jeune fille dans la
maison d'en face, s'aperçoit qu'il l'aime le jour où
elle quitte Paris, s'élance en pantoufles à sa poursuite
et l'épouse à la dernière page : voilà le *Chat maigre*.
— Un vieux savant envoie du bois, pendant l'hiver,
à sa voisine, une pauvre petite femme en couches. La
petite femme, devenue princesse russe, reconnaît le
bienfait du vieux savant en lui offrant un livre précieux dont il avait envie : et voilà la *Bûche*. — Notre
vieux savant s'intéresse à une orpheline dont il a aimé
la mère, l'enlève de sa pension, où elle est malheureuse, la marie à un élève de l'École des chartes : et
voilà le *Crime de Sylvestre Bonnard*. Ces données si

6

simples sont faites pour enchanter les esprits malheureux qui n'aiment pas les romans compliqués.

Si la fable est en général peu de chose, les personnages vivent. Quels personnages? Quels sont les masques humains que rendra de préférence un vieux
savant comme Sylvestre Bonnard? Ceux dont il diffère
le plus doivent par là même le frapper davantage. Il
est aussi conscient qu'on le peut être : il peindra
donc surtout des inconscients, de ces êtres qui ne
rentrent jamais en eux-mêmes, qui s'abandonnent
sans défiance aux excès de parole et de mimique, qui
sont le moins dans le secret de la comédie humaine,
éternelles dupes et d'eux-mêmes et du monde extérieur. La série en est admirable. C'est M. Godet-Later-
rasse, le mulâtre penseur, si digne, tout plein de cette
vanité énorme et réjouissante qu'on trouve chez les
nègres et les demi-nègres et chez quelques Méridio-
naux de l'extrême Midi. C'est l'ineffable Télémaque,
ancien général nègre, devenu marchand de vin à
Courbevoie et qui a de si amusantes extases devant
la défroque de sa gloire passée. Et ce sont tous ceux
qui rappellent le plus, chez nous, l'inconscience et la
vanité des bons nègres : les bohèmes graves et gro-
tesques, les ratés sublimes, les quarts d'homme de
génie, les imaginatifs et les maniaques. Ces créatures
irréfléchies auront toujours beaucoup d'attrait pour
les hommes voués à la vie intérieure. Voici le marquis
Tudesco, le proscrit italien, le vieux pitre emphatique
et lettré, qui a traduit le Tasse et qui se grise avec

solennité sous ses galons extravagants d' « inspecteur
des souterrains » de la Commune. Voici M. Fellaire
de Sizac, l'homme d'affaires, qu'on dirait échappé de
la galerie d'Alphonse Daudet. Voici M. Haviland,
l'Anglais taciturne qui collectionne dans des flacons
l'eau de tous les fleuves du monde. Voici le philosophe Branchut, le poète Dion, le sculpteur Labanne,
et combien d'autres !

Et Sylvestre Bonnard devait aimer aussi les créatures qui sont douces, bonnes, vertueuses ou héroïques sans le savoir, ou plutôt sans y tâcher et parce
qu'elles sont comme cela : Mme de Cabry, l'adorable
Jeanne Alexandre, la petite Mme Coccoz, plus tard
princesse Trépof, même l'oncle Victor, encore que son
héroïsme soit mêlé d'abominables défauts, et Thérèse,
la servante maussade et fidèle, abondante en locutions
proverbiales, riche de préjugés, de vertu et de dévoûment.

Mais bien qu'il sache décrire d'un trait saillant ces
figures, toujours il les observe du point de vue d'un
philosophe qui a acquis la faculté de s'étonner que
le monde soit ce qu'il est. Il les voit, non tout à fait
en elles-mêmes, mais comme faisant partie de cet
ensemble stupéfiant qui est le monde et témoignant
à quel point le monde est inintelligible. Il les peint
exactes et vivantes, mais réverbérées, si je puis dire,
dans l'esprit d'un vieux sage qui sait beaucoup et
qui a beaucoup songé.

III

Aussi devait-il finir par écrire des romans où il serait lui-même en scène et qui seraient son histoire autant que celle des autres : des coins de réalité illustrés et commentés par son expérience ingénieuse. Et tels sont en effet ces deux chefs-d'œuvre : la *Bûche* et le *Crime de Sylvestre Bonnard*. Quand on sait tant et qu'on réfléchit tant, on ne s'oublie plus, on ne sort plus jamais hors de soi : c'est toujours soi-même qu'on regarde, puisque tout ce qu'on observe, on le rattache involontairement à une conception générale du monde et que cette conception est en nous.

Il ne faudrait pas croire après cela que ces deux petits romans soient de la même famille que ceux de Xavier de Maistre ou, pour citer un moindre artiste, de M. Alphonse Karr; de ces romans « humoristiques » dont Flaubert a dit dans *Bouvard et Pécuchet* : « L'auteur s'interrompt à chaque instant pour parler de sa maîtresse et de sa pantoufle. Un tel sans gêne les ravit, puis leur parut stupide. » D'abord ce n'est point ici l'écrivain qui prend la parole, mais M. Sylvestre Bonnard, et nous avons vu qu'il avait bien son allure et sa physionomie à lui. Et M. Sylvestre Bonnard est bien trop sérieux pour nous entretenir « de sa pantoufle ou de sa maîtresse ». S'il parle à son chat, c'est que son chat lui est un compagnon naturel et nécessaire, qui fait partie de son cabinet de travail, et c'est pour lui adresser des discours pleins de suc et de philosophie. Si peut-être ces petits récits font songer, par quelques-unes des réflexions qui y sont mêlées, au *Voyage sentimental* de Sterne, au moins sont-ils composés avec soin et les digressions ne sont-elles qu'apparentes. Ce sont des histoires suivies, mais qui s'enrichissent en traversant un esprit très conscient et muni d'un grand nombre de souvenirs et de connaissances.

Cette vision de petites portions de la comédie humaine par un vieux membre de l'Institut très savant et très bon, c'est ce qu'on peut imaginer de plus délicieux.

Ce charme est très complexe, et je sens bien que je n'en pourrai jamais dégager tous les éléments. C'est d'abord une ironie très douce, très calme, qui s'insinue dans tous les récits et dans toutes les réflexions. Le dessin même des personnages a toujours quelque chose d'ironique ; il accentue, avec une exagération placide, les traits caractéristiques. Et, par exemple, M. Mouche et Mⁱˡᵉ Préfère, deux vénérables personnes d'une hypocrisie sereine et d'une parfaite méchanceté, disent bien ce qu'ils doivent dire, mais ne le disent pas tout à fait comme ils le diraient dans la réalité : leurs propos, comme leurs figures nous arrivent répercutés et réfléchis. — Cette continuelle et presque involontaire ironie, c'est

6.

bien le ton habituel d'un homme qui se regarde vivre
lui et les autres, et pour qui tout est apparence,
phénomène, spectacle ; car une telle façon de prendre
le monde ne va pas sans un détachement de l'esprit
qui est nécessairement ironique. On garde son sang-
froid même dans l'observation la plus appliquée ou
dans l'émotion la plus forte, et malgré soi on porte
partout cette arrière-pensée que tout est vanité. Et
tous les êtres qui n'y songent point, même ceux qu'on
aime, vous font sourire par quelque endroit, fût-ce
le plus affectueusement du monde.

Oui, mon ami, dit M. Bonnard au petit marchand
d'almanachs qui lui offre la *Clef des songes*; mais ces
songes et mille autres encore, joyeux ou tragiques, se
résument en un seul : le songe de la vie, et votre petit
livre jaune me donnera-t-il la clef de celui-là ?

La plus haute sagesse ne manque jamais non plus
de sourire d'elle-même : M. Sylvestre Bonnard a toujours ce sourire.

Mais cette ironie, n'étant en somme que la conscience toujours présente du mystère des choses et
de la fragilité des destinées humaines, implique la
bonté, la pitié, la tendresse — une tendresse pleine
de pensée et d'autant plus profonde. Il y a là je ne
sais combien de pages qui vous mouillent les yeux :
celles où M. Bonnard se souvient de Clémentine,
celles où il va s'agenouiller sur sa tombe avec Mᵐᵉ de
Gabry, celles où il avoue qu'il n'avait pas compté

que Jeanne se marierait si vite... Et que dites-vous de ce petit discours à Jeanne :

Jeanne, écoutez-moi encore. Vous vous êtes fait jusqu'ici bien venir de ma gouvernante, qui, comme toutes les vieilles gens, est assez morose de son naturel. Ménagez-la. J'ai cru devoir la ménager moi-même et souffrir ses impatiences. Je vous dirai, Jeanne : Respectez-la. Et, en parlant ainsi, je n'oublie pas qu'elle est ma servante et la vôtre : elle ne l'oubliera pas davantage. Mais vous devez respecter en elle son grand âge et son grand cœur. C'est une humble créature qui a longtemps duré dans le bien ; elle s'y est endurcie. Souffrez la roideur de cette âme droite. Sachez commander ; elle saura obéir. Allez, ma fille ; arrangez votre chambre de la façon qui vous semblera le plus convenable pour votre travail et votre repos.

Et cette invocation si belle :

D'où vous êtes aujourd'hui, Clémentine, dis-je en moi-même, regardez ce cœur maintenant refroidi par l'âge, mais dont le sang bouillonna jadis pour vous, et dites s'il ne se ranime pas à la pensée d'aimer ce qui reste de vous sur la terre. Tout passe puisque vous avez passé ; mais la vie est immortelle : c'est elle qu'il faut aimer dans ses figures sans cesse renouvelées. Le reste est jeu d'enfant, et je suis avec tous mes livres comme un petit enfant qui agite des osselets. Le but de la vie, c'est vous, Clémentine, qui me l'avez révélé.

Est-ce ma faute enfin si je ne puis lire les dernières pages du *Crime de Sylvestre Bonnard* sans un grand désir de pleurer ?

... Pauvre Jeanne, pauvre mère !

Je suis trop vieux pour rester bien sensible; mais, en vérité, c'est un mystère douloureux que la mort d'un enfant.

Aujourd'hui le père et la mère sont revenus pour six semaines sous le toit du vieillard... Jeanne monte lentement l'escalier, m'embrasse et murmure à mon oreille quelques mots que je devine plutôt que je ne les entends. Et je lui réponds : — Dieu vous bénisse, Jeanne, vous et votre mari, dans votre postérité la plus reculée ! *Et nunc dimittis servum tuum, Domine.*

Partout cette tendresse et cette ironie s'accompagnent, car elles ont les mêmes origines; elles sont l'une et l'autre d'une telle sorte qu'elles ne supposent pas seulement une disposition naturelle de l'esprit et du cœur, mais une science étendue, l'habitude de la méditation, de longues rêveries sur l'homme et sur le monde et la connaissance des philosophies qui ont tenté d'expliquer ce double mystère.

Ce fonds sérieux d'idées générales n'est jamais absent : souvent, à l'improviste, à propos de quelque observation particulière, il apparaît comme dans un éclair, et l'on voit tout à coup, derrière le souvenir ou l'impression notée en passant, s'ouvrir, par la vertu de quelques mots, des lointains qui troublent et qui font songer.

En voici un exemple que je choisis pour sa clarté. Un autre dirait, je suppose, en parlant du jardin où son enfance s'est écoulée : « C'est dans ce jardin que j'ai joué tout enfant. » M. Anatole France écrit :

« C'est dans ce jardin que j'appris, en jouant, *à connaître quelques parcelles de ce vieil univers.* »

Voici un jeune couple qui revient de la promenade :

Les voici qui reviennent de la forêt en se donnant le
bras. Jeanne est serrée dans son châle noir et Henri
porte un crêpe à son chapeau de paille; mais ils sont
tous deux brillants de jeunesse et ils se sourient doucement l'un à l'autre, ils sourient à la terre qui les porte,
à l'air qui les baigne, à la lumière que chacun d'eux voit
briller dans les yeux de l'autre. Je leur fais signe de ma
fenêtre avec mon mouchoir, et ils sourient à ma vieillesse.

Sentez-vous comme chaque petit tableau s'agrandit
et comme l'univers vient s'y mêler tout entier?

Étoiles *qui avez lui sur la tête légère ou pesante de
tous mes ancêtres oubliés,* c'est à votre clarté que je sens
s'éveiller en moi un regret douloureux. Je voudrais un
fils *qui vous voie encore* quand je ne serai plus.

Est-il possible de faire tenir plus de contemplation
dans un regret, et plus de pensée dans un simple
regard aux étoiles ?

Mais cette science, qui est à la fois ironie et tendresse et qui agrandit tous les sentiments et toutes
les impressions, est la science d'un vieux savant,
d'un membre de l'Institut. De là, en maintes occa-
sions, des effets d'un comique délicat et savoureux
par le contraste inattendu que font avec certaines

idées et certains objets la gravité, la prudhomie,
l'exactitude scientifique et, d'autres fois, la beauté
antique du langage de M. Sylvestre Bonnard. Ainsi
quand le bonhomme est subitement tiré de ses
réflexions par M. Paul de Gabry :

J'ai lieu de craindre que ma physionomie n'ait trahi
ma distraction incongrue par une certaine expression de
stupidité qu'elle revêt dans la plupart des transactions
sociales,

Et que dites-vous de cette constatation motivée de
la beauté d'une femme :

Son visage et ses formes étaient d'une femme adulte.
L'ampleur de son corsage et la rondeur de sa taille ne
laissaient aucun doute à cet égard, même à un vieux
savant comme moi. J'ajouterai, sans crainte de me trom-
per, qu'elle était fort belle et de mine fière, car mes
études iconographiques m'ont habitué de longue date à
reconnaître la pureté d'un type et le caractère d'une
physionomie.

Je pourrais apporter de nombreux exemples de ce
genre de comique. Ce sang-froid, cette bonhomie,
cette dignité lente du vieil archéologue enregistrant
des observations divertissantes ressemble un peu à
l'*humour* de Sterne ou de Dickens (joignez que
M. Anatole France sait peindre, lui aussi, à la façon
de Dickens ou de M. Alph. Daudet); mais en même
temps l'humour de M. Bonnard s'exprime dans la

langue la plus pure, la mieux rythmée, la plus harmonieuse, dans une langue toute nourrie de grâce et
de beauté grecques. Lisez, relisez et goûtez longuement, je vous prie, cette exquise harangue d'un vieux
savant à un vieux chat :

Hamilcar, lui dis-je en allongeant les jambes, Hamilcar, prince somnolent de la cité des livres, gardien
nocturne ! Pareil au chat divin qui combattit les impies
dans Héliopolis pendant la nuit du grand combat, tu
défends contre de vils rongeurs les livres que le vieux
savant acquit au prix d'un modique pécule et d'un zèle
infatigable. Dans cette bibliothèque que protègent tes
vertus militaires, Hamilcar, dors avec la mollesse d'une
sultane. Car tu réunis en ta personne l'aspect formidable
d'un guerrier tartare à la grâce appesantie d'une femme
d'Orient. Héroïque et voluptueux Hamilcar, dors en attendant l'heure où les souris danseront, au clair de la lune,
devant les *Acta sanctorum* des doctes Bollandistes.

IV

Si insinuante que soit quelquefois la mélancolie du
journal intime de M. Sylvestre Bonnard, ne vous
y laissez pas prendre ; et si vous vous attendrissez
trop fort, dites-vous que cela n'est pas arrivé. Car
Clémentine n'est pas morte, M. Bonnard s'est marié,
et il a écrit le *Livre de mon ami*.

Ce livre plaira aux mères, car il parle des enfants.

Il charmera les femmes, car il est délicat et pur. Il ravira les poètes, car il est plein de la poésie la plus naturelle et la plus fine à la fois. Il contentera les philosophes, car on y sent à chaque instant, ai-je besoin de le dire? l'habitude des méditations sérieuses. Il aura l'estime des psychologues, car ils y trouveront la description la plus déliée des mouvements d'une âme enfantine. Il satisfera les vieux humanistes, car il respire l'amour des bonnes lettres. Il séduira les âmes tendres, car il est plein de tendresse. Et il trouvera grâce devant les désabusés, car l'ironie n'en est point absente et il révèle plus de résignation que d'optimisme.

Quoi ! tout cela dans des impressions d'enfance? — C'est ainsi, et il n'y a rien là de surprenant, que le talent de l'écrivain, car il n'est pas de meilleur sujet pour un observateur qui est un poète, ni pour un poète qui est un philosophe, ni pour un philosophe qui est un père.

Un petit enfant, c'est d'abord, quand il est joli ou seulement quand il n'est pas laid, la créature du monde la plus agréable à voir, la plus gracieuse par ses mouvements et toute sa démarche, la plus noble par son ignorance du mal, son impuissance à être méchant ou vil et à démériter. Un petit enfant, c'est aussi la créature la plus aimée d'autres êtres, dont il est la raison de vivre, pour qui il est la suprême affection, la plus chère espérance, souvent l'unique intérêt. Et surtout un petit enfant, c'est pour un phi-

losophe comme Sylvestre Bonnard, le sujet d'observation le plus attachant. C'est un homme tout neuf,
non déformé, parfaitement original ; c'est l'être qui
reçoit des choses et du monde entier les impressions
les plus directes et les plus vives, pour qui tout est
étonnement et féerie ; qui, cherchant à comprendre
le monde, imagine des explications incomplètes qui
en respectent le mystère et sont par là éminemment
poétiques. Plus tard, l'homme moyen accepte des
explications qu'il croit définitives; il perd le don de
s'étonner, de s'émerveiller, de sentir le mystère des
choses. Ceux qui conservent ce don sont le très petit
nombre, et ce sont eux les poètes, et ce sont eux les
vrais philosophes. Tout enfant est poète naturellement. L'âme d'un petit enfant bien doué est plus
proche de celle d'Homère que l'âme de tel bourgeois
ou de tel académicien médiocre.

Et d'un autre côté le petit enfant, quoique supérieur à l'homme, est déjà un homme. Il en éprouve
déjà les passions : vanité, amour-propre, jalousie, —
amour aussi, — désir de gloire, aspiration à la
beauté. Ses bons mouvements, étant spontanés, ont
chez lui une grâce divine. Et quant à ceux qui dérivent de l'égoïsme, étant inoffensifs et n'étant point
prémédités, ils sont divertissants à voir. Ils n'apparaissent que comme des démonstrations piquantes de
l'instinct de conservation et de conquête, comme les
premiers et innocents engagements de la lutte nécessaire pour la vie.

7

M. Anatole France a rendu après d'autres, après Victor Hugo, après Mme Alphonse Daudet, quelques-uns de ces aspects de l'enfance, cet éveil progressif à la vie de la pensée et à la vie des passions, — mais à sa façon, dans un esprit plus philosophique et par une analyse plus pénétrante. Ce qu'il raconte d'ail-leurs, ce sont les impressions d'un petit enfant très particulièrement doué, d'un enfant qui sera un artiste, un contemplateur, un rêveur, et qui prendra surtout le monde comme un spectacle pour les yeux et comme un problème pour la pensée, non comme un champ de bataille ou comme un magasin de provi-sions où il s'agit avant tout de se faire sa part. Et le caractère de cet enfant se marque plus clairement par le voisinage d'un autre enfant doué de qualités différentes, mieux armé pour la lutte et pour l'action : le petit Fontanet, « ingénieux comme Ulysse », si malin, si déluré, si débrouillard, qui deviendra « avo-cat, conseiller général, administrateur de diverses compagnies, député ».

Faut-il rappeler quelques traits de ces histoires enfantines ? L'embarras est grand : ce que je citerai me laissera le remords de paraître négliger ce que je ne cite point :

> Tout dans l'immortelle nature
> Est miracle aux petits enfants.
>
> . . . .
>
> Ils font de frissons en frissons
> La découverte de la vie.

J'étais heureux. Mille choses, à la fois familières et mystérieuses, occupaient mon imagination, mille choses qui n'étaient rien en elles-mêmes, mais qui faisaient partie de ma vie. Elle était toute petite, ma vie ; mais c'était une vie, c'est-à-dire le centre des choses, le milieu du monde. Ne souriez pas à ce que je dis là, ou n'y souriez que par amitié et songez-y : quiconque vit, fût-il un petit chien, est au milieu des choses.

Le papier du petit salon où joue Pierre Nozière est semé de roses en boutons, petites, modestes, toutes pareilles, toutes jolies :

Un jour, dans le petit salon, laissant sa broderie, ma mère me souleva dans ses bras ; puis, me montrant une des fleurs du papier, elle me dit :

— Je te donne cette rose.

Et, pour la reconnaître, elle la marqua d'une croix avec son poinçon à broder.

Jamais présent ne me rendit plus heureux.

Je vous recommande aussi, comme des merveilles de psychologie enfantine, le chapitre d'Alphonse et de la grappe de raisin, et celui où Pierre, voulant se faire ermite et se dépouiller des biens de ce monde, jette ses jouets par la fenêtre :

— Cet enfant est stupide ! s'écria mon père en fermant la fenêtre.

J'éprouvai de la colère et de la honte à m'entendre juger ainsi. Mais je considérai que mon père, n'étant pas saint comme moi, ne partagerait pas avec moi la gloire des bienheureux, *et cette pensée me fut une grande consolation.*

Un des mérites les plus originaux du livre, c'est que l'enfant qui en est le héros est bien « au milieu du monde ». Les personnages qui traversent les chapitres, l'abbé Jubal, le père Le Beau, Mᴵˡᵉ Lefort, sont bien vus par un petit enfant. Les histoires de grandes personnes, incomprises, incomplètement vues, comme des séries de scènes singulières qui ne se relient point entre elles, prennent des airs et des proportions de rêves. Voyez ce que devient dans un cerveau d'enfant l'histoire de la dame en blanc dont le mari voyage et qui est aimée d'un autre monsieur. Voyez surtout comment tourne au fantastique l'histoire de la jolie marraine, de Marcelle aux yeux d'or, la pauvre créature d'amour et de folie : apparition d'une fée très bonne, très capricieuse et très malheureuse. Et quelle douceur dans la pitié de l'homme s'épanchant, plus tard, sur la vision de l'enfant !

Pauvre âme en peine, pauvre âme errante sur l'antique Océan qui berça les premières amours de la terre, cher fantôme, ô ma marraine et ma fée, sois bénie par le plus fidèle de tes amoureux, par le seul peut-être qui se souvienne encore de toi ! Sois bénie pour le don que tu mis sur mon berceau en t'y penchant seulement ; sois bénie pour m'avoir révélé, quand je naissais à peine à la pensée, les tourments délicieux que la beauté donne aux âmes avides de la comprendre ; sois bénie par celui qui fut l'enfant que tu soulevas de terre pour chercher la couleur de ses yeux ! Il fut, cet enfant, le plus heureux et, j'ose le dire, le meilleur de tes amis. C'est à lui que tu donnas le plus, ô généreuse femme ! car tu lui ouvris, avec tes deux bras, le monde infini des rêves...

Hélas ! c'est peut-être là la suprême sagesse : voir le monde et s'en émerveiller comme les tout petits, mais ne revenir à cet émerveillement qu'après avoir passé par toutes les sagesses et les philosophies ; concevoir le monde comme un tissu de phénomènes inexplicables, à la façon des enfants, mais par de longs détours et pour des raisons que les enfants ne connaissent pas.

Ainsi fait M. Anatole France. Sa contemplation est pleine de ressouvenirs. Je ne sais pas d'écrivain en qui la réalité se reflète à travers une couche plus riche de science, de littérature, d'impressions et de méditations antérieures. M. Hugues Le Roux le disait dans une élégante *Chinoiserie :* « Toutes les choses de ce monde sont réverbérées, les ponts de jade dans les ruisseaux des jardins, le grand ciel dans la nappe des fleuves, l'amour dans le souvenir. Le poète, penché sur ce monde d'apparences, préfère à la lune qui se lève sur les montagnes celle qui s'allume au fond des eaux, et la mémoire de l'amour défunt aux voluptés présentes de l'amour. » Eh bien ! pour M. Anatole France, les choses ont coutume de se réfléchir deux ou trois fois ; car, outre qu'elles se réfléchissent les unes dans les autres, elles se réfléchissent encore dans les livres avant de se réfléchir dans son esprit. « Il n'y a pour moi dans le monde que des mots, tant je suis philologue ! dit Sylvestre Bonnard. Chacun fait à sa manière le rêve de la vie. J'ai fait ce rêve dans ma bibliothèque. » Mais le rêve qu'on fait dans une bibliothèque, pour s'enrichir du rêve de beaucoup d'autres hommes, ne cesse point d'être personnel. Les contes de M. Anatole France sont, avant tout, les contes d'un grand lettré, d'un mandarin excessivement savant et subtil ; mais, parmi tout le butin offert, il a fait un choix déterminé par son tempérament, par son originalité propre; et peut-être ne le définirait-on pas mal un humoriste érudit et tendre épris de beauté antique. Il est remarquable, en tout cas, que cette intelligence si riche ne doive presque rien (au contraire de M. Paul Bourget) aux littératures du Nord : elle me paraît le produit extrême et très pur de la seule tradition grecque et latine.

Je m'aperçois en finissant que je n'ai pas dit du tout ce que j'avais dessein de dire. Les livres de M. Anatole France sont de ceux que je voudrais le plus avoir faits. Je crois les comprendre et les sentir entièrement ; mais je les aime tant que je n'ai pu les analyser sans un peu de trouble.

LE PÈRE MONSABRÉ

On fait de temps en temps la découverte de Notre-Dame. Il y a, j'en suis sûr, quantité de Parisiens qui ne passent pas une fois l'an devant la merveilleuse basilique. La vie est ailleurs. Notre-Dame, énorme et mystérieuse, dort son sommeil de pierre et de longs souvenirs, dans son îlot, loin du Paris agité et grouillant. Le clergé même a presque abandonné la vieille église trop grande, où tiendraient trois ou quatre églises modernes. A peine y murmure-t-on quelque messe dans un recoin perdu. La forêt de piliers et d'arcades où nichèrent Quasimodo, ce hibou, et la Esmeralda, cette mésange, la grande maison de Dieu et du peuple où priaient les foules ingénues et violentes, où se déroulaient la fête des Rois et la fête des Fous, appartient au silence, à la solitude, au passé. Ce n'est plus qu'un monument historique, un témoin des siècles. Celui qui, étant entré là le matin, s'en va le soir à l'Éden-Théâtre après avoir flâné sur les boulevards a pu, s'il sait voir, apprendre des choses qui ne sont pas dans les manuels.

I

Des hommes crient à l'entrée de l'église : « Demandez la dernière conférence du Père Monsabré *in extenso!* » Ils prononcent : *in extanso*. Près de la porte, des photographies du prédicateur sont exposées, comme aux vitrines du *Gil Blas* les portraits des actrices, « des mouquettes » et de M. le comte Irison d'Hérisson.

On entre et tout de suite on se sent enveloppé de mystère, de paix, de demi-ténèbres très douces éclairées par les pierres précieuses des vitraux, d'où semble rayonner une lumière qui leur est propre. Les colonnes jaillissent tout droit comme des arbres de sept cents ans (la vieille comparaison est inévitable), et par les arcades de la grande nef on voit les doubles rangs de piliers des nefs latérales pêle-mêle, avec des percées et des allées tournantes comme dans une forêt. Le maître-autel semble loin, très loin, et les verreries du fond sont comme une aurore fantastique entrevue au bout d'une haute futaie.

> Notre-Dame!
> Que c'est beau[1]!

[1]. Victor Hugo, le *Pas d'armes du roi Jean.*

Et pourtant, bien que ce soit immense, audacieux,
et que les détails y soient d'un caprice abondant, cela
ne paraît pas, après tout, si hardi, si touffu, si fou
que la cathédrale de Rouen, par exemple, ou celle de
Chartres. Les piliers sont presque des colonnes dori-
ques; les ogives sont presque des pleins cintres. Il y
a là de la mesure, du goût : cette énormité a quand
même quelque chose de parisien, un je ne sais quoi,
mais sensible.

On paye quinze centimes pour entrer dans la grande
nef. Des sectateurs intransigeants de l'Évangile, qui
d'ailleurs ne l'ont jamais lu et qui ne hantent pas les
églises, auraient une belle occasion de s'écrier ici:
« O sainte égalité des hommes devant Dieu ! Il faut
payer, il faut être riche pour entendre la parole de
Celui qui aimait les pauvres ! Il y a des places réservées aux capitalistes dans les temples du Dieu de
Bethléem ! On vend ton verbe, ô Christ ! et tes prêtres
trafiquent de toi ! » — Hélas ! outre que ces trois sous
vont assurément à des œuvres avouables, les conférences de Notre-Dame ne sont point faites pour les
pauvres gens. Ils n'y viennent pas, ou, s'ils y viennent
d'aventure, comme ce sont évidemment des simples
et des résignés, ils ne s'irritent point d'être exclus
des chaises réservées; ils acceptent avec la douceur
de l'habitude les plus mauvaises places à l'église
comme dans la vie : cela leur semble naturel. Et
si les belles phrases savantes et cadencées n'arrivent à leurs oreilles que par lambeaux confus,

7.

ils comprennent juste autant que s'ils entendaient.

La nef centrale, où sont admis seulement les hommes est déjà à moitié pleine au moment où j'arrive. Les femmes sont rejetées dans les bas côtés ou perchées dans les galeries à jour qui longent la grande nef. Elles sont en assez petit nombre et j'en vois peu d'élégantes. Cette vieille cathédrale démesurée n'attire point les femmes. Elles ont des églises plus petites, chauffées, confortables, qui sont d'aujourd'hui et qui sont à elles : Notre-Dame est d'autrefois et est à tout le monde. Ce vaisseau est si vaste, si haut, si solennel, que les froufrous, les chuchotements, les petites mines s'y sentiraient mal à l'aise. Tout ce minuscule y serait ridicule, presque sacrilège. Une Parisienne, habillée comme elles le sont à présent, y ferait l'effet d'un contresens, d'une petite tache fort jolie, mais absurde.

Quant aux hommes qui sont là, quels sont-ils? Il ne me paraît pas que l'auditoire soit aussi brillant, à beaucoup près, qu'au temps de Lacordaire ou même du Père Hyacinthe, alors qu'un grand nombre de ceux qui comptent dans la littérature ou dans la politique se pressaient, comme on dit, autour de la chaire. Je remarque d'abord que la plupart des auditeurs sont des croyants : ils prient, ils suivent la messe qu'on dit avant le sermon. Je vois beaucoup de vieux messieurs et de jeunes gens à tête de séminariste. J'ai à côté de moi un mince adolescent, de mise soignée, pâle, l'œil bleu et profond, la bouche enfantine, évidemment

très pieux, très candide et très pur (peut-être votre
Hubert Liauran avant la chute, mon cher Paul Bourget!). Il remue les lèvres, dit son chapelet, baise la
petite croix de temps en temps. — Un peu plus loin,
un petit frère de la Doctrine chrétienne, figure naïve,
de bonnes grosses joues, crâne pointu avec le rouleau
de cheveux sur la nuque : on voit de ces silhouettes
dans les *Contes drolatiques* illustrés par Gustave Doré.
— Plus loin encore, un homme sans âge, barbe à
tous crins, front haut, serré aux tempes, des yeux
brillants, l'air farouche, un de ces masques durs de
fanatiques comme on en rencontre aussi dans les
réunions anarchistes : avec d'autres pensées, le
cerveau est certainement le même. — Mais le peuple,
où est-il? Je n'ai pas aperçu un homme en blouse
ou en bourgeron dans cette église où jadis le peuple
était chez lui, où il venait oublier sa dure vie, s'enchanter d'une vision de paradis, de belles processions
étincelantes de chasubles et de bannières et envelop-
pées d'encens comme une aurore de pourpre dans une
brume d'or.

Tout à coup un chant s'élève du fond de la basilique, d'une chapelle qu'on ne voit pas, un chant
d'enfant de chœur, à la fois grêle et velouté et comme
ouaté par la distance. On dirait la plainte d'un oiseau
chantant tout seul à l'extrémité d'une forêt magique.
Cette voix psalmodie la belle prière: « *Attende, Domine,
et miserere, quia peccavimus tibi.* Écoutez, Seigneur,
et ayez pitié, car nous avons péché contre vous. »

Des voix d'hommes reprennent le verset en chœur. L'adolescent extatique à la figure de jeune archange se met à chanter, et je constate avec une surprise désagréable que ce Chérubin de cercle catholique, qui serait un si friand régal pour quelque perverse marraine de trente-cinq ans, a une voix de basse profonde.

Malgré tout, cette lamentation lointaine qui recommence, cette lumière tamisée venant on ne sait d'où, cette ombre douce et solennelle, cela berce et caresse l'âme à la faire pleurer. C'est bien là qu'on oublie. Femmes du peuple qui peinez tant, voulez-vous oublier la mansarde où il fait froid et où l'on n'a pas toujours du pain, le loyer qui n'est pas payé, le mari qui vous bat quand il est ivre, les enfants morts ou mal portants, toute la douleur de vivre ? Et vous, filles et femmes tentées par la misère ou par la folie obscure de votre corps, et vous, mendiants, infirmes et meurt-de-faim, toute la cohue invoquée par Jean Richepin dans la *Ballade des Gueux*, — venez, venez ici ! Une fois les lourds battants feutrés retombés derrière vous, tout est fini, rien de tout cela n'existe plus : vous entrez dans un monde nouveau, dans un lieu de mystère où vous pouvez croire que la vie est un vague et mauvais rêve allégé par des trêves bienfaisantes qui font pressentir le réveil ailleurs ; et vous sortirez avec une douceur dans l'âme et une résignation un peu moins inutile que la révolte. « Venez, vous qui peinez et qui êtes chargés, et je vous soulagerai. »

Mais, au lieu de gueux et de claque-patins, des messieurs, qui ont toutes sortes de raisons pour se consoler de vivre, viennent occuper les places d'abonnés, les stalles de velours en face de la chaire. Ce sont des « hommes du monde », cela se voit à leur mise et à leur façon de se saluer, de sourire, de se serrer la main. Plusieurs sont assurément des membres de la Société de Saint-Vincent de Paul et beaucoup sont d'anciens magistrats : cela se sent. Puis, devant ces apôtres bien élevés des cercles catholiques, une trentaine de prêtres viennent s'asseoir sur des chaises qui les attendent. Enfin, le cardinal, entouré de hauts dignitaires ecclésiastiques et d'un évêque ou deux, prend place sur un siège élevé. Il est très vieux, très pâle, très blanc, avec de grands traits austères : un archevêque de vitrail.

II

L'orateur paraît : larges mâchoires, menton carré, grande bouche, une tête de paysan robuste et qui a sa beauté. Le *Figaro*, dernièrement, faisait de lui un marquis. Je n'ai pas d'idées préconçues sur le physique habituel des marquis, et il se pourrait que le Père Monsabré en fût un. Mais, informations prises, il est né à Blois, de simples honnêtes gens, ce qui est déjà bien beau. Son père était boulanger, comme celui du général Drouot et de M. Coquelin. Avant d'entrer chez les dominicains, l'abbé Monsabré fut vicaire à Mer (Loir-et-Cher), où son frère était curé. On m'assure que le conférencier de Notre-Dame est le plus brave homme du monde et qu'il est très gai, d'une gaieté facile, joviale, bruyante, presque gamine.

Quelqu'un me dit : « Cette gaieté des moines échappés dans les jardins des couvents entre deux exercices religieux est quelque chose de très particulier. Notre gaieté à nous grimace presque toujours et n'est presque jamais inoffensive. Mais cette allégresse monastique ressemble à la gaieté des enfants, exprime la légèreté d'âme et la sécurité complète. Ces hommes sont affranchis par leur genre de vie de tout souci matériel et ont d'ailleurs toutes les certitudes : dès lors comment seraient-ils tristes ? Ils ont l'enfance du cœur qui permet de s'amuser à des riens. — Quelquefois aussi (et alors elle est moins aimable et sonne un peu faux aux oreilles des profanes), cette gaieté laisse entrevoir une arrière-pensée d'édification; elle paraît commandée et voulue; elle s'étale comme un argument en faveur de la foi, comme un défi à la tristesse ou aux rires mauvais des pécheurs. Il n'en est pas moins vrai qu'en ces temps moroses les derniers refuges de la gaieté innocente, ce sont les salles d'asile, les écoles primaires et les couvents. La belle humeur des religieux et, en général, des hommes d'Église n'est point une invention des conteurs du moyen âge. Dans les séminaires grands et petits, il est instamment recommandé aux élèves de jouer et d'être gais : cela détourne de mal faire, de penser à mal et même de penser. Cela est donc d'une sagesse éminente. » Je ne garantis pas l'exactitude de cet aperçu : en tout cas, il ne serait vrai que des moines gais.

La tête de l'orateur se détache, à demi encadrée par le capuchon noir, pendant que les bras étendus déploient les manches de la robe, larges et blanches.

Ce costume est bien celui qui convient aux dominicains : il est immaculé avec quelque chose d'un peu théâtral. L'ordre des Frères prêcheurs est, je crois, à l'heure qu'il est, le plus brillant des ordres religieux, le plus généreux, le plus aventureux aussi. Ils ont hérité de la flamme de Lacordaire, de son libéralisme, de sa hardiesse ingénue. On ne trouve plus que chez eux l'esprit des Montalembert et des Cochin, l'heureux malentendu du catholicisme libéral, et cela en dépit des persécutions subies. Ils persistent à rêver la réconciliation de la science et de la foi, de la religion et de la société moderne. Illusions si l'on veut ; mais sur quoi, je vous prie, se peuvent fonder l'harmonie sociale, la paix des âmes, le bonheur relatif dont l'homme est capable, sinon sur des illusions ? Ils ont la charité et se piquent de tolérance. Ne leur dites pas que c'est saint Dominique qui a inventé l'Inquisition : ils ne vous croiront pas. Leur règle n'a rien d'oppressif ni d'absorbant, elle respecte leur personnalité, laisse à chacun une très large initiative. Aussi exercent-ils une grande séduction sur les âmes, en particulier sur les femmes et les jeunes gens. Leur esprit forme un remarquable contraste avec celui de la Compagnie de Jésus. Là, les individus sont plus effacés, évitent de se mettre en évidence : ils agissent sur les âmes par la direction privée plus que par la prédication publique; ils trouvent leur plaisir dans le sentiment de l'immense force collective dont ils participent, à laquelle ils contribuent par leur obéissance même, plutôt que dans le libre gouvernement de leurs facultés en vue de l'intérêt divin. Enfin, comme c'est par l'accroissement de leur propre puissance qu'ils cherchent le bien spirituel des âmes, il leur arrive, à leur insu, de s'attacher au moyen plus qu'à la fin et de ne pas paraître entièrement désintéressés. Au reste, ils sont doux, polis, aimables, fins, mesurés; aussi étroits que possible dans leur doctrine, mais indulgents pour les personnes et accommodants dans la pratique. Leur influence est plus étendue, plus secrète et plus sûre. Mais les dominicains, ces romantiques, on pourrait presque dire ces aventuriers de l'orthodoxie, ont plus de charme et d'éclat. Ils ont aussi quelque chose de plus cordial et de plus humain. Presque tous sont hommes d'imagination et d'expansive charité.

C'est pour cela que les Frères *prêcheurs* auront été, en effet, au xixe siècle, les représentants les plus éminents de l'éloquence catholique en France. Une flamme si vivace embrasait les lèvres de Lacordaire que son œuvre oratoire (chose rare) n'est pas encore refroidie après quarante ans. Ni logicien, ni critique, ni théologien, il avait de profonds cris d'amour et de belles visions. Les conférences sur les vertus chrétiennes, la charité, la chasteté, la sainteté, celles de 1846 sur Jésus-Christ se lisent encore avec un plaisir qui va parfois jusqu'à l'émotion. (Et je profite de l'occasion pour rappeler aux profanes qu'il y a des chapitres pleins de grâce dans la *Vie de saint Dominique* et un grand charme de poésie, de tendresse, de piété un tant soit peu rêveuse et romanesque, dans la *Vie de Marie Madeleine*, dont les religieuses interdisent la lecture aux petites couventines et que M. Barbey d'Aurevilly a qualifiée de dangereuse et d'immorale.) Mais, il faut le reconnaître aussi, l'apologétique de, Lacordaire n'était pas d'une extrême solidité. Cette démonstration de la vérité du catholicisme par son rôle dans l'histoire et dans la société humaine, c'est quelque chose d'un peu bien arbitraire ; car l'histoire se pétrit aisément selon la fantaisie de qui s'en empare, et je ne vois pas une religion qui ne puisse tenter une démonstration de ce genre. Ajoutez qu'à défaut de l'histoire, qu'il savait juste assez pour l'interroger avec éloquence, Lacordaire se contentait parfois de l'anecdote et qu'il lui arrivait de prouver la vérité de la religion chrétienne par un mot de Jean-Jacques ou de Napoléon à Sainte-Hélène.

Mort, ce candide Lacordaire — qui dans une brochure sur le pape professait le plus pur ultramonta-

nisme et s'en allait en 1848 siéger à la Montagne, qui
se drapait dans sa robe blanche avec un peu de la
jactance d'un d'Artagnan monastique et se livrait en
même temps, dans la crypte de son couvent, aux san-
glantes macérations des premiers ascètes — a continué
d'exercer sur ses fils une très puissante influence qui
me paraît avoir été de deux sortes : heureuse par la
transmission de son généreux esprit, déplaisante quelquefois par la tradition de son éloquence aventureuse
et si personnelle, qu'ils ont imitée avec quelque
maladresse. Car ils lui empruntaient sa fragile apologétique sans le grand souffle qui la soutenait (en l'air),
ses bizarreries de style sans sa prestigieuse imagination, toute sa manière enfin sans s'apercevoir qu'ils
n'avaient ni ses dons originaux ni surtout son
public.

Mais il semble que depuis quelques années les Frères
prêcheurs soient revenus à un genre de prédication
plus modeste, plus pratique, mieux accommodé à un
auditoire chrétien, qu'ils se soient ressouvenus du bon
vieux « sermon », du sermon de Bossuet et de Bourdaloue. Puis, ils viennent de découvrir saint Thomas
d'Aquin. Je crois que le Père Monsabré a été pour
beaucoup dans ce retour aux traditions de la chaire
catholique.

III

Quelques-uns d'entre vous (dit le Père Monsabré dans sa première conférence), plus amis des spéculations qui font voyager l'âme au dehors que des vérités qui la ramènent sur elle-même, trouveront peut-être que je me suis attardé à des matières de prône et de catéchisme : j'en suis fâché pour eux. S'imaginaient-ils que j'allais réfuter et gourmander ceux pour qui il n'y a pas de Dieu à offenser, pas de grâce à perdre, pas d'âme à déshonorer ? A quoi bon ? Ces bêtes à face humaine font profession de n'obéir qu'aux fatalités de la matière. Il faudrait les rendre accessibles à la honte et au remords avant de leur parler de pénitence. C'est à des hommes raisonnables et à des *chrétiens* que je me suis adressé.

Le Père est dans le vrai, sauf une phrase qui dépasse certainement sa pensée, car on n'est pas nécessairement une « bête à face humaine » pour être en dehors de la foi catholique. Il a raison de ne prêcher que pour les croyants, puisqu'il n'a plus, comme j'ai dit, que des croyants autour de sa chaire et qu'il perdrait sa peine à haranguer des absents. Maintenant, est-ce son genre de prédication qui a éloigné les indifférents et les curieux ? ou est-ce au contraire leur abstention qui lui a fait adopter des façons plus dogmatiques ? Je ne sais. Je crois pourtant qu'il aurait du mal, quand il le voudrait et quand il ferait tout pour cela, à réunir un auditoire analogue à celui de

Lacordaire. En ce temps-là, il me semble qu'il y avait, autour des catholiques pratiquants, un grand nombre d'hommes qui avaient au moins l'imagination chré- tienne et un fonds de religiosité, des esprits souffrant de leur doute, enclins aux vastes spéculations, tour- mentés par ce qu'on est convenu d'appeler les grands problèmes. Aujourd'hui on ne se pose plus de ques- tions du tout. L'abîme s'est élargi, j'en ai peur, entre ceux qui croient et ceux qui ne croient pas, et, quand ceux-ci ne sont pas installés dans la négation absolue, ils se jouent dans un septicisme curieux et parfaite- ment tranquille. Lacordaire parlait devant Lamartine, Hugo, Berryer, Guizot, Cousin, devant des hommes dont on ne retrouverait guère les pareils. On ne sau- rait donc trop louer le Père Monsabré d'avoir trans- formé les conférences en majestueuses homélies.

Et c'est peut-être encore le meilleur moyen de tou- cher, Dieu aidant, l'âme des incrédules, si d'aventure il s'en mêlait quelques-uns au troupeau des fidèles. Faut-il le dire ? La vérité de la religion catholique ne se démontre pas. Car, s'il s'agit des dogmes et des mystères, on ne saurait croire au surnaturel pour des motifs rationnels : cela implique contradiction. Et s'il s'agit de la révélation considérée comme un fait histo- rique, j'ai rencontré des ecclésiàstiques qui reconnais- saient que. pour un esprit muni de critique et non prévenu par la grâce, il peut y avoir, à la rigueur, autant de raisons de rejeter ce fait que de l'admettre. Dès lors le prédicateur n'a rien de mieux à faire que de confirmer les croyants dans leur foi et d'incliner les autres à croire, non par des arguments toujours caducs en quelque point, mais par l'émotion et l'onction de sa parole et en leur rendant sensibles la douceur et la bienfaisance intimes de la foi et des vertus chrétiennes. Il pourra bien sans doute démontrer par les preuves traditionnelles chaque article de la doctrine, mais pour les fidèles seulement, avec cette pensée que ces arguments ne peuvent convaincre que ceux qui sont persuadés d'avance, sans prétendre foudroyer les incrédules par des raisonnements irréfragables et sans supposer non plus que ces malheureux soient toujours de mauvaise foi ni qu'ils se donnent tous pour des esprits forts : car il y en a qui se donnent de la meilleure grâce du monde pour des esprits faibles, incertains, gouvernés par des forces obscures, incapables d'atteindre l'absolue vérité.

Le Père Monsabré à dû se faire quelques-unes au moins de ces réflexions. Il s'est rendu compte, en partie, des conditions faites par la misère des temps à la prédication chrétienne, et c'est à cause de cela que son *Carême* nous a paru intéressant.

IV

Il a simplement entretenu ses auditeurs (« simplement » ne veut pas dire ici « avec simplicité ») du sacrement de pénitence. Je résume sa seconde confé-

rence, une de celles qui donnent l'idée la plus complète
de ses qualités et de ses défauts. Elle a pour sujet la
nécessité de la confession.

Mon plan est bien simple : 1° Dieu veut qu'on se con-
fesse ; 2° nous n'avons pour nous en dispenser que de
mauvaises raisons.

§ 1er. — C'est de Jésus-Christ que les apôtres et
leurs successeurs ont reçu le pouvoir de « remettre
ou retenir les péchés ». La confession doit être auri-
culaire, singulière et précise : sinon, comment le
prêtre saurait-il s'il doit remettre ou retenir ? Pour
guérir les cœurs, il faut bien qu'il connaisse leur mal.

D'ailleurs, nous avons la preuve historique que la
confession date des apôtres. Une série ininterrompue
de témoignages nous atteste l'existence de la confession depuis l'origine du christianisme.

Autre preuve, par l'absurde. Supposons que la confession n'ait pas été instituée par Jésus-Christ : ou bien
elle aurait été inventée et imposée, à un moment
donné, par un seul homme; ou bien elle se serait
répandue peu à peu dans le monde chrétien. Mais, dans
les deux cas « une nouveauté si oppressive, si humi-
liante pour l'orgueil humain », aurait rencontré des
résistances, et l'on pourrait, par suite, en fixer la date
précise. Or, on ne le peut pas. Donc la confession a
toujours existé.

Tout le développement de cette première partie est
remarquable par l'ordre et la clarté. J'y ai relevé des

traces de scolastique, comme lorsque l'orateur nous
dit que la confession est à la fois, pour le prêtre, un
pouvoir, un honneur, un privilège et un droit, et
qu'il nous explique chacun de ces quatre termes.
Franchement, c'est là une analyse sans intérêt et qui
ne porte que sur des mots. Peut-être y a-t-il là une
légère affectation, et qui, d'ailleurs, n'est pas toujours
désagréable, d'érudition théologique et de science
traditionnelle. De même, le Père abuse un peu des
citations de saint Thomas. Dans sa première conférence il éprouve le besoin de l'invoquer pour nous
dire que la pénitence est à l'âme ce que la médecine
est au corps. La pensée n'a pourtant rien d'extraordinaire : l'orateur aurait pu, je crois, trouver cela
tout seul, et on ne dérange pas un saint pour si peu !

La forme est ample, majestueuse, un peu emphatique par endroits. Je sais bien que l'optique de la
chaire, dans une aussi vaste basilique, exige, comme
l'optique du théâtre, une sorte de grossissement ;
mais la mesure me paraît quelquefois dépassée.
L'orateur a trop d'apostrophes à la façon de Bossuet :
« Onction de la vérité, sages conseils, prescriptions
salutaires, pressez-vous sur mes lèvres, » etc. — Il a
trop, à mon goût, de solennelle phraséologie oratoire,
de formules guindées : « Cette conclusion n'est pas
le fruit de mon interprétation privée. *J'estimerais peu
les efforts que j'ai faits pour l'obtenir* si je ne me sentais appuyé par l'interprétation unanime de dix-huit
siècles, » etc. — Il a des façons violentes et hyperbo-

liques d'exprimer des choses très simples : « Si j'allais vous dire, de mon autorité privée : Confessez-vous, est-ce que vous tomberiez à genoux? » Voilà qui va bien, et cela suffit. Qu'il ajoute : « Ne serais-je pas plutôt l'objet de votre juste colère? Ne crieriez-vous pas au tyran de l'âme, au bourreau des consciences? » passe encore! Mais ce n'est pas assez pour lui : « Les dalles que vous foulez aux pieds, ne les arracheriez-vous pas pour me les jeter à la tête et m'étouffer dessous? » Ceci est décidément de trop. Et notez que cet éclat survient dans une des parties les moins importantes du sermon, dans le développement d'un argument accessoire. — Le style, souvent excellent, n'est pas toujours d'une entière pureté (c'est une critique que l'on peut se permettre, puisque le Père Monsabré apprend par cœur et récite ses discours, comme Massillon et comme les neuf dixièmes des orateurs). On a le déplaisir d'entendre des phrases de ce genre : « Ces quatre choses se donnent la main, » ou : « L'épanchement est la racine de l'amitié. »

Enfin j'ai dit que le Père Monsabré parlait pour les croyants et qu'il avait bien raison. Mais, puisque ses auditeurs acceptent de confiance tout ce qu'il leur dit, il n'est peut-être pas de bon goût de chercher à les éblouir. C'est pourtant ce que semble faire l'orateur quand, pour leur montrer que des témoignages ininterrompus attestent l'institution divine de la confession, il fait défiler devant eux une interminable liste, siècle par siècle, des docteurs qui en ont parlé. Il sait

bien que les fidèles n'iront pas voir : qu'il se contente
donc d'une affirmation générale ou qu'il en appelle
seulement aux quelques Pères dont le nom est connu
de tout le monde. Ou bien, si c'est aux incroyants
qu'il s'adresse, il n'ignore pas que ceux-là trouveront toujours moyen de contester. Cet étalage d'érudition, cette nomenclature bruyante ne prouve pas
grand'chose pour les indociles, et les dociles n'en ont
que faire : c'est proprement un effet de rhétorique.

§ 2. — La première partie du sermon est donc
toute d'exposition dogmatique : je préfère la seconde
où l'orateur a su mettre de l'émotion et parfois quelque finesse.

L'homme a trouvé plusieurs raisons de repousser
la confession. « Quelles raisons ? J'en vois de deux
sortes : celles qu'on dit, et celles qu'on ne dit pas. »

La première raison que l'on dit, c'est qu'il est impossible que Dieu semble faire violence à la nature
humaine et contraindre ses plus légitimes instincts.
La conscience est inviolable : l'homme a le droit de
n'être méprisable que devant soi. — Mais, au contraire, répond l'orateur, la conscience a besoin de
s'épancher :

De tous les secrets que nous portons dans le vase
trop fragile de notre cœur, aucun ne nous fatigue comme
le secret du péché et des peines qu'il enfante. Nuit et
jour, en face de notre opprobre, nous en sommes accablés
jusqu'au découragement, jusqu'à désespérer de nos propres
forces. Il faut étouffer, si l'on veut vivre encore, l'hon-

nêteté de ses bons instincts, le saint amour du bien, et chercher l'oubli dans l'ivresse continue de l'iniquité. Encore la conscience a-t-elle des retours. Elle s'éveille à l'improviste, et l'heure solennelle des remords sonne sur notre triste existence. Se voir et se mépriser, haïr en soi le plus cher de sa vie, se sentir l'auteur des peines qu'on endure et entendre dire à ceux qui les voient du dehors : Quelle chose étrange de souffrir ainsi ! Ne pouvoir étouffer cette voix maudite qui accuse d'ignorance et de mensonge ceux qui, séduits par les apparences de notre vie, nous aiment et nous estiment encore : y a-t-il quelque part un plus grand supplice ? Non ! le cadavre lié jadis par des tyrans à un corps plein de vie ne le tourmentait pas plus de ses effroyables baisers que ne tourmente une âme honnête encore l'horrible attouchement du péché. C'est assez pour amasser dans un cœur une douleur sans nom, dont chaque goutte devient un torrent, et que font éclater tout à coup d'épouvantables aveux, capables de compromettre et de briser des existences chéries. Au lieu de comprimer de pareilles douleurs, donnez-leur une issue secrète. Ouvrez quelque part un cœur qui reçoit les confidences du pécheur fatigué de porter tout seul le fardeau de ses fautes : tout à coup il se fait comme un mystérieux échange, je dis plus, une mystérieuse aliénation. Le mal nous quitte et passe des profondeurs de notre conscience dans des abîmes qui le dérobent aux yeux. Ce cadavre lié à notre âme, nous l'avons jeté dans un tombeau, d'où il ne sortira plus pour nous tourmenter. Nos soucis, nos alarmes, nos terreurs, passés aux flammes d'une parole amie, ont été purifiés. Il ne nous reste qu'un regret tranquille, qui nous laisse toutes nos forces pour le bien et ne nous empêche plus d'espérer un meilleur avenir. Oh ! ne dites pas que la confession est inhumaine et contre nature, puisque toute nature honnête encore dans ses instincts la recherche spontanément !

Le passage a de l'éclat (malgré la banalité de quelques métaphores), plus d'éclat peut-être que de pathétique. C'est du moins ce qu'il m'a semblé quand je l'ai entendu. Il est vrai que, dans cette trop vaste enceinte de Notre-Dame, l'orateur est absolument obligé de crier ses phrases. La diction est une lutte désespérée contre l'immensité des nefs ; elle ne peut guère se permettre les notes fines, pénétrantes ou voilées, les accents qui vont à l'âme. Je ne crois pas, du reste, que la voix du Père Monsabré se prête beaucoup à ces nuances. Et c'est déjà bien beau, dans ces conditions, de se faire entendre.

C'est égal, j'aurais désiré je ne sais quoi qui n'est pas venu. Je me figurais qu'il y avait d'autres choses à dire sur la confession, des choses plus délicates, plus intimes, plus ingénieuses et plus tendres — mais qui sans doute ne pourraient être dites que de moins haut, dans une enceinte plus étroite. Lesquelles? je ne sais ; mais, tandis que retentissaient les nobles phrases du prédicateur, un sonnet de Sully Prudhomme murmurait tout bas dans ma mémoire, exprimant un sentiment presque pareil :

Un de mes grands péchés me suivait pas à pas,
Se plaignant de vieillir dans un lâche mystère ;
Sous la dent du remords il ne pouvait se taire
Et parlait haut tout seul, quand je n'y veillais pas.

Voulant du lourd secret dont je me sentais las
Me soulager au sein d'un bon dépositaire,
J'ai, pour trouver la nuit fait un trou dans la terre,
Et là j'ai confessé ma faute à Dieu, tout bas.

Heureux le meurtrier qu'absout la main d'un prêtre !
Il ne voit plus le sang épongé reparaître
A l'heure ténébreuse où le coup fut donné.

J'ai dit un moindre crime à l'oreille divine ;
Où je l'ai dit, la terre a fait croître une épine,
Et je n'ai jamais su si j'étais pardonné.

La confession nous est si naturelle, continue le Père Monsabré, qu'avant de passer à l'état d'institution chrétienne « elle était partout connue, prêchée, pratiquée. » Et là-dessus il nous cite « un législateur chinois », Socrate, Sénèque, saint Jean-Baptiste et un missionnaire qui a trouvé la confession établie chez les sauvages. — Fort bien ; mais alors comment l'orateur a-t-il pu nous dire, dans la première partie de son discours, que la confession, si elle avait été inventée par d'autres que Jésus-Christ, eût paru « une nouveauté énorme, une obligation oppressive, la plus répugnante des humiliations ? » Elle est donc tour à tour contraire ou conforme à la nature, selon les besoins de la cause ! Cette radicale contradiction n'est sans doute qu'une inadvertance excusable ; mais voilà ce que c'est que de vouloir démontrer là où l'essentiel est de toucher et d'instruire.

La seconde raison qu'on allègue pour ne pas se confesser, c'est que l'homme s'avilit en s'agenouillant aux pieds d'un autre homme. Se confesser à Dieu, à la bonne heure ! — Mais, au contraire, ce qu'il nous faut, c'est un homme. Ici quelque chose de vraiment humain a amolli la voix de l'orateur :

Un homme, c'est ce qu'il nous faut. Comme nous, il est enfant de la femme; comme nous, il est pétri d'un limon abject; comme nous, il a senti l'aiguillon des convoitises; comme nous, il a lutté contre des penchants maudits; comme nous, peut-être, il est tombé. Sa vie a des échos dans notre vie; à la peinture de nos misères il reconnaît sa propre misère. Il ne peut vouloir être sévère sans qu'aussitôt mille voix crient dans son cœur : « Pitié ! pitié ! » sans que le poids douloureux de sa nature l'incline vers la miséricorde.

L'incrédulité reprend : « Nous confesser à un homme! Faire de notre vie la pâture de sa curiosité! Livrer nos plus redoutables secrets à la merci de ses indiscrétions, c'est impossible ! » Écoutez la réponse du Père Monsabré : vous y sentirez, au commencement, de la bonne grâce et de la bonhomie, puis de la générosité et de la grandeur. Ç'a été le bel endroit du discours, le moment du « frisson ».

Messieurs, les braves gens qui raisonnent ainsi oublient une chose qu'il est important de savoir : c'est que cette vie intime, ces redoutables secrets dont ils font tant de cas, sont, pour le prêtre qui en doit prendre connaissance, à leur centième, à leur millième et peut-être à leur dix millième édition, et qu'ainsi ils deviennent non plus la pâture de sa curiosité, mais d'une héroïque patience. Je voudrais pouvoir offrir à ceux qui redoutent la curiosité du prêtre dix ou douze heures de confessionnal : j'espère qu'au bout de ce temps il me demanderaient grâce et reconnaîtraient qu'il faut un sentiment moins trivial que la curiosité pour retenir le prêtre enchaîné aux fastidieuses redites de la conscience humaine.

8.

Quoi ! ce serait pour contenter une puérile passion qu'il écouterait si solennellement vos aveux ? Laissez-moi vous le dire, messieurs, vous ne le connaissez pas. Expliquez-moi pourquoi, en vous parlant, je vous aime, vous qui n'êtes pas mon sang, vous que je ne connais, pour la plupart, que pour vous avoir aperçus du haut de cette chaire ? N'est-ce pas que je vois sortir de vos yeux comme un flot de votre vie qui vient se mêler à ma vie ? N'est-ce pas que je crois reconnaître dans ce signe une sorte de sacrement par lequel votre cœur vient chercher mon cœur ? Et vous voudriez qu'au moment suprême où votre cœur se donne sans mystère et sans réserve, le prêtre n'accueillît cette tradition de tout vous-même que pour examiner froidement vos plaies saignantes et se jeter sur votre âme comme le dissecteur sur un cadavre ? Qu'a donc fait le prêtre, qui puisse lui mériter cette injure ?

Je regrette qu'après cela, pour nous montrer jusqu'à quel point le ministère sacré de la confession transfigure le représentant de Dieu, le Père Monsabré nous ait raconté l'histoire mélodramatique d'un prêtre confessant un mendiant et découvrant en lui l'assassin de son père et de sa mère. On se rappelle une scène semblable dans un *mélo* d'il y a trois ou quatre ans.

A côté des raisons que l'on dit, il y a les autres.

Ambition, cupidité, égoïsme, rapine, envie, haine, débauche du cœur et des sens, dépérissement de la foi, oubli coupable du devoir, affaissement de la moralité, lâcheté du respect humain : voilà, messieurs, les raisons

qu'on ne dit pas, les seules déterminantes, aussi honteu-
ses que les autres sont niaises.

Puis, une brève et énergique péroraison :

La loi de Dieu est toujours là... Bon gré, mal gré, il
faudra s'y soumettre... Un jour, nous entendrons Dieu
nous dire : Allez, maudits !... Et aujourd'hui, si nous
voulons, cette consolante parole peut retentir à nos oreilles : Mon fils, allez en paix... Il faudrait être fou pour
hésiter entre ces deux jugements.

Je n'ai pas assez entendu le Père Monsabré pour
définir son talent avec une entière sécurité. Tout ce
que je puis dire, c'est qu'il a, en général, plus de
clarté, de belle ordonnance dialectique, de mouvement et de force (avec un peu d'enflure quelquefois),
que d'onction, de pénétration, de délicatesse et de
pathétique. J'ai cru voir à certains signes qu'il serait
un excellent orateur populaire, doué de verve, de
bonhomie et de franchise ; qu'il se guindait pour son
auditoire de Notre-Dame ; que la sublimité, la couleur
et les divers ornements oratoires de son style étaient
quelque chose d'appris et de plaqué, et que, livré à
sa vraie pente, il eût plus volontiers parlé comme un
Père Lejeune ou un Bridaine relevé d'un peu de
Bourdaloue. Mais ce n'est là qu'une impression que
je donne pour ce qu'elle vaut.

V

J'ai entendu d'autres prédicateurs du carème, mais en courant et avec trop peu de suite pour avoir un sentiment bien arrêté soit sur le talent de chacun, soit sur l'état actuel de l'éloquence sacrée. On y pourrait, à la rigueur, discerner un double mouvement. Un certain nombre de prédicateurs reviennent décidément, comme le Père Monsabré, à l'exposition pure et simple du dogme et de la morale chrétienne d'après la *Somme* de saint Thomas, qui est comme on sait, en grande faveur auprès de Léon XIII. D'autres, à l'exemple de Lacordaire, agitent les questions de l'heure présente, combattent le siècle sur son propre terrain, mais à leur façon et sans chercher à imiter la manière du grand dominicain. Ils s'attaquent au matérialisme, au positivisme, au scepticisme et autres monstres avec une éloquence qui m'a semblé, chez quelques-uns, sincère et cordiale, et tour à tour par des raisons de sentiment et par des arguments un peu gros, bien appropriés à leurs auditoires. — Le Père Lange, l'abbé Frémont, surtout l'abbé Perraud et plus encore l'abbé Huvelin valent certes la peine d'être entendus.

J'ai seulement remarqué, dans une paroisse de la rive gauche, une innovation fâcheuse, celle des « conférences dialoguées ». Un prêtre dans la chaire expose le dogme; quand il a fini, un petit vicaire, assis en face, au banc d'œuvre, se lève : il représente l'Erreur. « Je rends hommage, dit le prestolet, à l'éloquence de l'éminent prédicateur; mais, nous autres protestants, nous sommes entêtés. » Et il fait alors des objections ridicules, aggravées de facéties qui mettent en joie les dévotes. C'est une parade affligeante et tout à fait indigne du bon goût du clergé parisien. Aussi n'est-ce qu'une exception.

M. DESCHANEL

ET LE ROMANTISME DE RACINE [1]

Du public accouru aux leçons de M. Deschanel, le premier tiers voit et entend, le second tiers, pressé dans les corridors, entend sans voir, l'autre tiers s'en va désespéré, sans avoir vu ni entendu. L'aimable auteur du *Mal et du bien qu'on a dit des femmes* a voulu consoler ce dernier tiers, auquel se joint tout ce qu'il y a de lettré en France, et il a publié intégralement, en deux volumes, ses leçons du Collège de France sur le théâtre de Racine. L'ouvrage est d'une lecture extrêmement agréable et facile. Avant d'en rendre compte, ayons la candeur d'exprimer un regret.

J'aurais aimé que M. Deschanel ne retînt de son cours que la partie neuve et vraiment personnelle. Le volume dût-il être mince, il serait exquis : au lieu que ces deux volumes semblent un peu trop écrits

---

1. Deux vol. in-12, par M. E. Deschanel, 1884. Calmann Lévy.

pour l'agrément des gens du monde. Il y a, je le sais,
des choses très connues, très ordinaires, qu'on est
obligé de répéter tout au long devant un auditoire
mondain et qui lui sont toujours assez nouvelles;
mais est-il bien nécessaire de les imprimer? Est-ce
devant les plus nombreux et les plus brillants auditoires que se font les meilleurs livres? J'imagine ce
bout de dialogue auquel il ne manque que l'esprit et
le tour de main de Voltaire :

« ... Ce mandarin parle si bien, reprit Kou-Tu-Fong,
qu'il fait courir à ses leçons toutes les dames de
Pékin. — Ce qu'il dit est donc bien neuf? demanda
Candide. — Ou bien vieux? demanda Martin. Mais,
dites-moi, combien y a-t-il à Pékin, en dehors des
mandarins lettrés, de gens capables de s'intéresser
à des leçons dûment méditées et où l'on suppose connu
ce qui traîne dans les livres? — Une centaine, répon-
dit Kou-Tu-Fong. — C'est peu, dit Candide. — C'est
beaucoup, dit Martin. Et combien de personnes vont
aux leçons de votre docteur? — Deux ou trois mille,
dit Kou-Tu-Fong. — Oh! oh! j'irai donc, s'écria Candide. — Je n'irai donc pas, grogna Martin. »

Mais Martin aurait tort. Il y a dans les deux volumes de vulgarisation élégante qui reproduisent le
cours de M. Deschanel, de quoi instruire et charmer
les jeunes Chinoises (ce qui n'est point un mérite si
méprisable ni si accessible), et de quoi faire réfléchir
les vieux mandarins. C'est sur les pages originales
que nous nous arrêterons.

I

M. Deschanel comprend Racine de la bonne façon :
en l'aimant. Mais, puisqu'il l'aime tant au fond, pourquoi, parlant du poëte, prend-il si souvent un air
d'apologie? et pourquoi, parlant de l'homme, se
permet-il sur son caractère plus que des insinuations,
et si malveillantes?

« Racine semble aujourd'hui un peu dédaigné[1]. »
Encore faudrait-il savoir par qui. « Quelques-uns
même l'injurient[2]. » Si cela est vrai, est-ce que cela
compte? Je ne sache pas, d'ailleurs, que Racine ait
été injurié par quelqu'un d'un peu intelligent depuis
au moins quarante années. Les romantiques, qui,
pour s'amuser, le traitaient de perruque et de polis-
son, lui ont tous fait amende honorable. Ce qui est
vrai, c'est que le xviiie siècle a préféré Racine à Corneille; et ce qui semble vrai, c'est que notre siècle
préfère Corneille à Racine. Mais c'est un compte difficile à établir, et peut-être quelques personnes se délectent à la lecture de Racine, qui ne le disent pas, n'en
ayant point l'occasion. Seulement, il faut reconnaître
que la prédilection pour Corneille est plus fréquemment avouée. Faut-il croire que les esprits de trempe
héroïque sont plus nombreux que les autres? ou cette
préférence est-elle un legs de l'école romantique, qui

1. I, p. 5.
2. Ibid.

aimait Corneille pour ses inégalités, ses excès et ses inconsciences? La raison, quelle qu'elle soit, est sans doute la même qui fait qu'on préfère, au moins on le dit, Plaute à Térence, Michel-Ange à Raphaël, Bos-suet à Fénelon, Hugo à Lamartine, etc..., les forts aux doux, les excessifs ou les dissonants aux harmonieux.

C'est bien de préférer l'énergie et l'originalité saillante. Mais, dans quelques-unes des préférences de cette sorte, où ce qui représente le mieux le génie de notre race est mis au-dessous de ce qui le représente moins exactement, ne retrouverait-on pas la manie généreuse et bien française de faire bon marché de ce qui nous est propre pour embrasser ce qui porte un air extraordinaire? Il est vrai qu'il est assez difficile de dire ce que c'est que le génie de notre race, cette race étant fort composite : on croit voir assez bien pourtant ce qui n'est décidément pas dans l'essence de ce génie.

Or, Corneille n'est-il pas, par bien des côtés, dans notre littérature, un esprit excentrique, d'une complexion singulière, obscure pour nous comme elle semble l'avoir été pour lui-même? Il n'a presque point de tendresse; il a rarement la mesure, le bon sens, la vision nette de la vérité humaine. Si dans un jour heureux il n'eût écrit le *Cid* (et quelques scènes d'*Horace* et de *Polyeucte*), quelle âme étrange! et quel maniaque d'héroïsme emphatique et inhumain. Et croyez bien qu'il s'est repenti du *Cid* et qu'il l'au-

rait conçu autrement vingt ans plus tard. Une fille
qui aime mieux son amant que son père (car c'est
cela au fond), une fille dont la volonté est impuis-
sante à étouffer la passion et qui reste sympathique
par cela même, quel scandale! Mais il ne recommen-
cera pas. Un instant, il nous montre la victoire d'un
devoir incontestable (*Horace*), puis d'un devoir plus
douteux (*Polyeucte*) sur la passion; mais bientôt cela
ne lui suffit plus : ce qu'il exalte, c'est le triomphe
de la volonté toute seule, ou tout au plus de la volonté appliquée à quelque devoir extraordinaire,
inquiétant, atroce, et dans la conception duquel se
retrouvent, avec la naïve et excessive estime des
« grandeurs de chair » (Pascal), les idées de l'*Astrée*
et de la *Clélie* sur la femme et les doctrines du
xvie siècle sur la séparation de la morale politique et
de l'autre morale. Auguste déjà, croyez-vous qu'il
pardonne simplement par bonté? Non, mais un peu
par politique et surtout par orgueil, pour jouir de
sa volonté et parce que l'effort en est illustre aux
yeux de l'univers : cela est dit vingt fois dans la
pièce. Et Rodelinde (*Pertharite*), Dircé (*Œdipe*),
Sophonisbe, Pulchérie, Bérénice, Camille (*Othon*),
Eurydice (*Suréna*) etc., qu'aiment-elles et quelle
gloire leur faut-il, sinon de prouver la force incom-
mensurable de leur volonté par quelque sacrifice
absurde et qui ne paraît point leur coûter, tant elles
en sont payées par leur orgueil? Tous ces héros (et
la plupart sont des héroïnes) ressemblent plus ou

moins à ce surprenant Alidor de la *Place Royale*
quittant sa maîtresse qu'il aime, sans but, sans raison, pour rien, pour le plaisir de se sentir fort. Si
cela était possible, Corneille nous montrerait l'acte
volontaire en soi, hors du monde des accidents, sans
une matière où il s'applique, se prenant lui-même
pour but. Est-ce forcer les mots que de voir dans ce
poète de la volonté toute pure quelque chose comme
le Kant du théâtre tragique? Cet homme qui, faisant
à la Du Parc sa cour grondeuse, lui déclare superbement « qu'elle ne passera pour belle chez la race
future qu'autant qu'il l'aura dit » (et qu'est-ce que cela
pouvait bien faire à Marquise?), n'a jamais compris ni aimé la femme, qui est inconscience, faiblesse
et charme. On sent chez lui une énergie qui vient du
Nord : c'est bien le fils des hommes hardis et sombres
descendus des mers gelées et qui jadis avaient occupé
son pays avec le duc Rollon. Sous sa rhétorique
romaine et sa subtilité espagnole, c'est un Danois
des anciens âges, un *Northmann*, un homme de fer
et de glace, un monstre, un barbare.

Racine est un Français de France. Il a la grâce, la
raison harmonieuse, le bon sens, la sobriété, la vérité
psychologique. C'est un grand signe pour lui d'avoir
été hautement préféré par celui de nos siècles littéraires où nos qualités et nos défauts se sont le plus
librement développés, ont le moins profondément
subi l'influence des littératures anciennes ou étrangères.

J'imagine un temps, encore lointain, où, toutes les littératures ayant parcouru leur cycle naturel, le critique, accablé sous la masse énorme des choses écrites, serait obligé de ne retenir que les œuvres clairement caractéristiques des différents génies nationaux aux diverses époques : il me semble que l'œuvre de Racine aurait alors une autre importance et un autre intérêt que celle de son grand rival.

Je ne pense donc pas qu'il soit besoin de demander la permission d'admirer les tragédies de Racine. Et, si l'on aime tant son théâtre, je comprends peu qu'on étudie sa vie et son caractère dans un esprit de malveillance et de chicane.

M. Deschanel reproche durement à Racine ses deux lettres à MM. de Port-Royal, sa brouille avec Molière, les allusions à Corneille dans la préface de *Britannicus*, sa froideur en apprenant la mort de la Champmeslé, la prise de voile de ses filles, je ne sais quoi encore. Il parle d' « ingratitude », de « déloyauté », de « trahison », de « sécheresse de cœur ». Ce sont là de bien gros mots. Passons en revue tous ces griefs.

Outre que la première faute de Racine (contre ses anciens maîtres) a été effacée par un repentir éclatant et courageux, n'y trouverait-on pas des circonstances atténuantes? Racine était fort jeune : après avoir failli mourir d'ennui chez son oncle le chanoine, il jetait sa gourme, il éclatait. Puis, nous ne pouvons être juges du degré de reconnaissance qu'il devait à MM. de Port-Royal. Les sept odes enfantines ne

prouvent rien : savons-nous s'il avait toujours été si
heureux parmi des hommes si graves et si hantés
de la pensée du péché originel? De plus, peut-on
soutenir que Nicole n'eût point visé particulièrement
Racine en traitant les poètes d'empoisonneurs pu-
blics? Notez que Racine ne s'attaque qu'aux petits
ridicules de ses maîtres et ne dit rien qui les désho-
nore. Et si Racine était peut-être le dernier à qui il
fût permis d'avoir raison contre Port-Royal, n'est-ce
pas, malgré tout, quelque chose d'avoir raison? Les
deux lettres (la seconde non publiée, mais gardée en
portefeuille par une faiblesse bien humaine) sont
assurément regrettables : c'est beaucoup trop d'aller,
en en parlant, jusqu'à l'indignation.

Sur sa brouille avec Molière, nous n'avons que la
version de Lagrange, et qui n'entend qu'une clo-
che... Et si Racine enleva la Du Parc à Molière,
c'est apparemment qu'elle le voulait bien. Il ne faut
pas oublier que Molière se vengea en jouant sur son
théâtre la *Folle querelle* de Subligny, et que plus
tard les deux poètes se réconcilièrent, comme on le
voit par le prologue de la *Psyché* de La Fontaine :
cela prouve, sans doute, la bonté de Molière, que
personne ne conteste; mais cela montre peut-être
aussi que la conduite de Racine n'avait pas été si
noire ni si impardonnable.

« L'allusion (*malevolus poeta*) n'est que trop claire,
dit M. Deschanel à propos de la première préface de
Britannicus. Voilà les petits côtés de l'humanité.

même dans les grands hommes[1]. » Mais ici les « petits
côtés » sont aussi bien chez Corneille que chez Racine.
C'est le vieux poète qui avait commencé, à ce qu'il
semble. On dira que Racine devait tenir compte de
la vieillesse de Corneille; mais pourquoi Corneille ne
tenait-il point compte de la jeunesse de Racine?

Racine n'a qu'un mot très froid sur la mort de la
Champmeslé; mais il était alors marié, père de
famille, déjà vieux. La Champmeslé était pour lui
« une ancienne », très ancienne. Et qui dira s'il n'en
a pas senti et pensé plus long qu'il n'en a écrit? Nous
savons d'ailleurs à peu près ce qu'avait été la Champmeslé. Si l'on s'indigne que sa mort n'ait pas plus
troublé l'un des « six amants contents et non jaloux »
que lui prête l'épigramme de Boileau, songeons qu'en
revanche Racine avait l'air « à demi trépassé » à
l'enterrement de la Du Parc. Et qu'avons-nous à nous
mêler de ces affaires de cœur, sur lesquelles les
lumières nous font presque absolument défaut?

Racine fait prendre le voile à quatre de ses filles.
« Au temps de Louis XIV et de Bossuet, les parents
n'égorgeaient plus leurs filles sur un autel; ils les
mettaient au couvent... Racine lui-même ne s'en faisait pas faute... Le père, allant pleurer à chaque
prise de voile, se croyait quitte envers sa sensibilité[2]. » Cela est fort spirituel; mais d'abord deux
des filles de Racine entrèrent au couvent et non pas

1. I, p. 209.
2. II, p. 5.

quatre, et encore l'une des deux en sortit. Et puis,
quelle raison avons-nous de croire, ou que Racine
les ait peu pleurées, où même qu'il y eût lieu de les
pleurer, et que nous devions nous attendrir sur elles
comme sur des victimes? Qu'en savons-nous, je vous
prie?

« Racine, qui avait flatté Mme de Montespan toute-
puissante..., n'hésita pas à tourner ses adulations de
l'autre côté, aussitôt qu'elle cessa d'être en faveur[1] »
M. Deschanel parle encore ici d' « ingratitude[2] ». Je
ne me sens pas entièrement convaincu. Racine a eu
tort de flatter Mme de Montespan s'il ne l'aimait pas :
on ne saurait le blâmer d'avoir loué Mme de Maintenon,
qui avait du goût pour lui, pour laquelle il semble
avoir eu beaucoup d'affection, qui était pieuse à une
époque où il était lui-même dévot, et qui, enfin, était
peut-être plus femme qu'on ne croirait : ces personnes
graves, décentes et avisées, ont parfois de grandes
séductions. Il a fait sa cour à Mme de Montespan par
intérêt et parce que c'était l'usage; il l'a faite à
Mme de Maintenon par reconnaissance et sympathie :
voilà donc son crime diminué de moitié. Les vers sur
la disgrâce de « l'altière Vasthi » sont l'indispensable
préambule du récit d'Esther : les contemporains y
virent une allusion que peut-être le poète n'y avait
pas mise.

On dirait vraiment que quelques-uns en veulent

1. II, p. 173.
2. II, p. 175.

encore à Racine d'avoir fait *Esther* et *Athalie* et d'avoir été dévot dans ses dernières années au point d'aller tous les jours à la messe. Ou plutôt non ; car Pierre Corneille a écrit *Polyeucte*, a traduit l'*Imitation*, a été marguillier de sa paroisse, et on ne lui en veut pas. Ce qui fait tort à Racine, c'est que son nom et son œuvre sont intimement liés au nom et au règne de Louis XIV et que beaucoup détestent aujourd'hui le Roi-Soleil, encore que ç'ait été un homme fort original, un roi sérieux et convaincu, et qui porta une sorte d'héroïsme dans l'exercice de ses fonctions et surtout dans la dure parade qui prit une bonne moitié de sa vie.

Il y a peut-être d'autres raisons. Bien en a pris aux jansénistes d'avoir haï les jésuites, et à Molière d'avoir haï les dévots et écrit le *Tartufe* : en vertu de quoi Molière est sacré, et ces huguenots honteux de jansénistes sont presque sympathiques. Mal en a pris à Racine d'avoir eu des torts envers ceux à qui il ne faut pas toucher, d'avoir raillé Port-Royal et offensé Molière. Ce sont choses qui ne se pardonnent pas. Pour ma part, j'en passerais bien d'autres à Racine. Tout compte fait et en dépit de ses faiblesses, il me paraît avoir été un fort honnête homme.

Il me semble, du reste, que tous ceux qui ont marqué dans notre littérature ont été par leurs mœurs, ou par leur probité, ou par leur bonté, ou tout au moins par leur générosité native, dans la bonne moyenne de cette pauvre humanité, ou sensiblement au-dessus. Et on peut le dire, je crois, même de Voltaire, tout compensé; même de Rousseau, si l'on tient compte de sa maladie mentale. Mais voilà! ce qu'on ne songe pas à reprocher au commun des mortels, soit parce qu'ils se cachent mieux ou que ce qu'ils font n'importe guère, on en fait un crime aux grands hommes : comme s'ils n'avaient pas droit à plus d'indulgence peut-être que nous; comme si le génie ne s'accompagnait pas souvent d'une exaspération de la sensibilité, laquelle nous fait faire tant de sottises! « On veut que le pauvre soit sans défaut! » disait Figaro. De même de certains grands hommes; et cela ferait honneur à ceux qui ont ces exigences, si ces mêmes censeurs ne passaient tout à d'autres grands hommes qu'ils trouvent plus à leur gré. Soyons équitables et doux pour tous les hommes de génie, et ne leur appliquons pas une mesure plus sévère qu'à nous-mêmes. Il faut avoir le cœur bien pur pour marchander son estime à Racine. Les hommes de génie n'ont pas tous été des saints? « Mais les bourgeois en font bien d'autres! » disait Flaubert en s'amusant; et il prêtait aux personnages les plus bonasses et de l'aspect le plus grave et le plus insignifiant des mœurs ultra-orientales. Et il y avait peut-être un fond de vérité dans cette boutade facile.

« Pour parler net, dit M. Deschanel, Racine avait la sensibilité d'imagination; mais il semble avoir eu le cœur un peu sec[1]. » Ainsi, pour se mettre à l'aise

1. I, p. 61.

avec l'auteur de *Bérénice*, M. Deschanel distingue « la
sensibilité des poètes », et l'autre, celle de tout le
monde; et cette dernière, il la refuse, ou peu s'en
faut, à Racine. Il faudrait savoir d'abord si la première de ces sensibilités ne suppose pas la seconde,
et à un degré éminent, et n'en est pas la forme supérieure et l'expression souveraine. Mais je veux bien
que la distinction subsiste : en quoi est-elle si fort à
l'avantage du vulgaire?

L'homme de lettres, l'artiste, celui qui, par métier,
observe, analyse et exprime ses propres sentiments
et par là développe sa capacité de sentir, reçoit de
tout ce qui le touche et, en général, du spectacle de
la vie des impressions plus fortes et plus fines que le
vulgaire : ce n'est pas là, j'imagine, une infériorité
pour l'artiste, même en admettant que cette impres-
sionnabilité excessive ne soit qu'un jeu divin, une
duperie volontaire et intermittente et qui ne serve
qu'à l'art.

Restent les émotions qui sont à la portée de tout le
monde, qui peuvent être communes au « peuple » et
aux « habiles ». Je vois qu'ici et là elles sont inéga-
les selon les individus; mais entre les deux groupes
je ne vois d'autre différence bien tranchée, sinon que
le peuple ne tire rien de son émotion et que l'artiste
en tire des œuvres d'art. Cela suppose plus de réflexion
et une sorte de dédoublement : cela suppose-t-il
moins de sensibilité ou une sensibilité moins vraie?
Sous le coup d'une grande douleur, telle que la perte

ou la trahison d'une personne chèrement aimée, le simple est secoué tout entier, ne s'appartient plus, s'abandonne volontiers aux démonstrations bruyantes; mais souvent, s'il souffre avec violence, il se console avec rapidité. L'artiste, habitué à regarder. et pour qui toutes choses semblent « se transposer » et n'être plus, à un certain moment, « qu'une illusion à décrire »[1], observe malgré lui ce qu'il sent, n'en est pas possédé, démêle et se définit son propre état, trouve peut-être quelque « divertissement »[2] dans cette étude, et tantôt accueille la pensée que tout est muance et spectacle et que tout, par conséquent, est vanité, tantôt songe qu'il y a dans son cas quelque chose de commun à tous les hommes et aussi quelque chose d'original et de particulier qui, traduit, transformé par le travail de l'art, pourrait intéresser les autres comme un curieux échantillon d'humanité. Et peut-être qu'en effet cela lui est un allégement, mais souvent aussi cette étude lui fait découvrir et sentir de nouvelles raisons et de nouvelles manières, plus déliées, d'être malheureux. Il y a des résignations, même des ironies, singulièrement douloureuses.

Et quand bien même le simple souffrirait davantage, en quoi cela lui donnerait-il sur l'artiste la supériorité morale que paraît lui accorder M. Deschanel? Mais tout ce qu'on peut dire, c'est que les souffrances de l'un et de l'autre ne sont pas de la même

1. Flaubert, *Préface des Poésies de Louis Bouilhet.*
2. Pascal.

espèce. En tout cas, je n'appellerai jamais « sensibilité à fleur de peau »[1] la sensibilité de l'auteur d'*Andromaque*. De ce que le poète aime et sent plus de
choses, en conclurons-nous qu'il les sente moins fort?
Le développement de la conscience psychologique
emporte une certaine maîtrise de soi, mais non point
peut-être une diminution de souffrance. Que si pourtant cette diminution s'ensuivait, pourquoi donc faudrait-il le regretter? En vérité, il n'est point si nécessaire de souffrir! Plût au ciel que tous les hommes
fussent artistes et poètes, s'ils devaient être ainsi
moins malheureux!

Si Racine n'a pas trop cruellement souffert dans
sa vie si tourmentée, tant mieux pour lui! Et si sa
souffrance s'est dissipée en chefs-d'œuvre, s'il a été
insensible et dur au point d'écrire *Phèdre* et *Bajazet*,
tant mieux pour nous!

II

M. Deschanel étudie particulièrement « la complexion d'éléments contraires » que nous offrent les
tragédies de Racine, et c'est là qu'il voit surtout son
originalité. Dans ces pièces il y a trois choses :
« 1° le sujet ancien imité, qui était formé déjà d'éléments divers; 2° les mœurs et les sentiments modernes combinés avec ce sujet ancien; 3° sous les formes

1. I, p. 61.

et les modes propres à telle époque déterminée, la peinture de l'homme et de la femme tels que les ont faits la nature et la civilisation [1]. »

Comment Racine a été conduit à opérer ces savants mélanges, voici une page qui nous l'apprend :

Telles étaient les conditions de l'œuvre dramatique à cette époque : pour le fond, l'influence de la Renaissance gréco-latine avait décidément triomphé ; on était voué aux sujets anciens ; quant à la forme, celle de la tragi-comédie, depuis l'aventure du *Cid*, ayant été écartée comme peu compatible avec les fameuses règles des trois unités (?), il ne restait que la tragédie toute pure. Le problème posé devant Racine était donc celui-ci : d'une part, chercher à faire les pièces les plus agréables au public contemporain ; d'autre part, ne traiter que des sujets anciens ou étrangers... Puisque la voie n'était vraiment ouverte et libre que du côté de l'antiquité, la difficulté était de rendre cette antiquité intelligible et acceptable à la société du temps de Louis XIV et à la cour, qui donnait le ton. Le poète ne pouvait donc produire que des œuvres mixtes, d'ordre composite, à peu près comme sont en architecture les édifices de la Renaissance, mi-partis du génie ancien et du génie moderne, au reste n'en ayant peut-être que plus de charme pour les esprits cultivés et subtils, épris, tout à tour ou en même temps, de toutes les modulations de la beauté [2].

Ces « modulations » diverses, M. Deschanel les démêle dans chaque tragédie avec une extrême finesse. Mais, avant d'aborder celle de ses théories

1. I, p. 123.
2. I, p. 20 et suiv.

qui s'applique à tout le théâtre de Racine, je ne puis
m'empêcher de signaler au passage telle observation
de détail un peu trop ingénieuse à mon gré. Par exemple, bien qu'il comprenne le romantisme à la façon de
Stendhal, M. Deschanel n'en reste pas moins hanté
par le romantisme des poètes de 1830 et croit en retrouver les caractères chez nos classiques. De là
quelques assertions imprévues. Après avoir entendu
« romantisme » au sens d' « originalité », il entend
de nouveau, sans le dire, « originalité » au sens de
« romantisme » ; et il semble que cette confusion,
volontaire ou non, joue à sa critique plus d'un méchant tour.

Toute la pièce, dit-il d'*Andromaque*, est, à vrai dire,
une comédie tragique ; et cette comédie résulte des flux
et reflux continuels de ces trois amours contrariés. *Andromaque* pourrait se nommer à juste titre la tragi-comédie de l'amour. L'auteur du *Cid* avait fait des tragi-comé-
dies en le disant ; Racine en fait sans le dire, et d'autre
sorte. Or ce mélange est un des caractères du romantisme [1].

De « mélange », je n'en vois point, et il me paraît
bien qu'il y a là une équivoque. De ce qu'une passion développée dans une tragédie pourrait, si l'on
baisse un peu le ton, faire l'objet d'une comédie, s'ensuit-il que la tragédie où cette passion se déroule soit
un « mélange » de comique et de tragique et, par
suite, une œuvre romantique ? A ce compte, la tra-

1. I, p. 107.

gédie toute pure n'admettrait guère l'amour qu'au
moment où il verse le sang, parce qu'alors seulement
il devrait être réputé tragique. Tant qu'il ne tue pas,
quelle que soit d'ailleurs sa violence, il appartien-
drait à la comédie. Si *Andromaque* est une « comédie
tragique » parce qu'elle admet l'amour, passion comique sauf le degré ou les conséquences, et si « à tel
passage on peut presque se figurer qu'on lit le *Dépit
amoureux* [1] », le *Malade imaginaire*, qui admet l'ambition, passion tragique sauf les conséquences ou le
degré, pourra donc être appelé tragédie comique, et
peut-être qu' « à tel passage on pourra se figurer
qu'on lit » *Britannicus.* (Au fait, il n'y a guère de différence de nature entre Béline et Agrippine.) Dès lors
il n'y aura pas de tragédie ni de comédie de caractère
qui ne puisse être qualifiée de romantique; car dans
toutes on trouvera à la fois du comique et du tragique, toutes puisant au même fonds, qui est la vie
humaine, et n'y ayant point de vice ou de passion
qui ne puisse faire tour à tour sourire et trembler.
Dire que telle tragédie de Racine est une comédie,
c'est aussi vrai que de dire que telle comédie de
Molière est une tragédie. C'est peut-être vrai si l'on
considère l'effet produit sur certains auditeurs et si
l'on fait abstraction de la forme; mais ici justement
la forme est tout, presque tout, et l'on ne saurait
baptiser « romantiques » les œuvres de nos classiques
qui peuvent prêter à ces remarques; car ni le degré

1. I, p. 109.

inférieur du tragique n'équivaut au comique, ni le degré supérieur du comique n'équivaut au tragique. Et enfin, que la distinction des genres soit légitime ou non, on ne peut nier que Racine, comme Molière, ne l'ait très soigneusement observée.

Naturellement, ce qui, dans les *Plaideurs*, paraît romantique à M. Deschanel, c'est la versification. Et il est vrai qu'on ne saurait la souhaiter plus souple ni plus hardie. Mais on aurait le droit de contester la justesse de quelques-uns des rapprochements que les vers des *Plaideurs* suggèrent à M. Deschanel.

Que de fois, il y a cinquante ans, on a cité comme choses phénoménales tel ou tel enjambement de Victor Hugo! par exemple, au second vers d'*Hernani*, la duègne entendant frapper à la porte secrète :

> Serait-ce déjà lui ? C'est bien à l'escalier
> Dérobé ?

Que n'a-t-on pas dit sur ce rejet-là ? Eh bien ! nous en avons ici un tout pareil :

> Mais j'aperçois venir madame la comtesse
> De Pimbesche [1].

Mais qui ne voit que le mot qui enjambe ici « de Pimbesche », a une grande importance, une valeur pittoresque et comique, tandis que l'épithète « dérobé » n'en a absolument aucune ?

« Tout cela n'est pas mis au hasard, » dit M. Des-

---

1. I, p. 149.

chanel parlant des libertés de la versification de Racine. Mais justement, bien des libertés semblent prises
au hasard dans la versification romantique.

Il arrive, du reste, à M. Deschanel d'appeler romantiques des vers de coupe parfaitement classique.

> Tantôt, dit-il, le poète déplace la césure :
>
> Mais sans argent | l'honneur n'est qu'une maladie.
>
> Tantôt il met la césure après les trois premières syl-
> labes :
>
> C'est dommage : | il avait le cœur trop au métier,
>
> etc., etc. [1]. »

Mais on trouve des vers de ce genre tant qu'on en
veut chez tous nos classiques ! Ce n'est point chez eux
une loi absolue que le principal repos soit après la
sixième syllabe : il leur suffit souvent que cette syllabe soit nettement accentuée.

Et qu'y a-t-il de romantique dans *Britannicus ?* D'a-
bord le récit de l'enlèvement de Junie. « La peinture
de cet attentat a fourni au poète des vers d'un coloris
charmant et romantique [2]. » Je relis le morceau et j'y
cherche ce romantisme.

> Belle sans ornement, dans le simple appareil
> D'une beauté qu'on vient d'arracher au sommeil.

1. I, p. 151.
2. I, p. 175.

Mais ce sont là des vers classiques s'il en fût jamais.
C'est « en chemise » qui serait romantique !

> ... Et le farouche aspect de ses fiers ravisseurs
> Relevait de ses yeux les timides douceurs.

Mais ces deux vers sont composés de mots abstraits :
« aspect », « fiers » (qui est un latinisme et fait double emploi avec « farouches »,) « relevait », « timides
douceurs » ; quoi de plus classique ?

Romantique encore, la scène où Néron se cache
derrière un rideau. Pourquoi ? parce que c'est « un
moyen de comédie dont l'effet est tragique », par
suite « un mélange tragi-comique » [1]. On cherche
comment. Apparemment une situation n'est jamais
comique ou tragique *en elle-même*, mais bien par l'effet
qu'elle produit; et, si le stratagème de Néron fait
souffrir et trembler, comment serait-ce « un moyen
de comédie » ?

La preuve que *Britannicus* n'est pas si romantique
que le veut par endroits M. Deschanel, et même ne
l'est pas du tout, c'est que, dans une page fort intéressante, il essaye d'imaginer ce que deviendrait le
même sujet traité dans la forme romantique : on
assisterait aux expériences de Locuste, au banquet où
Britannicus est empoisonné. A la vérité, je ne vois pas
trop pourquoi M. Deschanel condamne d'emblée cette
conception du drame : tout dépendrait de l'exécution,
qui pourrait être bonne ou mauvaise. Mais enfin, cela
prouve que, pour M. Deschanel lui-même, « roman-

1. I, p. 184.

tique » a par moments un sens très déterminé et qui s'oppose à « classique ». Ainsi, tandis qu'ailleurs il voit dans le romantisme l'originalité suprême et l'exalte à ce titre, il le prend ici pour une des formes du théâtre au XIXᵉ siècle et n'en fait pas grand état. Il loue même Racine d'avoir simplifié Néron selon la méthode classique, d'avoir négligé plusieurs des aspects de ce personnage « peint avec tant de verve et de brio par M. Renan »[1]. (Je crois que ce mot de *brio*, soit dit en passant, choquerait un peu l'auteur de l'*Antechrist*, et qu'il n'accepterait pas le compliment.) Pour moi, le Néron de Racine me plaît fort et me semble d'une grande vérité historique et humaine; mais le fou naissant et le cabotin paraîtraient un peu plus chez lui, que je ne m'en plaindrais pas.

Il faut savoir gré à M. Deschanel de n'avoir pas découvert le moindre romantisme dans *Bérénice*. Mais son sentiment sur la valeur de l'œuvre manque peut-être de netteté. Il déclare à trois ou quatre reprises que la pièce est « très faible » parce qu'elle manque d'action; mais il l'appelle d'autre part « une charmante tragi-comédie »[2], y trouve « sensibilité, éloquence familière et poétique, grâce pénétrante »[3], et dit qu'elle est « bien étonnante et filée avec un art infini »[4]. Comment une pièce peut-elle être à la fois si faible et si charmante?

1. I, p. 202.
2. I, p. 257.
3. I, p. 256.
4. I, p. 251.

Ce qu'il y a de romantique, au meilleur sens du
mot (qui n'est pas le plus juste), dans *Bajazet*, c'est
l'intelligence de l'histoire et de la couleur locale, et
c'est aussi la grande tuerie du cinquième acte. Je ne
sais si M. Deschanel n'exagère pas un peu la turquerie
de la pièce. La « couleur locale » chez Racine est un
point sur lequel on reviendra et qui veut être traité
dans des réflexions d'ensemble sur son théâtre. Mais,
puisque l'ingénieux critique était en train, il aurait
bien pu soutenir que Bajazet est tout aussi Turc que
les autres. Bajazet veut bien mentir jusqu'à un certain
point, mais non au delà; il ne veut pas épouser une
esclave par force; il a le mépris absolu de la mort :
tout cela fait un mélange intéressant, très humain,
très oriental aussi si l'on vent; mais il faut le vouloir.

Et *Mithridate*, pourquoi romantique? Parce que
Mithridate est à la fois un grand guerrier, un grand
politique et un vieillard amoureux, jaloux, cruel, as-
tucieux, et « qui plaide le faux pour savoir le vrai »
dans des scènes « tragi-comiques [1] ». Et voilà maintenant que « romantisme » est synonyme de complexité
des caractères.

Mais, d'autre part, le romantisme est aussi (que
n'est-il pas?) « la forme la plus actuelle de l'art, par
conséquent l'appropriation des sujets anciens aux pu-
blics modernes, l'adaptation des faits d'autrefois aux
croyances et aux sentiments présents » [2]. Donc Euri-

1. I, pages 317, 327.
2. II. p. 11.

pide a fait œuvre romantique en traitant le sujet
d'*Iphigénie* de manière à plaire aux Athéniens de son
temps, et Racine en le traitant de la façon la plus
agréable aux hommes du xviie siècle.

Il me semble qu'ici M. Deschanel avait une belle
occasion de revenir au vrai sens du mot « romantisme »
et de montrer qu'Ériphile est déjà, sauf le style, un
personnage dramatique comme on les aimait aux en-
virons de 1830. Ériphile ignore sa naissance, elle est
sans nom, tout comme Didier et Antony. Elle est,
comme eux, en insurrection contre la société. Comme
eux, elle croit qu'un destin implacable la poursuit,
qu'elle est une créature fatale et qui porte avec elle
le malheur partout où elle va :

> Le ciel s'est fait sans doute une joie inhumaine
> A rassembler sur moi tous les traits de sa haine, etc. [1].

Son amour est d'espèce sombre et farouche comme
ses autres sentiments. C'est parce que Achille a brûlé
sa ville et l'a emportée elle-même comme une proie
dans ses « bras ensanglantés », c'est pour cela qu'elle
l'aime, et d'un amour furieux et qui la poussera au
crime. D'ailleurs prête à la mort, y songeant dès la
première scène, mélancolique jusqu'au désespoir, mais
superbe encore et révoltée au moment même où elle
cède à son destin.

> Je périrai, Doris, et par une mort prompte
> Dans la nuit du tombeau j'enfermerai ma honte,

---

1. *Iphigénie*, II, sc. I.

Sans chercher des parents si longtemps ignorés
Et que ma folle amour a trop déshonorés, etc. [1].

Qu'est-elle qu'une bâtarde romantique, une sœur
enragée de Didier, moins rêveuse et plus violente ?
M. Jean Richepin verrait en elle une quasi Touranienne
et l'appellerait sa grand'mère. Il ne serait pas impossible, avec un peu d'art, de soutenir ce badinage.

M. Deschanel démonte avec beaucoup d'adresse
l'admirable tragédie de *Phèdre*, nous fait toucher du
doigt comment elle est composée, ce qu'elle garde
d'Euripide et de Sénèque, ce que Racine y a mis du
sien. « L'édifice a trois étages, trois ordres, dont les
provenances diverses s'accusent dans la conception et
dans le style : l'ordre attique, l'ordre romain, l'ordre
français ; je dis trois ordres de poésie et de civilisation [2]. » Est-il vrai que les provenances diverses des
trois ordres « s'accusent dans la conception et *dans le
style* » ? Car alors comment se fait-il que l'œuvre soit
aussi harmonieuse ?

Naturellement cette complexité d'éléments, leur
appropriation au goût du xviie siècle paraît à M. Deschanel le comble du romantisme.

Notez qu'Euripide le premier avait été romantique
en introduisant dans la tragédie les passions de l'a-
mour [3]. Le style même d'Euripide est déjà romantique.
En voulez-vous un exemple ? On connaît la mystique

1. *Iphigénie*, II, sc. i.
2. II, p. 121.
3. II, p. 72.

invocation d'Hippolyte à Artémis, ce chant vraiment
pieux et dont le ton rappelle celui des cantiques à la
sainte Vierge : « ... O ma souveraine, je t'offre cette
couronne cueillie et tressée de mes mains dans une
fraîche prairie, que jamais le pâtre et ses troupeaux
ni le tranchant de fer n'ont osé toucher, où l'abeille
seule au printemps voltige, et que la Pudeur arrose
de ses eaux limpides, etc. » Cette image (la Pudeur et
ses eaux limpides), M. Deschanel la déclare « étincelante de fraîcheur romantique » [1]. Pourquoi romantique ? Est-ce parce que l'image est incohérente ? J'a-
voue d'ailleurs qu'ici mon admiration hésite : qu'est-ce
que les eaux de la Pudeur ? Pour un peu, je me ran-
gerais au sentiment des érudits qui veulent lire Ἠώς
au lieu de Αἰδώς. Les pleurs de l'Aurore, c'est devenu
bien banal; mais ce ne l'a pas toujours été, et au
moins cela s'entend.

Esther, histoire de sérail, conte des *Mille et une
nuits*, conte naïf, sanglant et par endroits sensuel,
transformé par Racine en une tragédie élégiaque et
pieuse, propre à être jouée dans un couvent par de
petites pensionnaires, est assurément une œuvre singulière, étrangement complexe, avec ses « couleurs
contrariées et harmoniques » comme dans un « merveilleux tapis d'Orient copié par les Gobelins » [2].
Mais enfin la variété des éléments d'une œuvre et le
romantisme, est-ce donc une seule et même chose [3] ?

1. II, p. 70.
2. II, p. 189.
3. II, p. 205.

Du moins cela saute-t-il assez aux yeux pour se passer d'explication? — Dépêchons-nous de dire que M. Deschanel n'a, du reste, rien écrit de plus spirituel ni de plus amusant que l'histoire des représentations d'*Esther*.

Athalie, dit M. Deschanel, est pleine « d'effets et de contrastes romantiques » [1]. Les contrastes se réduisent, ce me semble, à celui de la forme et du fond, à celui que fait « la férocité singulière » du sujet avec « les draperies éclatantes d'un style prestigieux et les couleurs de la poésie religieuse la plus sublime ». — *Athalie* est encore romantique parce que la pièce est tirée de la Bible et que la Bible est éminemment romantique [2]. Pourquoi? Apparemment parce que la Bible contient l'histoire et la littérature d'un peuple d'Orient et que le chef du romantisme a fait des *Orientales*.

Pourtant M. Deschanel a besoin d'un effort pour goûter *Athalie*, à cause du fanatisme monarchique et religieux qui est l'âme de cette tragédie. Mais il goûtait fort Mithridate parce que Mithridate est bien un roi d'Orient; il devrait donc goûter Joad parce que Joad, malgré quelques atténuations, est bien un prêtre juif. D'où vient que la vérité historique qui, là, lui paraissait chose romantique et par suite admirable — ou chose admirable et par suite romantique (car il hésite entre les deux vues) — n'excite point ici son

1. II, p. 215.
2. II, p. 226.

enthousiasme? Est-ce que par hasard Mithridate vaut beaucoup mieux, moralement, que Joad? et serions-nous plus enchantés de heurter l'un que l'autre dans la vie réelle?

Serait-ce point qu'*Athalie* est une tragédie cléricale? Mais il n'a jamais été nécessaire, pour aimer un drame, de partager les croyances de ses personnages. On peut même ne sympathiser pleinement avec aucun et cependant être ému et admirer. Il suffit qu'ils aient, dans leur ordre, de la vérité, de la grandeur, de la beauté. Quand j'irais, comme Voltaire un jour, jusqu'à préférer secrètement la vieille Athalie, cette Élisabeth, cette Catherine, cette terrible femme qui porte si fièrement ses vengeances politiques et qui a, du reste, des retours de faiblesse féminine et presque de tendresse, je n'en serais peut-être pas moins subjugué par la grande allure de Joad, par sa foi absolue, par son impérieux et héroïque dévoûment à cette foi. Remarquez que Joad est ou se croit profondément désintéressé, qu'il s'imagine travailler pour Dieu et agir sous son inspiration, que, si j'entends bien la magnifique scène de la prophétie, il sacrifie à ce Dieu la vie de son propre enfant et que la vision du meurtre de Zacharie ne l'empêche point de faire ce qu'il croit être son devoir dans le présent. — Les fanatiques sont gens fort curieux, surtout dans un drame, où l'on n'a rien à craindre de leur manie.

Et si d'aventure ni Athalie ni Joad ne nous sont sympathiques, qu'importe enfin? Je ne suis pas loin

de penser qu'il n'y a que la foule qui ait besoin, au
théâtre, de s'intéresser, comme elle le ferait dans la
réalité, aux entreprises d'un personnage ou d'un
groupe, de prendre parti pour l'un ou l'autre camp.
Ce qui est toujours suffisamment « sympathique » en
art, c'est la manifestation éclatante d'une passion ou
d'une énergie humaine.

Jéhovah vous semble horrible? Et les dieux qui
ordonnaient l'immolation d'Iphigénie et qui soule-
vaient la colère de Lucrèce étaient-ils donc si aimables?
Et faut-il un bien plus grand effort pour entrer dans
le sujet d'*Athalie* que dans celui d'*Iphigénie en Aulide?*

J'ai voulu relever les principaux abus que fait
M. Deschanel du mot « romantisme ». C'est chose
affligeante de voir un ouvrage si ingénieux gâté à ce
point par un parti pris qu'on a peine à s'expliquer.
Dans ses conclusions, M. Deschanel s'exprime plus
nettement que partout ailleurs sur sa bizarre théorie
et nous prête par là, semble-t-il, les meilleures armes
pour la repousser. Il définit l'essence du romantisme
« l'amalgame du passé avec le présent et du présent
avec le passé » [1]. « Une définition plus étroite du
romantisme en exclurait, dit-il, Shakspeare, Guilhem
de Castro, Dante, le théâtre grec, la Bible. » Je demande en toute simplicité d'âme : Qu'est-ce que cela
ferait? et n'êtes-vous pas la victime (trop volontaire)
d'une confusion dont vous jouissez, sans doute parce
qu'elle pique la curiosité de votre public? De ce que

1. II, p. 275.

la littérature romantique, qui est bien connue, encore
proche de nous et assez facile à délimiter sinon à
définir, a pu s'inspirer de Shakspeare, de Dante et
des poètes grecs, juifs et espagnols, s'ensuit-il que
tous ces poètes doivent être appelés romantiques?
Sophisme d'autant plus surprenant que M. Deschanel
saisit fort bien les éléments du romantisme tel qu'il
a fleuri dans des œuvres que tout le monde peut
nommer. Il y a, suivant lui, une première façon, la
vraie, de concevoir le romantisme (c'est de le considérer comme l'amalgame du présent et du passé), et
une seconde définition qui le fait consister dans « le
mélange du tragique et du comique, le retour aux
sujets modernes, le joug des trois unités secoué, le
vers assoupli, le lyrisme ou la familiarité du style ».
Il appelle cela « une manière moins large »[1] d'entendre le romantisme. Mais qui ne voit que c'est là
une manière essentiellement différente, qui n'a rien
de commun avec la première, et que l'une ne peut,
en aucun cas, être substituée à l'autre?

III

On a vu que ce qui ravit surtout M. Deschanel,
c'est la complexité des éléments du théâtre de Racine.
Chacune de ses pièces nous offre un sujet antique ou
exotique approprié au goût des contemporains de

1. II, p. 276.

Louis XIV et par suite nous présente à la fois l'homme des temps lointains ou des « pays étranges », l'homme du xviie siècle et l'homme de tous les temps.

Éliminons l'homme de tous les temps, qui est aussi bien de l'antiquité que du xviie siècle. Restent en présence et peut-être en opposition, dans la plupart des personnages, l'homme de l'antiquité grecque ou romaine et l'homme du temps de Louis XIV. Ce désaccord intime est par moments évident et souvent prodigieux, au moins dans certaines pièces. Il y a parfois deux ou trois mille ans, un abîme, entre les actions de tel personnage et ses mœurs, ses manières, ses discours.

Pyrrhus est un sauvage, un brûleur de villes, un tueur de vieillards, de jeunes filles et d'enfants. Hermione, au quatrième acte, lui jette ses exploits à la face. « Je vous aime; épousez-moi, ou j'égorge votre fils », c'est le fond de ses discours à Andromaque. Mais d'autre part Pyrrhus est poli, galant, « honnête homme ». Les contemporains eux-mêmes sentaient cette contradiction : les uns trouvaient Pyrrhus trop doucereux, les autres trop violent (Voy. la *Folle querelle*). De même, Oreste a tué sa mère et va tuer Pyrrhus. Cela ne l'empêche point de s'exprimer comme auraient pu faire Guiche et Lauzun en soignant leur style.

Dans *Britannicus*, il n'y a point de désaccord de ce genre. La marque du principal personnage, c'est jusement d'être un criminel fort civilisé, très spirituel

10.

et très fin. Agrippine n'est pas plus invraisemblable que Catherine de Médicis ou Christine de Suède, qui étaient des femmes bien élevées et de grande tenue. D'ailleurs il s'agit ici de crimes surtout politiques, et la tradition n'en était point encore perdue. Enfin, Agrippine et Néron appartiennent à une civilisation que nous n'avons aucune peine à nous représenter et qui différait assez peu de la nôtre pour que Racine ait pu leur prêter le langage et les manières de son temps sans commettre un trop grave contresens.

Dans *Bérénice*, l'harmonie est parfaite entre les mœurs et les actions : est-ce pour cela que M. Deschanel trouve la pièce si faible?

« Et vous croyez que ce sont là des Turcs? » disait le vieux Corneille en voyant jouer *Bajazet*, et peut-être qu'en effet, si Roxane agit et sent à peu près comme une femme de harem, Acomat comme un vizir, et parfois Bajazet comme un homme d'Orient, leur allure et leur langage n'ont pas grand'chose de turc pour des esprits non prévenus.

Mithridate a l'habitude d'étrangler ses femmes pour s'assurer de leur fidélité. Voyez comme ces choses-là sont dites en termes élégants :

> Tu sais combien de fois ses jalouses tendresses
> Ont pris soin d'assurer la mort de ses maîtresses [1].
>
> . . . .
>
> Vous dépendez ici d'une main violente
> Que le sang le plus cher rarement épouvante,

---

1. *Mithridate*, I, sc. I.

Et je n'ose vous dire à quelle cruauté
Mithridate jaloux s'est souvent emporté [1].

Ajoutez que Mithridate a plusieurs fois la pensée de
tuer ses fils. Racine a enregistré fidèlement les actes
les plus significatifs que lui attribue l'histoire : a-t-il
senti l'abîme creusé par ces faits et gestes entre le roi
du Pont et un prince occidental du xviie siècle ? A-t-il
eu la vision nette de ce que pouvait être un roi d'Asie
Mineure il y a quelque deux mille ans ? Pour Racine,
Mithridate n'est pas seulement un grand homme,
mais, tout compensé, un « honnête homme », quelque
chose comme le grand Condé amoureux à soixante-
dix ans et luttant contre les Romains.

Dans *Iphigénie*, c'est un sacrifice humain que l'on
discute en si beau style. Achille, ce gentilhomme,
dans les sacs de ville, enlève les filles et les porte
lui-même, à bras-le-corps, dans son vaisseau. Les
actions sont de mille ans avant l'ère chrétienne ; les
manières sont de dix-sept siècles après.

Phèdre est d'une infinie délicatesse morale, et Aricie
d'une ravissante coquetterie. Assurément elles ne
sentent ni ne parlent comme dans un temps où l'on
pouvait être petite-fille du Soleil et fille du Juge des
morts (Phèdre) ou petite fille de la Terre (Aricie), et
où le dieu des mers mettait des monstres à la disposition de ses amis. Toute cette mythologie fait un
singulier mélange avec le raffinement d'esprit et de

1. *Mithridate*, IV, sc. ii.

conscience de la plus troublante des femmes de Racine.

Il n'y a pas dans *Athalie* de contrastes de cette force; mais *Esther* est bien étonnante. Assuérus est un roi d'Orient, aussi polygame qu'on le puisse être; ses eunuques lui recrutent partout de belles filles, et, quand elles ont mariné six mois dans la myrrhe et six autres mois dans les aromates, on les introduit chez le roi... Or c'est là la matière du charmant et chaste récit du premier acte. — Esther est une Juive féroce qui se venge en faisant massacrer soixante-quinze mille Persans : Racine l'a transformée en colombe gémissante, et ce vers d'Assuérus passe inaperçu :

Je leur livre le sang de tous leurs ennemis.

En résumé, dans la moitié des tragédies de Racine, les actions et les mœurs ne sont pas du même temps. Il se peut que ce contraste même ravisse certains lecteurs, justement parce qu'il échappe à première vue et qu'on se sait gré de le découvrir, parce que Racine peut-être ne s'en doutait pas toujours, et qu'on se croit beaucoup d'esprit de démêler ce dont il n'avait pas conscience. Mais pourtant, si cette contradiction est réelle, il doit s'ensuivre que la plupart des personnages de Racine sont faux, essentiellement et irrémédiablement faux. Qui oserait le soutenir? Comment donc arranger cela?

Ce n'est rien arranger du tout que de dire blanc
après avoir dit noir. M. Deschanel, qui s'applique à
relever ces contrastes, défend ailleurs la vérité historique des principales figures de ce théâtre. Eh bien,
non ! les personnages d'*Andromaque* et d'*Iphigénie* et
de *Phèdre* ne sont point des gens des temps héroïques ;
non, Mithridate ni Assuérus ne sont point des rois
d'Orient, et les Romains de *Bérénice* ou même de *Britannicus* sont Français plus qu'à demi, et, en admettant que ce soit une nécessité absolue du drame que
les personnages anciens y soient toujours en partie
modernisés, ils le sont ici jusqu'à l'excès. Il faut bien
reconnaître qu'au temps de Racine on n'avait pas, au
même degré qu'aujourd'hui, l'intelligence du passé,
le sentiment et le goût de l'exotique, la notion de la
variété profonde des types humains. Néanmoins Racine connaît assez bien l'histoire, entrevoit la différence des milieux et des civilisations et comment ces
différences se trahissent dans le caractère des hommes[1] ; et tout cela, il cherche à le reproduire exactement ; mais, comme il étudie exclusivement le mécanisme des sentiments et des passions et élimine de
parti pris presque tout le pittoresque de la vie hu
maine, sa « couleur locale » reste tout intérieure,
toute psychologique, et est, par suite, moins saisis
sante : car c'est peut-être surtout par le détail des
mœurs et des habitudes extérieures que se différen-
cient les hommes des diverses époques et des divers

1. Préface de *Bajazet*.

milieux. Les personnages les plus exotiques, vrais au fond, ont donc l'air de contemporains de Louis XIV, qui (avec le même langage et la même allure que les gentilshommes de cette époque) auraient seulement en plus quelques sentiments extraordinaires et originaux.

On voit déjà qu'ils ne sont pas entièrement faux. Serait-il possible de montrer sous quel jour ils peuvent paraître entièrement vrais, même quand leurs actes ont des siècles de plus que leurs manières?

Remarquons d'abord qu'un contraste de ce genre doit forcément se rencontrer, plus ou moins accusé, dans toute tragédie. Car la tragédie vit d'actions excessivement violentes et brutales, de celles qu'on accomplit dans les moments où l'on redevient le pareil des fauves ou des hommes qui ont vécu aux époques primitives. Et, d'autre part, comme on veut que la forme soit belle, les personnages de la tragédie doivent parler le langage le plus savant, le plus élégant, le plus propre à nous plaire, à nous chez qui la brute est généralement endormie où n'est plus capable de tels excès, et qui pouvons nous demander s'il est possible qu'elle se réveille chez des hommes si bien parlants. A ce compte, la tragédie serait un genre radicalement faux. Mais quel genre resterait debout? C'est ici une convention nécessaire, que les acteurs, tout en agissant souvent comme des fous furieux, continuent de parler comme Euripide et Sophocle, quand Sophocle et Euripide s'appliquent à bien parler.

Mais, après tout, est-ce là une convention si forte? Il arrive parfois (et la tragédie n'exprime que des passions exceptionnelles au moins par leur degré) que sous l'homme civilisé surgisse un sauvage poussé par la force aveugle des nerfs et du sang. La tragédie (comme l'art en général) ne fait qu'accentuer les traits; elle ne fait qu'exagérer parfois la distance entre ces deux hommes qui sont en nous. Le théâtre de Racine nous présente des hommes parfaitement élevés et diserts qui, à certaines heures, en dépit de leur politesse et de leur élégance, font des choses atroces. Cela ne s'est-il donc jamais vu? En un sens, rien de plus vrai ni de plus philosophique que la tragédie, qui nous montre les forces élémentaires, les intincts primitifs déchaînés sous la plus fine culture intellectuelle et morale.

Ce qui contribue encore à la vérité de ce théâtre, c'est que, si l'on fait abstraction des noms royaux ou mythologiques et des dénouements (meurtre, folie, suicide), les situations, au contraire de celles de Corneille, y sont assez communes et prises dans le train habituel de la vie : c'est une remarque qu'on a souvent faite. Un homme entre deux femmes (*Andromaque, Bajazet*), un amant qui se sépare de sa maîtresse pour des raisons de convenance (*Bérénice*), la lutte entre deux frères de lits différents ou entre une mère ambitieuse et un fils émancipé (*Britannicus*), un père rival de son fils (*Mithridate*), même une femme amoureuse de son beau-fils (*Phèdre*), ce sont là des choses

qui se voient, des situations où nous pouvons, un beau
jour, nous trouver impliqués. (Notons que la situation
même d'*Athalie*, si elle ne peut aussi facilement se
transposer, n'est pas extrêmement rare entre rois.) Il
suit de là qu'il ne faut point un grand effort pour
sympathiser avec les personnages de Racine, que nous
nous sentons de plain-pied avec eux ; que c'est nous,
mieux parlants et plus agités, que nous voyons
souffrir et pleurer sous leur masque élégant et tragique. Ce sont nos passions possibles, sauf l'intensité
et les conséquences extrêmes, que nous avons sous
les yeux. Et les détails étranges et sanglants empruntés
à l'histoire ou à la légende s'effacent ou n'ont plus
qu'une valeur symbolique. On ne les prend plus au
pied de la lettre, mais comme les signes d'une situation ; on les oublie presque pour ne s'attacher qu'à ce
qu'il y a de tristement éternel et d'applicable à nous
chétifs dans ces peintures typiques du drame des passions humaines.

L'œuvre si compliquée de Racine offre une autre
contradiction apparente. « Nous avons sous les yeux,
dit M. Deschanel [1], une Hermione bouleversée par
toutes les tempêtes de l'amour, et cependant il semble
qu'il y ait en elle un La Rochefoucauld pénétrant qui
observe ces agitations et qui les démêle en les exprimant, pareil à cet artiste qui, dit-on, afin d'étudier
la tempête sans être emporté par elle, se fit attacher

1. I, p. 115.

au mât du vaisseau. » Ce que M. Deschanel dit là
d'Hermione peut s'appliquer à bien d'autres. Or, n'y
a-t-il pas là une convention trop forte? Le sang-froid,
la netteté de vue qu'implique une pareille connaissance des secrets de son âme n'est-elle pas incompa-
tible avec l'emportement aveugle de la passion? et
s'analyse-t-on si bien au moment où l'on perd la
tête?

Si c'est une convention, reconnaissons d'abord
qu'elle vaut largement ce qu'elle coûte. Les personnages sont ainsi d'une clarté qui ne laisse rien à
désirer; aucun de leurs mobiles ne nous échappe;
aucun anneau ne se dérobe dans la chaîne serrée de
leurs sentiments et de leurs états de conscience. Je
sais qu'on se passe aujourd'hui volontiers de cette
clarté suprême. On respecte mieux la part d'incon-
scient et d'inexpliqué qui est dans l'homme. La névrose
et ses mystères ont parfois dispensé nos contemporains de présenter le développement suivi d'un caractère ou d'une passion. Il est possible que ces solutions
de continuité et ces *trous*, bien ménagés, donnent plus
exactement l'impression de la réalité énigmatique;
mais on peut croire que ce n'est point un art inférieur
que celui qui cherche à rendre la réalité plus claire et
plus logique.

Mais, outre que la convention adoptée par Racine
est assurément légitime, on peut même douter que ce
soit toujours une convention. Le phénomène moral
qui consiste à céder à sa passion tandis qu'on l'ob-

serve et qu'on sait où elle vous conduit, la conscience parfaite et minutieuse dans le mal, dans le consentement à la passion funeste, n'est point rare chez les hommes extrêmement civilisés, à une époque où la sensibilité est plus fine, l'intelligence plus aiguisée et la volonté moins vigoureuse. Le désenchantement, fruit de la science, ne préserve point de la folie, ou même y pousse. On sait que l'on subit une force mauvaise, que l'on déchoit, que l'on se perd, et l'on ne s'en perd pas moins. Le rôle de Phèdre en est le plus remarquable exemple. Sauf la complaisance satanique dans le péché, qui est chose de nos jours et peut-être factice, c'est déjà l'état d'âme décrit par un poète qui a bien connu certains sentiments bizarres :

> Tête à tête, sombre et limpide,
> Qu'un cœur devenu son miroir !
> Puits de vérité, clair et noir,
> Où tremble une étoile livide,
>
> Un phare ironique, infernal,
> Flambeau des grâces sataniques,
> Soulagement et gloires uniques :
> La conscience dans le mal [1].

Pour ces raisons, le théâtre de Racine (toujours au rebours de celui de Corneille) nous laisse sous l'impression d'une fatalité inéluctable : il n'a rien d' « édifiant », rien d'un enseignement par la « morale en action ». On y sent sous la forme élégante la violence

[1]. Baudelaire, *Fleurs du mal*.

des passions irrésistibles. Les innocents sont généralement sacrifiés (ainsi va le monde); si les coupables
sont punis, c'est toujours de leurs propres mains, et
l'horreur qu'ils auraient pu inspirer se tourne en
compassion. D'où une troisième espèce d'impression
contradictoire : les criminels ne sont nullement
odieux, et peu s'en faut qu'ils ne soient sympathiques
et ne semblent plus à plaindre que leurs victimes.
Néron même, Néron jeune, amoureux et jaloux, sans
le meurtre du cinquième acte, on se demande si l'on
pourrait le prendre en haine. Pour Hermione, Roxane,
Ériphile, Phèdre, elles aiment, elles souffrent, elles
s'expriment comme des anges, elles sont prêtes à
mourir : comment ne les aimerait-on pas? Phèdre est
adorable, et ce n'est pas moi qui la tiens absolument
innocente, mais le sévère Boileau, qui parle de sa
douleur *vertueuse* [1] et qui la déclare « perfide et in-
cestueuse malgré soi ». Et en effet, c'est la nourrice
damnée qui fait tout; Phèdre n'a plus sa tête quand
elle laisse OEnone accuser Hippolyte; elle allait se
dénoncer quand elle apprend qu'elle avait une rivale,
et sa raison part de nouveau. Elle a dans les veines
le sang de Pasiphaé : écrasée de honte et de remords,
malade, n'ayant mangé ni dormi depuis trois jours,
pudique même au plus fort de ses emportements, elle
fait songer, dans ses longs voiles blancs, à quelque
religieuse dévorée au fond de son cloître par une
mystérieuse passion et se desséchant dans une péni-

1. *Ép. à Racine.*

tence désespérée et stérile... Oh! oui, on les aime, les
passionnées de Racine; on est pris d'une immense
pitié pour ces victimes gracieuses et douloureuses de
forces indomptables, et ce n'est point contre elles
qu'on est tenté de s'indigner.

Et lui, croyez-vous qu'il ne les aime pas, même les
plus folles? Quelle défiance de soi, et quelle terreur,
quelle expérience des femmes et quelle rancœur, et,
par suite, quels amours et quels orages ne supposent
pas d'abord son dessein d'entrer à la Trappe, puis son
mariage, à trente-huit ans, avec une bonne femme qui
n'avait pas lu ses vers, et sa piété fervente, son amour
de Dieu, égal à son ancienne passion pour ses maî-
tresses [1]. Je ne pense pas qu'on ait exagéré la tendresse de Racine. « Mon père était tout cœur [2]. »
« Racine qui aime pleurer... [3]. » Il faut répéter ici
ce qui a été dit mille fois : Racine est bien le poète de
l'amour. En mettant sur la scène l'amour-passion, il
commence une littérature. Nous sommes loin de
l'amour galant, de l'amour chevaleresque et platonique.
Même l'amour de Chimène, même l'amour de Pauline,
ce n'était pas cela encore : il avait des allures trop
héroïques et viriles, ou il cédait trop vite au devoir.
Sauf chez Camille (qui d'ailleurs est tout d'une pièce
n'est point assez femme), nulle part avant Racine nous
ne voyons l'amour-fureur, l'amour-possession, l'a-

1. Mme de Sévigné.
2. Louis Racine.
3. Mme de Sévigné.

mour-maladie, qui pousse fatalement ses victimes au
meurtre et au suicide, et cela au travers d'un flux et
d'un reflux de pensées contraires, par des alternatives
d'espoir, de crainte, de colère, et des raffinements
douloureux de sensibilité, des ironies, des clairvoyances
soudaines, puis des abandons furieux à la passion
fatale, un art merveilleux à se faire souffrir, des sentiments de la dernière violence s'exprimant dans un
langage d'une simplicité et d'une harmonie exquises
— au point qu'on ne sait si l'on a peur de ces femmes ou si on les adore, et qu'on voudrait mourir avec
elles et pour elles.

Oh ! que Racine est bien le poète des femmes, et des
plus douces, des plus sages, des plus tendres, aussi
bien que des plus folles et des plus détraquées... Après
Phèdre, lisez *Bérénice*, le drame par excellence du
sacrifice de l'amour au préjugé social ; sujet éternel
comme les autres. Ici c'est la faiblesse et la grâce
féminines jusque dans l'accomplissement d'un devoir
inhumain ; non pas sacrifice, mais plutôt résignation
douloureuse à une loi inévitable qui, bravée, tôt ou
tard, prendrait sa revanche ; la plus grande preuve
d'amour par l'immolation de l'amour même. Et, pour
le dire en passant, qu'importe que nous concevions
mal la force de cette tradition romaine à laquelle se
soumettent Titus et Bérénice ? Le préjugé romain
n'est qu'un signe, le signe d'un obstacle insurmon-
table. Décidément il ne faut point attacher d'importance à ce qu'il y a d'historique dans les tragédies

raciniennes. Le drame n'est pas là, il est tout entier
dans les cœurs. Et il n'est pas non plus dans les coups
de poignard. « Ce n'est pas une nécessité qu'il y ait
du sang et des morts dans une tragédie [1]. » Titus et
Bérénice, qui ne meurent ni ne sont tués, souffrent
autant que les autres héros tragiques. La lutte est
horrible, quoique le sang ne coule pas. Ces conventions sociales, si fortes, on n'y croit qu'à moitié :
pourtant il faut les subir. Et puis l'amour et la jeunesse n'ont qu'un temps. Et après? On y songe sans
le dire, et cela n'empêche pas le cœur d'être dé-
chiré.

Des situations communes pour point de départ,
d'autres situations et des dénouements prévus, amenés
par le développement naturel des passions et des
caractères, sans aucune intrusion du hasard, voilà
tout le théâtre de Racine. Cela semble peu ; mais ce
peu, je me demande s'il s'est rencontré une autre fois.
Joignez le style, si exact, si souple, si hardi, si élégant, si lié, avec je ne sais quelle grâce incommuni-
cable. Un bon virtuose pourra faire de tous les styles
connus des pastiches très passables : qu'il essaye
d'imiter Racine ; il fera du Campistron.

Nous voilà en train de ressasser les lieux communs
sur le théâtre de Racine : mieux vaut le relire. Cette
lecture est proprement un charme, et justement peut-
être parce que la vérité extérieure y est réduite à fort
peu de chose. On peut se lasser de tout, même du

1. Préface de *Bérénice*.

pittoresque, qui change avec le temps, mais le
fond du théâtre de Racine est éternel ou, ce qui revient
au même, contemporain du génie de notre race dans
tout son développement, et la forme est celle qu'a
revêtue ce génie à son moment le plus heureux. Rien
donc, dans ces tragédies, ne nous est étranger, pas
même les choses empruntées aux époques reculées.
Mêlées discrètement à d'autres plus neuves, elles ne
nous choquent point, car elles viennent d'une anti
quité qui est la nôtre, d'où nous sortons, que nous
connaissons bien et que nous aimons. Tout s'accorde
et se marie, et nous entendons se plaindre dans ces
drames une âme qui est à la fois la nôtre et celle de nos
ancêtres proches ou lointains. Remercions M. Deschanel d'avoir si bien commenté ce qu'elle dit, d'avoir si
bien senti et loué comme il le mérite ce théâtre si
vrai, si triste et si harmonieux.

LA COMTESSE DIANE

Celui de mes amis dont je rapporte quelquefois ici les propos, voyant sur ma table un de ces mignons recueils de « pensées » et de « maximes » que publie l'éditeur Ollendorff, eut une moue dédaigneuse d'homme supérieur — cette moue de Pococurante qui faisait dire à Candide : « Quel grand génie que ce Pococurante ! Rien ne peut lui plaire, » — et, sans prendre seulement la peine de feuilleter le petit volume, il me tint à peu près ce discours :

« Jamais on n'a écrit autant de *Pensées* que dans ces derniers temps : *Petit bréviaire du Parisien, Roses de Noël, Maximes de la vie, Sagesse de poche*, sans compter les nouvelles maximes de *La Brochefoucauld* dans la *Vie parisienne*. D'où vient cette abondance ?

« Elle est bien surprenante au premier abord ; car,

1. *Maximes de la vie.* — Ollendorff.

songez un peu à ce que doit être un livre de *Pensées!*
Du triple extrait de sagesse, de science et d'expérience.
Il y faut, à chaque ligne, de la profondeur, de la
finesse, de la délicatesse ou de l'esprit. Par la forme
même de son livre, par la disposition typographique
qui, isolant chaque pensée, nous la présente comme
souverainement importante et nous la propose pour
sujet de méditation, l'auteur semble prendre envers
nous cet engagement que chacun de ces brefs alinéas
supposera et résumera une masse considérable d'observations particulières, en contiendra tout le suc,
sera l'équivalent d'un roman, d'une comédie, tout au
moins d'un sermon ou d'une chronique. Il s'oblige à
nous donner de l'exquis tout le temps. Des phrases
ainsi mises en vedette, et auxquelles il attache visiblement tant de prix, n'ont pas le droit d'être insigni-
fiantes ou banales.

« Il est donc furieusement honorable pour notre
temps qu'un genre si difficile y fleurisse : apparemment, si nous écrivons tant de *Pensées,* c'est que,
tard venus dans le monde et à une époque où l'observation est plus et mieux pratiquée qu'elle ne l'a
jamais été, nous sommes un tas de moralistes très forts
qui avons fait le tour des choses, qui sommes allés
partout, et qui en revenons surchargés d'expérience...
Mais je me méfie, comme dit M. Sarcey, et j'ai
peur que cette floraison de maximes ne s'explique
encore d'une autre façon.

« Il se pourrait qu'elles fussent charmantes sans

être bien neuves, qu'elles ajoutassent peu de chose au
vieux trésor des anciens moralistes, qu'elles n'eussent
guère d'autre valeur que celle d'un exercice élégant.
Une époque avancée, comme celle où nous nous agi-
tons stérilement, est sans doute une époque de grande
expérience, mais aussi d'habileté extrême en tout
genre. Nos contemporains sont adroits comme des
singes. Or, les « maximes et réflexions », c'est un
genre connu, qui a ses procédés. Une pensée, cela
s'élabore intérieurement, mais cela se fabrique aussi
par l'extérieur. Les moralistes ont laissé des moules :
ces moules peuvent produire des pensées indéfiniment,
car tout ce qu'on y coule devient pensée. Les *Maximes*
de La Rochefoucauld ne sont plus ainsi qu'un jeu de
société, et c'est pourquoi les femmes, avec leur faculté
d'imitation, leur merveilleuse souplesse d'esprit, y
ont maintes fois excellé. Jeu assez difficile, il faut le
reconnaître, mais qui s'apprend enfin. Les moyens de
réussir à ce jeu, il ne serait pas impossible, je crois,
de les formuler, et ce serait même un joli sujet pour
un chroniqueur, qui intitulerait cela : *La Rochefoucauld dévoilé* ou les *principales manières d'écrire des
pensées sans en avoir.*

« D'abord un moraliste, cela est plus ou moins
pessimiste, cela n'a pas d'illusions sur les hommes ni
sur les mobiles de leurs actes. Il s'agit ordinairement,
pour lui, de démêler la part d'égoïsme cachée partout, même dans les vertus. Un bon traité de psychologie classique, qui nous donne la liste complète des

passions et affections bonnes ou mauvaises, est très
commode pour imaginer des « cas ». Et le mobile
égoïste, on le trouve toujours, en s'appliquant. La
Rochefoucauld a déjà fait ce petit travail; mais on
peut le recommencer; et il y a mille façons de répéter
les mêmes choses en d'autres termes.

« Certains sujets sont inépuisables : la vanité, l'orgueil, l'imagination, l'amitié, l'amour, les femmes,
etc. Les « piperies » de l'imagination se renouvellent
en partie avec les âges. Toutes les oppositions entre
l'amitié et l'amour n'ont pas encore été exprimées. On
n'aura jamais dit de combien de façons l'amour peut
être égoïste ou désintéressé, ni de combien de façons
il peut modifier nos autres sentiments. Et sur les
femmes on peut dire tout ce qu'on voudra : tout sera
également vrai.

« C'est aussi une mine très riche que les « erreurs
de l'opinion ». Quelqu'un qui piocherait la classifi-
cation de ces erreurs telle que Bacon l'a établie, et qui
s'efforcerait de trouver, pour chaque catégorie, quelques cas particuliers, arriverait sans trop de peine à
un résultat dont il se saurait beaucoup de gré.

« On peut encore passer en revue les auteurs dramatiques et les romanciers et libeller sous forme de
maximes les vérités qui ressortent de quelques-unes
de leurs œuvres — ou bien rajeunir les proverbes —
ou bien s'emparer d'une pensée célèbre et en prendre
le contre-pied : ce sera presque aussi vrai et cela
paraîtra plus piquant.

« Mais surtout il faut feuilleter le dictionnaire et avoir dans la tête un certain nombre de tours de phrase ; car ce sont les mots eux-mêmes et les tours de phrase connus qui suggèrent le plus de pensées.

« Voici d'abord une formule d'un assez grand usage. Il s'agit de trouver quatre sentiments, passions, vices, vertus, qualités, défauts, etc., dont les deux premiers soient entre eux dans le même rapport que les deux derniers. Le schème ordinaire est celui-ci : « *... est à...* « *ce que... est à...* » Il est évident que, dès qu'on a les deux premiers mots, on parvient presque toujours à trouver les deux autres. Par exemple... (mais il va sans dire que mes exemples n'ont aucun prix : je les improvise et ils valent exactement ce qu'ils me coûtent), on me donne *pudeur* et *innocence*. Voyons un peu : *La pudeur est à l'innocence...* mettons : *ce que la modestie est à la vertu ;* ou bien : *ce que le duvet est à la pêche ;* ou bien *ce qu'un léger voile est à la beauté.* Et alors la « proportion » se corse d'une image. — Autre exemple. Je prends *mélancolie* et *tristesse ;* je songe tout de suite à *rire* et *gaieté*, et j'écris : *La mélancolie n'est pas plus de la tristesse que le rire n'est de la gaieté.* Cela ne veut rien dire, mais on ne s'en douterait pas.

« Nous appellerons cela la pensée *algébrique.*

« La préoccupation de faire des antithèses suggère aussi beaucoup de pensées. Il est rare que la réunion de mots exprimant des idées contraires n'ait pas l'air de signifier quelque chose. *L'amitié naît des confidences...* voilà qui n'est pas difficile à trouver. Cherchez l'antithèse, et vous obtiendrez cette maxime, qui vous a un air fin et qui en vaut une autre : *L'amitié naît des confidences, et elle en meurt.*

« Ou bien le mot *larme* vous vient à l'esprit, et il suscite immédiatement le mot *sourire.* Vous marmottez : *Il y a des larmes..., il y a des larmes...,* et, comme vous ne voulez rien dire de commun, vous trouvez d'abord, je suppose : *Il y a des larmes qui remercient.* La pensée est faite; vous n'avez qu'à ajouter : *et des sourires qui reprochent.* A moins que vous ne préfériez *des larmes qui disent au revoir et des sourires qui disent adieu,* ou *des larmes qui rient et des sourires qui pleurent.* Cela n'est point de première force; mais à la dixième tentative je trouverais peut-être mieux, et d'ailleurs je ne m'occupe ici que du procédé.

« Nous appellerons cela la pensée *antithétique.*

« D'autres fois on s'applique à ébouriffer ses contemporains; on contredit brusquement, sans crier gare, le sens commun et les impressions les plus naturelles. Par exemple, on s'écrie tout à coup : *Il n'est pire orgueil que l'humilité chrétienne,* ou encore : *La vertu est le plus odieux des calculs parce qu'il est le plus sûr.* Presque toujours ces boutades ont un air profond. Quand elles risquent d'être trop impertinentes, on ajoute : *souvent, quelquefois; il est des cas...*

« Nous appellerons cela la pensée *paradoxale.*

« Après le genre tranchant, fendant, le genre suave, poétique, idéaliste. On avise quelque sentiment ou quelque façon d'agir particulièrement honorable, et on tâche d'en donner quelque raison ou d'en tirer quelque remarque qui témoigne à la fois de notre esprit et de notre cœur. A cette catégorie se rapportent toutes les réflexions sur ce thème, qu'il est meilleur d'aimer que d'être aimé. On dira fort bien : *Celui que j'aime ne me doit rien, puisque je l'aime !* Beaucoup de pensées de cette espèce commencent ainsi : *Il y a une douceur secrète... Il y a je ne sais quel charme... Il y a un plaisir délicat...* Par exemple : *Il y a un plaisir délicat, pour un bel homme, à respecter la femme de son ami.* Comme ce genre supporte et même suppose une psychologie très fine on ne craindra pas, au besoin, d'allonger un peu la pensée, en la tarabuscotant. On dira : *L'opinion publique, en flétrissant l'homme qui est l'obligé de sa maîtresse, ne laisse-t-elle pas entendre que la femme nous fait, en se donnant, un don complet auquel elle ne saurait ajouter sans le diminuer par là même !*

« Nous appellerons cela la pensée *genre Vauvenargues* ou *genre Joubert.* Celles que je viens de produire sont du Joubert-Jocrisse ou du Vauvenargues-Guibollard; mais, encore une fois, je n'ai voulu qu'indiquer le tour et le ton.

« Ou bien on prend des vertus proches voisines ou des vices parents, et l'on s'évertue à saisir les nuances quiles distinguent. Soit : *orgueil, vanité, amour-propre, fatuité.* On écrit bravement : *L'orgueil est viril, la vanité est féminine, l'amour-propre est humain. — La fatuité est la vanité de l'homme dans ses rapports avec la femme.*

— *Il y a un moindre abîme entre la modestie et l'orgueil qu'entre l'orgueil et la vanité,* etc.

« Nous appellerons cela la pensée *définition.*]

« On peut être plus banal encore sans en avoir l'air. On prend la réflexion la plus vulgaire et on lui donne, par une image imprévue, une apparence de nouveauté.

« Notre imagination dépasse ordinairement ce que nous apporte la réalité, » voilà certes une pensée qui n'a rien de rare. Eh bien, travaillons là-dessus. Nous nous rappelons que l'imagination est « la folle du *logis* » : c'est une première indication. Creusons ce mot *logis* et nous ne tarderons pas à écrire : *L'imagination est une maîtresse d'auberge qui a toujours plus de chambres que de clients.*

« Nous appellerons cela la pensée *pittoresque.*]

« Enfin il y a telle idée plate et incolore, telle banalité honteuse, tel truisme misérable, qu'un tour sentencieux réussit à déguiser en pensée. Exemple : *Attendre est peut-être le dernier mot de la politique.*

« Nous appellerons cela la pensée *à la Royer-Collard.*

« Pour conclure, les « pensées et maximes » sont un genre épuisé et un genre futile.

« Un genre épuisé ; car ce ne sont jamais que des observations plus ou moins générales, des remarques explicatives sur des collections de faits. Or les faits peuvent bien changer et, en partie, l'extérieur de la vie humaine, mais non point les instincts et les sentiments primordiaux à la constatation desquels se ramène tout l'effort du faiseur de maximes. Et ces observations générales, il y a beau temps qu'elles ont été faites : on ne peut qu'en varier la forme (il est vrai qu'on le peut indéfiniment et qu'on y peut mettre sa marque personnelle).

« Un genre futile ; car, pourvu qu'on ait un peu lu, qu'on ait une teinture de philosophie et une expérience telle quelle de la vie et des passions humaines, toutes les pensées qui nous viennent sont nécessairement vraies. Cela est aisé à comprendre. Il n'y a pas de loi universelle des actes et des sentiments humains : dès lors on est bien sûr que toute maxime trouvera son application dans la réalité, car elle constatera forcément ou ce qui arrive presque toujours ou ce qui arrive quelquefois : si elle ne vise pas la règle, elle visera l'exception. Dans le premier cas, le lecteur dira : « Comme c'est vrai ! » et dans le second cas : « Tiens ! tiens ! c'est vrai tout de même » — à moins qu'il ne se contente de dire, dans le premier cas : « Hum ! si on veut ! » et dans le second : « Dame ! c'est « bien possible ! »

« Pourtant la plupart des maximes, quand elles ne sont pas tout à fait misérables, semblent tout de suite piquantes et ingénieuses — justement parce qu'elles ont un petit air d'oracle, parce qu'on nous les jette à la tête sans explications et sans preuves, parce qu'elles sont, pour ainsi dire, coupées de leurs racines. On se laisse séduire à ce qu'elles ont quelquefois d'imprévu et d'indémontré. On a tort, car, à le bien prendre, ce

qui est intéressant, c'est ce qu'elles suppriment et
sous-entendent, c'est le particulier, ce sont les observations spéciales que le moraliste est censé avoir
faites sur des réalités concrètes et bien vivantes. Ce
qui est intéressant, c'est une nouvelle, un roman, une
comédie de mœurs, un portrait, une chronique, un
article de journal ; mais un recueil de « pensées » n'a
de valeur qu'à la condition que toutes se rapportent
à un même point de vue, ou reflètent une même philosophie, ou tendent à nous faire connaître la personne même du moraliste : et alors il faut que cette
personne ne soit point la première venue. C'est le cas
pour Pascal, La Rochefoucauld, La Bruyère, Joubert.

« Maintenant il est très vrai que, même quand les
pensées ne sont qu'un jeu d'esprit, il faut encore
beaucoup d'esprit pour y réussir agréablement. »

Je ne retiens que cet aveu de mon ami Pococurante
La preuve qu'il faut, en effet, déjà beaucoup d'esprit
pour écrire des maximes qui soient simplement
agréables et piquantes, c'est que toutes celles qu'il
vient d'improviser avec une prétentieuse négligence
ne valent pas le diable. Il prétend nous démontrer
que ce genre littéraire a peut-être bien ses procédés,
comme les autres : belle découverte ! Le reste de sa
dissertation revient à dire qu'un livre de maximes
vaut exactement ce que vaut l'esprit de l'auteur :
nous n'avions pas besoin du secours de ses lumières
pour nous en aviser.

Le fait est que l'on parcourt avec un plaisir très vif les *Maximes de la vie* de la comtesse Diane. Le charme de ce petit livre, c'est qu'il est franchement féminin : il a la grâce, la légèreté et, dans son manque apparent d'unité, un joli caprice. Sa principale matière, c'est l'homme *dans la société* : il est plein de ces remarques que l'on sent bien venir d'une femme, qu'elle a dû faire dans quelque salon, au courant d'une causerie. Une femme dont presque toute la vie se passe dans le monde, en réceptions et en conversations, une femme entourée et courtisée et dont la présence seule met les vanités en éveil et aussi les désirs et les tendresses, ne doit-elle pas, avec son intelligence plus rapide et sa sensibilité plus délicate, recueillir dans la comédie mondaine de plus fines impressions que nous, mieux saisir certaines faiblesses ou certains ridicules, démêler en elle et autour d'elle, de plus rares complications ou de plus subtiles nuances de sentiments? Sur l'amour, sur le mariage et sur les défauts qui se trahissent surtout dans les relations mondaines, son expérience peut aller plus loin que la nôtre. On s'en aperçoit çà et là dans ce petit bréviaire.

Et ce qui ferait reconnaître encore (si on ne le savait) qu'il a été écrit par une femme, c'est l'aimable étourderie avec laquelle elle pille souvent, sans le savoir, les classiques du genre et invente de nouveau ce qui a été dit longtemps avant elle.

On dit qu'on voudrait mourir; oui, on le voudrait..., mais on ne le veut pas.

Quel dommage que La Rochefoucauld ait déjà dit :
« Le soleil ni la mort ne se peuvent regarder fixe-
ment ! »

L'intelligence sert à tout, surtout à mettre en œuvre la
bonté ; les sots veulent être bons, mais ne savent pas.

Quel dommage que La Rochefoucauld ait déjà dit :
« Le sot n'a pas assez d'étoffe pour être bon ! »
Mais qu'importe ? Si La Rochefoucauld était venu
après la comtesse Diane, elle l'aurait dit avant lui,
voilà tout, car elle est, Dieu merci, assez riche de
son fonds ! Les trois quarts au moins de ses maximes
sont d'une qualité tout à fait rare. Il n'y faut pas, au
reste, chercher de plan concerté : c'est le plus ravis-
sant désordre. Désordre prémédité ; car vous trouverez, par exemple, pages 8 et 50, 20 et 36, 6 et 161,
73 et 80, 72 et 90, la même pensée sous des formes
différentes : l'auteur, n'ayant le courage de sacrifier
aucune de ses rédactions, a voulu sans doute dissi-
muler les redites en les séparant.

Je prends au hasard dans cette poignée de maximes
aussi capricieusement éparses qu'une poignée de jon-
chets, quelques-unes de celles que j'aime le mieux et
qui rentrent le moins dans les catégories prévues par
mon ami Pococurante :

Je ne crains pas Dieu s'il sait tout.

La calomnie est comme la fausse monnaie ; bien des
gens qui ne voudraient pas l'avoir émise la font circuler
sans scrupule.

Tout être aimé qui n'est pas heureux paraît ingrat.

Celui qui arrange un mariage sacrifie d'ordinaire une de ses connaissances à un de ses amis.

On est tenté de croire qu'on fait bien dès qu'on se sacrifie. Comme l'égoïsme, l'abnégation a son aveuglement.

La vraie séparation est celle qui ne fait pas souffrir.

Ce qu'on dit à l'être à qui on dit tout n'est pas la moitié de ce qu'on lui cache.

Quand on aime, on se sent moins d'esprit; quand on est aimé, on en a davantage.

Pour bien donner comme pour bien recevoir, il n'y a qu'à laisser voir son bonheur.

Il faut qu'un homme soit bien aimable pour qu'on lui pardonne de n'être pas celui qu'on attendait.

La plus efficace des consolations est d'avoir à consoler.

Les belles dents rendent gaie.

La charité du pauvre, c'est de vouloir du bien au riche.

L'indulgence qui excuse le mal est moins rare que la bienveillance qui ne le suppose même pas; parce qu'on se fait moins d'honneur en ne soupçonnant rien qu'en pardonnant tout.

La morale nous défend de céder à la tentation et ne nous console pas toujours d'y avoir résisté.

Mais tout finirait par y passer. Vous jugez bien qu'on ne fabrique pas ces pensées-là avec des procédés et des formules. Grâce, finesse et bonté, indulgence sans illusions, philosophie douce qui rappelle, avec quelque chose de plus sain et de plus tendre, celle de quelques femmes du siècle dernier, une sagacité qu'on ne trompe pas, mais qui pardonne parce qu'elle comprend, une intelligence très pénétrante et passablement désenchantée, mais consolée par un très bon cœur..., ai-je dit tout ce qu'on trouve dans les *Maximes* de la comtesse Diane? J'y mettrais volontiers ce sous-titre, en arrangeant un peu la phrase de Nicole : « Des sentiments qu'il faut avoir et des choses qu'il est bon de connaître pour vivre en paix avec les hommes. » Et j'y ajouterais comme épigraphe, le mot de Mme de Sévigné, qui résume en effet un grand nombre de ces *Maximes* : « Rien n'est bon que d'avoir une belle et bonne âme. » Quand cette belle et bonne âme a par surcroît autant d'esprit que la comtesse Diane, c'est un délice.

Mme SARAH BERNHARDT

DANS *THÉODORA*

... La grâce, le charme, la lumière, ou plutôt l'attrait malsain et diabolique de cette fantasmagorie byzantine, c'est encore Mme Sarah Bernhardt. Qui donc disait que la voix d'or s'était brisée à force de chanter tous les jours, partout et à travers les deux mondes? Il m'a bien paru qu'elle sonnait aussi délicieusement qu'autrefois. Mais avez-vous remarqué la bizarrerie de sa diction? Pourquoi cette continuelle mélopée? Quelle drôle d'idée de psalmodier ses phrases sur un air d'enterrement pour bien marquer que c'est l'impératrice qui parle! Cette diction officielle et impériale si violemment opposée à l'autre, c'est bien le comble de la convention. Mais est-ce qu'on y prend garde? On est séduit, vous dis-je. D'où vient cela?

Si l'on essayait de démêler les causes de ce puissant attrait que Mme Sarah Bernhardt exerce sur un grand nombre d'entre nous, je crois qu'on en verrait

jusqu'à trois. D'abord, elle est très intelligente, comprend ses rôles, les compose avec soin, et joue sans
se ménager. Mais passons, car ces mérites, d'autres
artistes les possèdent au même degré. La seconde
cause, c'est son aspect physique et aussi le timbre de
sa voix. On sait la part immense des dons naturels
dans le talent d'un comédien ou, si vous voulez, dans
l'effet total qu'il produit. Bien des gens nerveux, capricieux et frivoles, — à moins qu'ils ne soient, au
contraire, très philosophes, — ne tiennent guère
compte que de la personne même de l'artiste, qui
leur est sympathique ou antipathique, voilà tout. Il
leur est fort égal d'être injustes pour ceux dont le nez
ne leur revient pas. Mais c'est surtout chez les comé-
diennes que le physique prend une extrême importance. Or, le ciel a doué Mme Sarah Bernhardt de dons
singuliers : il l'a faite étrange, d'une sveltesse et d'une
souplesse surprenantes, et il a répandu sur son maigre visage une grâce inquiétante de bohémienne, de
gypsy, de touranienne, je ne sais quoi qui fait songer
à Salomé, à Salammbô, à la reine de Saba.

Et cet air de princesse de conte, de créature chimérique et lointaine, Mme Sarah Bernhardt l'exploite
merveilleusement. Elle se costume et se grime à ravir.
Au premier acte, couchée sur son lit, la mitre au
front et un grand lis à la main, elle ressemble aux
reines fantastiques de Gustave Moreau, à ces figures
de rêve, tour à tour hiératiques et serpentines, d'un
attrait mystique et sensuel. Même dans les rôles mo-

dernes elle garde cette étrangeté que lui donnent sa
maigreur élégante et pliante et son type de juive
orientale. Et, par là-dessus, elle a sa voix, dont elle
sait tirer parti avec la plus heureuse audace, — une
voix qui est une caresse et qui vous frôle comme des
doigts, — si pure, si tendre, si harmonieuse, que
Mᵐᵉ Sarah Bernhardt, dédaignant de parler, s'est mise
un beau jour à chanter, et qu'elle a osé se faire la
diction la plus artificielle peut-être qu'on ait jamais
hasardée au théâtre. Elle a d'abord chanté les vers;
maintenant, elle chante la prose. Et son influence n'a
pas été médiocre sur nombre de comédiens et de co-
médiennes qui chantent aussi prose et vers, ou qui
du moins essayent de les chanter ; car, voyez-vous,
il n'y a qu'elle !

Mais voici la plus grande originalité de cette artiste
si complètement personnelle. Elle fait ce que nulle
n'avait osé faire avant elle : elle joue avec tout son
corps. Cela est unique, prenez-y garde. La plus éman-
cipée des filles, si elle joue sur le théâtre une scène
amoureuse, ne se livre pas entièrement. Elle n'ose
pas et elle ne peut pas, car elle songe à son rôle. Elle
n'embrasse pas, n'étreint pas pour de bon, a des
gestes relativement modérés qui, par convention,
tiennent lieu d'une mimique plus échauffée. La femme
est sur la scène, mais ce n'est pas elle qui joue, c'est
la comédienne. Au contraire, chez Mᵐᵉ Sarah Bernhardt, c'est la *femme* qui joue. Elle se livre vraiment
tout entière. Elle étreint, elle enlace, elle se pâme,

12

elle se tord, elle se meurt, elle enveloppe l'amant
d'un enroulement de couleuvre. Même dans les scènes
où elle exprime d'autres passions que celle de l'amour,
elle ne craint pas de déployer, si je puis dire, ce qu'il
y a de plus intime, de plus secret dans sa personne
féminine. C'est là, je pense, la plus étonnante nouveauté de sa manière : elle met dans ses rôles, non
seulement toute son âme, tout son esprit et toute sa
grâce physique, mais encore tout son sexe. Un jeu
aussi hardi serait choquant chez d'autres ; mais, la
nature l'ayant pétrie de peu de matière et lui ayant
donné l'aspect d'une princesse chimérique, sa grâce
idéale et légère sauve toutes ses audaces et les fait
exquises.

Je sais bien qu'il y a d'autres éléments encore dans
le talent de Mme Sarah Bernhardt ; mais ce n'est point
le talent que j'ai voulu expliquer, c'est l'attrait, et je
n'en parle, bien entendu, que pour ceux qui le sentent.

DANS *FÉDORA*

La femme harmonieuse et pliante, la femme élec-
trique et chimérique a fait de nouveau la conquête
de Paris. On lui résistait depuis quelque temps, on
commençait même à être injuste pour elle. Et peut-
être aussi n'avait-elle qu'imparfaitement réussi à
donner une âme à Marion, et avait-elle fait d'Ophélia

une créature un peut trop lointaine, neigeuse et
chantante. Mais avec Fédora, nous avons retrouvé
la vraie Sarah, l'unique et la toute-puissante, celle
qui ne se contente pas de chanter, mais qui vit
et vibre tout entière. Il est vrai que ce rôle, comme
celui de Théodora, a été fait expressément pour elle,
sur mesure et très collant. Mme Sarah Bernhardt est
éminemment, par son caractère, son allure et son
genre de beauté, une princesse russe, à moins qu'elle
ne soit une impératrice byzantine ou une bégum de
Maskate; passionnée et féline, douce et violente, innocente et perverse, névropathe, excentrique, énigmatique, femme-abîme, femme je ne sais quoi. Mme Sarah
Bernhardt me fait toujours l'effet d'une personne très
bizarre qui revient de très loin ; elle me donne la sensation de l'exotisme, et je la remercie de me rappeler
que le monde est grand, qu'il ne tient pas à l'ombre
de notre clocher, et que l'homme est un être multiple,
divers, et capable de tout. Je l'aime pour tout ce que
je sens d'inconnu en elle. Elle pourrait entrer dans un
couvent de clarisses, découvrir le pôle nord, se faire
inoculer le virus de la rage, assassiner un empereur
ou épouser un roi nègre sans m'étonner. Elle est plus
vivante et plus incompréhensible à elle seule qu'un
millier d'autres créatures humaines. Surtout elle est
slave autant qu'on peut l'être ; elle est beaucoup plus
slave que tous les Slaves que j'ai jamais rencontrés et
qui souvent étaient Slaves... comme la lune.

Elle a donc merveilleusement joué Fédora. Le rôle,

qui est tout de passion, la contraignait heureusement
à varier sa mélopée et à rompre ses attitudes hiératiques. Son jeu est redevenu prenant et poignant. Pour
traduire l'angoisse, la douleur, le désespoir, l'amour,
la fureur, elle a trouvé des cris qui nous ont remués
jusqu'à l'âme, parce qu'ils partaient du fond et du tré-
fond de la sienne. Vraiment elle se livre, s'abandonne,
se déchaîne toute, et je ne pense pas qu'il soit possible
d'exprimer les passions féminines avec plus d'intensité. Mais, en même temps qu'il est d'une vérité terrible, son jeu reste délicieusement poétique, et c'est ce
qui le distingue de celui des vulgaires panthères du
mélodrame. Ces grandes explosions demeurent har-
monieuses, obéissent à un rythme secret auquel correspond le rythme des belles attitudes. Personne ne se
pose, ne se meut, ne se plie, ne s'allonge, ne se glisse,
ne tombe comme Mme Sarah Bernhardt. Cela est à la
fois élégant, souverainement expressif et imprévu.
Faites-y attention : toutes ces silhouettes successives
semblent des visions d'un peintre raffiné et hardi.
Cela n'est guère simple, mais comme c'est « amusant » !
au sens où on emploie le mot dans les ateliers. Personne non plus ne s'habille comme elle, avec une
somptuosité plus lyrique ni une audace plus sûre. Sur
ce corps élastique et grêle, sur cette fausse maigreur
qui est au théâtre un élément de beauté, car par
elle les attitudes se dessinent avec plus de netteté et
de décision, la toilette contemporaine, insensiblement
transformée, prend une souplesse qu'on ne lui voit pas

chez les autres femmes, et comme une grâce et une
dignité de costume historique. Et le jeu de cette grande
artiste n'est point seulement poignant et enveloppant
à la fois; il est personnel jusqu'à l'excès et pour ainsi
dire coloré. J'ai déjà fait remarquer que rien n'était,
en quelques endroits, d'une convention plus singulière
que la diction de Mme Sarah Bernhardt. Tantôt elle
déroule des phrases et des tirades entières sur une
seule note, sans une inflexion, reprenant certaines
phrases à l'octave supérieure. Le charme est alors
presque uniquement dans l'extraordinaire pureté de
la voix : c'est une coulée d'or, sans une scorie ni une
aspérité. Le charme est aussi dans le timbre; on sent
que ce métal est vivant, qu'une âme vibre dans ces
sonorités unies comme de longues vagues. D'autres
fois, tout en gardant le même ton, la magicienne mar-
telle son débit, passe certaines syllabes au laminoir
de ses dents, et les mots tombent les uns sur les autres
comme des pièces d'or. A certains moments, ils se
précipitent d'un tel train qu'on n'entend plus que leur
bruit sans en concevoir le sens; c'est assurément un
défaut que mon parti pris d'extase ne saurait m'empêcher de reconnaître. Mais souvent aussi cette diction
monotone et pure d'idole ennuyée qui ne daigne pas
se dépenser, comme le commun des mortels, en in-
flexions inutiles et bruyantes, a quelque chose de
hautain et de charmant. Et cette diction convenait
admirablement dans les parties plus apaisées du rôle de
Fédora. Il y a de l'infini et du lointain dans cette mé-

12.

lopée imperturbable et limpide ; cela semble venir en
effet du pays des neiges et des steppes démesurés.

En somme, c'est peut-être cet artifice, et le contraste
qu'il fait avec les passages où la comédienne revient
à la diction naturelle, qui fait l'originalité du jeu de
Mᵐᵉ Sarah Bernhardt. Ce récitatif est sans doute au
rôle parlé ce que sont au rôle mimé les costumes
étranges et splendides : il lui donne une couleur et
une saveur d'exotisme. Bizarre et vraie, l'un et l'autre
à un degré tout à fait surprenant, Mᵐᵉ Sarah Bernhardt a de plus le charme inanalysable. J'avoue que
je l'admire très pieusement. Nous vous souhaitons,
madame, un bon voyage, tout en regrettant fort que
vous nous quittiez pour si longtemps. Vous allez vous
montrer là-bas à des hommes de peu d'art et de peu
de littérature, qui vous comprendront mal, qui vous
regarderont du même œil qu'on regarde un veau à
cinq pattes, qui verront en vous l'être extravagant et
bruyant, non l'artiste infiniment séduisante, et qui
ne reconnaîtront que vous avez du talent que parce
qu'ils payeront fort cher pour vous entendre. Tâchez
de sauver votre grâce et de nous la rapporter intacte.
Car j'espère que vous reviendrez, quoique ce soit bien
loin, cette Amérique, et que vous ayez déjà porté plus
de fatigues et traversé plus d'aventures que les fabu-
leuses héroïnes des anciens romans. Rentrez alors à
la Comédie-Française et reposez-vous dans l'admiration
et la sympathie ardente de ce bon peuple parisien qui
vous pardonne tout, vous ayant dû quelques-unes de

ses plus grandes joies. Puis, un beau soir, mourez
sur la scène subitement, dans un grand cri tragique,
car la vieillesse serait trop dure pour vous. Et si vous
avez le temps de vous reconnaître avant de vous en-
foncer dans l'éternelle nuit, bénissez, comme M. Renan, l'obscure Cause première. Vous n'aurez peut-être
pas été une des femmes les plus raisonnables de ce
siècle, mais vous aurez plus vécu que des multitudes
entières, et vous aurez été une des apparitions les
plus gracieuses qui aient jamais voltigé, pour la consolation des hommes, sur la surface changeante de ce
monde de phénomènes.

FRANCISQUE SARCEY

I

Je m'empare d'une phrase de Beaumarchais, dont je change quelques mots et dont je garde le rythme : « Un homme gros, gris, rond, bon, toujours allègre et de belle humeur. » Tel on se représente M. Francisque Sarcey et tel il est en effet.

Journaliste, il a une figure à part et une manière qui est bien à lui. Les dégoûtés en diront tout ce qu'ils voudront : il n'est pas un article de Sarcey où Sarcey ne soit reconnaissable à l'accent, je dirai presque au geste, et qui ne sente en plein son Sarcey. Il est toujours naturel et il a toujours l'air de s'amuser de ce qu'il dit, même quand ce n'est guère amusant. On admire comme il sait s'intéresser à des histoires minuscules, à des drames qui évoluent tout entiers

dans les bornes d'un rond de cuir, à des *Lutrin* et à
des *Seaux enlevés*, à des épopées héroï-comiques qu'il
aura oubliées dans cinq minutes. Et on le voit, on
l'entend : il se conjouit dans sa barbe, il vous appelle « mon ami », il va vous taper sur le ventre. Il est
vivant et bien vivant, et je vous assure que c'est là
le don suprême.

Sa qualité maîtresse, on le sait, on l'a dit mille fois,
c'est le bon sens, qui, à ce degré, ne va pas sans un
brin de défiance à l'endroit de la sensibilité et de
l'imagination. Là où le bon sens suffit, M. Sarcey
triomphe; là où le bon sens ne suffit peut-être pas,
dans certaines questions délicates qu'il est porté à
simplifier un peu trop, M. Sarcey fait encore bonne
contenance et mérite quand même d'être écouté. Du
bon sens, il en a tant montré, si souvent, si régulièrement et si longtemps, qu'il s'en est fait comme une
spécialité, que beaucoup lui en reconnaissent le mo-
nopole, qu'il a fini par inspirer une confiance sans
bornes à quantité de bonnes gens et un mépris sans
limites aux détraqués de la jeune littérature. M. Sarcey
est comme qui dirait le bonhomme Richard de la
presse contemporaine.

La politique l'ennuie : on n'y voit pas assez clair;
les questions y sont trop complexes, presque insolu-
bles. En somme et malgré les grands airs d'assurance
qu'on prend, on les tranche au gré de son intérêt et,
quand on est honnête, au petit bonheur. La politique
est la mère des phrases vides, de la déclamation, des

idées troubles, du mauvais style et des passions
injustes : or, M. Sarcey aime la netteté et il a naturellement bon cœur. Et c'est pourquoi il s'est enfermé
dans le journalisme pratique et familier.

Grand redresseur des petits abus, protecteur des
petits fonctionnaires, terreur des administrations et
des Compagnies, hygiéniste convaincu, épris avant
tout d'utilité, capable de s'intéresser à tout ce qui
touche à notre « guenille », vivant bien sur la terre
et aimant y vivre, pareil en cela à ses ancêtres du
xviiiᵉ siècle dont il a l'ardeur d'humanité et l'activité
d'esprit — moins la sensiblerie et les illusions, — que
de questions n'a-t-il pas remuées et que de services
n'a-t-il pas rendus ou voulu rendre ! Les écoles primaires, les traitements des petits employés, les pape-
rasseries plus que chinoises des bureaux, les bourdes
solennelles de la magistrature et l'élevage des nouris-
sons, le divorce et les réceptions de l'Académie, les
caisses d'épargne, la question des égouts et les questions de grammaire... il faudrait, comme on dit en
vers latins, une bouche de fer et beaucoup de temps
devant soi pour énumérer seulement les sujets où
M. Sarcey se joue depuis vingt ans avec une aisance
robuste et quelque chose de la souple curiosité d'un
Voltaire écrivant certains petits articles du *Dictionnaire philosophique* ou d'un Galiani abattant de verve
son *Dialogue sur les grains.*

Vous oubliez, me dira-t-on, ses histoires de curés,
de moines, de religieuses. — Hé ! oui, M. Sarcey en

mange volontiers, toujours comme ses pères du dernier siècle. Il en mange trop, ou du moins il en a trop mangé, car depuis quelque temps il se repose. Il n'a pas l'air de se douter (et il le sait pourtant bien) que la plupart du temps le curé est un brave homme qui a seulement les préjugés de son habit et de sa profession et qui même doit les avoir et serait un prêtre douteux s'il ne les avait pas ; que presque toujours, dans ces querelles entre curés et maires ou maîtres d'école, les torts sont partagés, et qu'enfin il n'est jamais renseigné que par l'une des parties et souvent par des nigauds, des fanatiques ou des farceurs. Cela lui est donc agréable ou indifférent de songer qu'il fait la joie du pharmacien Homais et qu'il lui fournit des armes ? — Oh ! je sais bien tout ce que M. Sarcey peut répondre, et que tous les « oints », comme il dit, ne sont pas d'une aussi bonne pâte que le curé Bournisien. Et puis, quand, grâce à l'équité de nos « doux juges », on a payé des dommages-intérêts à la Sainte-Enfance et qu'on figure malgré soi sur ses registres comme un des plus gros donateurs pour n'avoir pas cru que ce fût en Chine un usage courant d'engraisser des cochons violets avec la chair des petits enfants, on a bien le droit d'en garder quelque rancune. Mais il est vrai que M. Sarcey a l'âme aussi peu religieuse qu'il se puisse. Dans bien des cas, il a pour lui le bon sens et la justice ; mais il est d'autres cas où il pourrait distinguer entre l'action blâmable ou ridicule et les mobiles encore plus intéressants qu'intéressés. Il y a

dans l'âme humaine des parties qu'il ne veut pas connaître, des sentiments où il refuse d'entrer, où du
moins il n'entre que de la plus mauvaise grâce du
monde — toujours comme ces « philosophes » d'il y
a cent ans dont il est aujourd'hui le plus authentique
héritier.

« Je ne suis pas catholique, dit M. Renan (décidément il me hante) ; mais je suis bien aise qu'il y ait
des catholiques, des sœurs de charité, des curés de
campagne, des carmélites ; et il dépendrait de moi
de supprimer tout cela que je ne le ferais pas. » Eh
bien, M. Sarcey le ferait. Certains articles de M. Sarcey
sont peut-être ce qu'il y a de plus propre à vous faire
adorer la douceur ironique de M. Renan. Et la réci-
proque est presque vraie (je ne compare que les esprits):
au sortir de certaines fantaisies délicieuses de M. Renan, telle bonne page bien saine et bien franche de
M. Sarcey fait un singulier plaisir. Car, bien qu'ils
soient contemporains, il y a un siècle entre les deux.
Et ce sont les différences de ce genre qui rendent
notre âge si divertissant.

Mais d'abord il sera beaucoup pardonné à M. Sarcey, même par le bon Dieu des catholiques, pour les
jolies pages pittoresques et cordiales que lui ont
inspirées les vieux prêtres du collège de Lesneven.
Je suis bien aise de lui dire que je connais des âmes
pieuses qui, depuis qu'elles ont lu ce chapitre, ne
désespèrent plus de son salut éternel. Et puis il est si
peu entêté ! Même quand il s'agit de ces aventures

cléricales où il est trop prompt à prendre parti, si
par hasard on lui fait voir qu'il a été trompé, avec
quelle bonhomie il reconnaît son erreur, quitte à
recommencer le lendemain ! Si vous saviez comme il
aime Veuillot et comme il s'ébaudit à lire sa corres-
pondance !

M. Sarcey est parfaitement sincère et n'a pas le
moindre fiel. Il n'est guère possible à un honnête
homme de lui en vouloir : lui n'en veut jamais aux
autres, pas même à ceux qu'il a « tombés ». Les
injures glissent comme de l'eau sur cette peau que
des gens spirituels appellent une peau d'hippopotame
et qui n'est que la peau d'un brave homme. Vous
pouvez le traiter de cuistre et de pion tant qu'il vous
plaira, et on ne s'en est pas fait faute : « Hé ! oui,
mon ami, je suis comme cela. Et après ? Mais vous,
vous n'êtes guère poli et je crois d'ailleurs que vous
exagérez. » On m'a raconté qu'il disait un jour :
« Depuis que je suis au monde, j'entends un tas de
gens dire qu'ils sont agacés ; moi, je ne sais pas ce
que c'est : je n'ai jamais été agacé de ma vie. »

Écrivain, il a au plus haut point le naturel et la
clarté, car il ne parle jamais que des choses qu'il
« conçoit » parfaitement. Et c'est un mérite qui est
devenu rare en ce temps de pédants qui ont l'air d'en
dire plus qu'ils n'en savent et de nerveux qui affectent, au contraire, d'avoir plus de « sensations »
qu'ils n'en peuvent traduire. Surtout M. Sarcey a un
merveilleux talent d'exposition, et d'exposition ani-

mée. Sous sa plume à la fois patiente et amusée, qui jamais ne se hâte ni ne s'ennuie, les questions les plus compliquées se font simples, et les plus ingrates, intéressantes. La question des égouts — vous vous rappelez? les odeurs de Paris, le « tout à l'égout », la presqu'île de Gennevilliers, — mais il n'y a rien de plus palpitant quand c'est lui qui en parle! Il vous fait tout avaler « si j'ose m'exprimer ainsi ».

Maintenant, je sais bien, il insiste un peu trop, il vous met trop les points sur les *i*, il a toujours l'air de s'adresser à des illettrés qui ne comprendraient point sans ce luxe de redites et d'explications. Il faudrait être vraiment trop imbécile pour ne pas saisir! Et de là, peut-être, le grand reproche que beaucoup de nigauds et même de gens d'esprit lui font : « Est-il lourd, ce Sarcey! » Et on ne songe pas seulement à sa longueur patiente d'exposition, mais à la rudesse de quelques-unes de ses plaisanteries et même, par une injuste extension, par un sophisme dont on n'a pas conscience, à son style en général. Nul de nos contemporains n'a été aussi souvent comparé à un éléphant. Sarcey est lourd, c'est une chose convenue; ceux qui vous disent cela en sont absolument sûrs, et naturellement ils sont, eux, légers comme des papillons.

Eh bien! j'aurai le courage de le dire, car ces jugements tout faits sont agaçants à la longue : non, Sarcey n'est pas lourd. S'agit-il de sa tournure d'es-

prit ? Il est franc, simple et rond, rond surtout, ce
qui est bien différent. Ou bien est-ce à son style que
vous en avez ? Faites bien attention. Avez-vous lu le
Dictionnaire philosophique et les *Facéties* de Voltaire ?
Je vous préviens que M. Sarcey en est nourri et en
nourrit sa prose. Et vous vous rappelez ce que disait
Montaigne de ceux qui critiquaient son livre : « Je
veulx qu'ils donnent une nazarde à Plutarque sur
mon nez et qu'ils s'eschauldent à injurier Sénèque en
moy. » Bien qu'il ne s'agisse plus ici que du tour
général du style, prenez bien garde de donner une
pichenette à Voltaire sur le nez de M. Sarcey. — Sa
plaisanterie vous paraît grosse ? Si vous croyez que
la plaisanterie de Voltaire est toujours du dernier
atticisme ! Et qu'est-ce que je dis là ? Lisez les Grecs :
si vous croyez que l'atticisme est toujours de la dernière finesse !

Sarcey, c'est du XVIIIe siècle un peu épaissi si vous
voulez, mais non toujours. Et, encore un coup, ce
n'est point dans son style que cette « lourdeur » me
serait sensible, mais plutôt, à la grande rigueur, dans
son badinage. C'est vrai, il n'a pas de sous-entendus,
de demi-sourires minces et traîtres : c'est un gros jet
de bonne humeur, ce sont les éclats d'un bon sens
échauffé et joyeux. C'est franc, c'est copieux, c'est
appuyé. Lourd ? non pas. Je crois bien qu'au fond,
innocemment ou non, vous assimilez la prose abondante de M. Sarcey à son enveloppe mortelle, et vous
voyez son style à travers sa physiologie. On sait, et

il nous l'a dit vingt fois, que M. Sarcey ressemble peu à un héros romantique; qu'il n'a de René ou d'Obermann ni la sveltesse pliante ni la pâleur nacrée, et qu'une myopie célèbre dans le monde entier aggrave encore le poids de sa démarche. Et voilà pourquoi il est entendu que sa plume est lourde : je vous assure qu'il n'y a pas d'autre raison. — Ou bien encore, si vous voulez, c'est sa franchise qui est « lourde » aux épaules de ceux sur qui elle s'exerce. Voilà tout.

Moi, je lui trouve presque toujours de l'esprit, et du meilleur, quand il nous parle : 1° de la Sainte-Enfance; 2° de la magistrature; 3° des abonnés du mardi.

Vous rappelez-vous certain article sur la magistrature dont la réforme venait d'être décidée à la Chambre? M. Sarcey entonnait un chant de triomphe, un chant féroce, un chant sauvage, et on le voyait à la fin exécuter sur le cadavre de la magistrature la danse du tomahawk en agitant à sa ceinture les maigres chevelures des « doux juges » scalpés. — Vous rappelez-vous une très véhémente et très large sortie contre les abonnés du mardi à propos des *Corbeaux* de M. Becque? L'invective montait, montait : « Au moins, puisqu'ils ne savent rien, qu'ils ne se mêlent pas de juger ! » Et tout ce crescendo aboutissait à un mot superbe : « Ils viennent là pour voir et se faire voir, c'est bon; *mais la pièce, est-ce que cela les regarde ?* »

Dernièrement, vous souvenez-vous? il s'agissait du discours de réception de M. François Coppée. « Il fallait, dit à peu près M. Sarcey, laver M. de Laprade de l'horrible accusation de panthéisme. Il paraîtrait qu'il n'a jamais célébré la création que pour s'élever tout de suite au créateur. *Allons, tant mieux, tant mieux!* » Je dirais volontiers avec Phila- minte : Sentez-vous comme moi la saveur de cet « Allons, tant mieux » ?

Encore un exemple. Il s'agit des plagiats dont on accuse M. Sardou.

Sardou est un emprunteur, soit. Mais il faut croire que cela n'est déjà pas si facile d'emprunter, puisque ni vous ni moi ne le faisons. Comment! il y avait là une pièce à faire avec les débris de *Miss Multon* et de la *Fiammina,* une pièce qui pouvait avoir cent représenta- tions et rapporter cinquante mille francs ; vous le saviez et vous ne l'avez pas faite? Vous êtes des idiots, mes amis.

Encore celui-ci, à propos d'un cas de prononciation.

Non, vous n'imaginez pas la joie intime et profonde que sent la fille d'un concierge le jour où elle a prononcé pour la première fois *desir.* Il y a chez elle comme un gonflement d'orgueil... Elle possède les traditions de la Comédie française, elle parle comme Molière. Ne la pous- sez pas, elle vous jetterait superbement au nez un *d'sir* où il ne resterait plus d'*e* du tout. Mieux que Molière! etc.

Je pense qu'on entrevoit maintenant le tour habi-

tuel de cette plaisanterie. Mais j'ai tort de découper
ces trop courtes citations au hasard de mes souvenirs.
Ce n'est plus cela du tout, car cette verve robuste
vaut surtout par l'insistance, par le copieux, par
l'ample jaillissement sans effort ni saccade. Toute la
prose de M. Sarcey est visiblement écrite au courant de la plume. Et peut-être, plus travaillée, vau-
drait-elle moins. Il pourrait dire de sa prose ce que
Chapelle disait de ses vers :

> Tout bon habitant du Marais
> Fait des vers qui ne coûtent guère.
> Moi, c'est ainsi que je les fais,
> Et, si les voulais mieux faire,
> Je les ferais bien plus mauvais.

Comment M. Sarcey suffirait-il autrement à sa
tâche écrasante ? Mais, au reste, quand il voudrait
s'appliquer, ciseler, fignoler, chercher l'expression
rare, il n'y arriverait pas. Simplicité, clarté, naturel,
mouvement aisé, verve entraînante, c'est là tout son
fait. Il est de bonne race gauloise.

Et à cause de cela beaucoup de choses, sans échapper à son intelligence, restent en dehors de ses sym-
pathies, quelque effort qu'il fasse d'ailleurs pour les
aimer. Comme il est très sincère, il nous a confessé
lui-même qu'il avait mis beaucoup de temps à goûter
la poésie de Victor Hugo, celle du moins des trente
dernières années, et je ne crois guère à un goût si
laborieusement acquis. A plus forte raison est-il
incapable d'apprécier beaucoup les extrêmes raffine-

ments, un peu maladifs, de la littérature contemporaine, notamment l'impressionnisme de M. Edmond
de Goncourt et de ses disciples, la subtilité, l'inquiétude, la trépidation et, puisque le mot est à la mode,
la « nervosité » de leur « écriture artiste ». Il n'entrera
jamais plus dans l'esprit d'un impressionniste que
dans l'âme d'un catholique. Et je ne lui en fais pas
un reproche. Ceux qui essayent comme moi d'entrer
partout, c'est souvent qu'ils n'ont pas de maison à
eux ; et il faut les plaindre.

C'est justement parce qu'il est de bonne et limpide
race française et peu enclin aux nouveautés aventureuses que M. Sarcey, très aimé à Paris, a peut-être
en province ses lecteurs les plus fidèles et les plus
épris : il le sait et il en est charmé. J'espère que
cette constatation ne m'attirera pas quelque nouvelle réclamation ironique d'un provincial qui fera
semblant de se croire atteint. C'est à Paris qu'on voit
éclore les modes littéraires comme les autres modes,
et cela est fatal, Paris étant la plus surprenante
agglomération d'esprits qui soit au monde (et je sais
que les trois quarts de ces esprits lui sont venus de
la province). Que ces modes soient passagères ou que
quelques-unes soient durables et répondent à quelque
réel besoin des générations nouvelles, c'est une autre
question. Tout ce que je veux dire, c'est que M. Sarcey, carrément installé dans son bon sens, n'a pas
même à se défendre contre l'attrait de ces nouveautés
douteuses et mêlées. Encore une fois il relève du

siècle dernier par son esprit, par son style, par ses
goûts littéraires, même par sa philosophie, qui,
autant que j'en puis juger, serait celle de Condillac
ou de Cabanis et de Destutt de Tracy. Je n'indique
là que ses origines : il est du xviiie siècle encyclopé-
diste autant qu'on en peut être après qu'il a coulé tant
d'eau sous les ponts. C'est le même esprit avec un surcroît d'idées, de sentiments et d'expérience. M. Francisque Sarcey sera, si vous voulez, quelque chose comme
un gros neveu sanguin du maigre et nerveux Voltaire, neveu très posthume et né en pleine Beauce.

Je n'essayerai même pas de passer en revue les
pages innombrables sorties de la plume aisée et robuste de M. Sarcey. Son œuvre, c'est cinq ou six
heures de conversation écrite, tous les jours, depuis
trente ans. J'ai dit un mot du journaliste : je ne dirai
rien du romancier, encore qu'il y ait bien de l'émotion
et de la vérité dans *Étienne Moret* et bien de l'esprit,
vraiment, dans les *Tribulations d'un fonctionnaire en
Chine*. Si j'osais, je dirais que certains chapitres des
Tribulations sont ce qu'on a jamais écrit de plus approchant des *Contes* de Voltaire, et, si je ne le dis pas,
c'est lâcheté pure : on ne voudrait pas me croire. Je
suis plus à l'aise pour rappeler ici (car les lecteurs de
la *Revue* ont été les premiers à en savourer le régal)
le charme de cordialité, de bonhomie, de franchise
et de gaieté des *Souvenirs personnels* : savez-vous bien
que M. Sarcey est un des très rares écrivains vraiment
gais que nous ayons aujourd'hui ?

Mais je ne veux m'arrêter un peu que sur la partie
la plus considérable de son œuvre : sa critique dramatique. C'est là qu'a porté son effort le plus suivi ;
là est sa plus sûre originalité et son meilleur titre de
gloire.

II

Je n'irai pas jusqu'à dire que M. Sarcey a fondé un
genre : qui est-ce qui a fondé un genre ? Mais il est
le premier qui ait uniquement et constamment appuyé
la critique dramatique sur l'expérience — et sur
l'expérience la plus vaste, la plus complète, la plus
loyale.

A coup sûr, la critique dramatique existait avant
lui. Seulement, avec Corneille et Molière, ce n'est que
la critique de deux grands hommes par eux-mêmes.
La critique de Voltaire, c'est l'apologie du théâtre de
Voltaire. La critique de Diderot, c'est le système de
Diderot. Avec Grimm, la critique est surtout du repor-
tage. Avec La Harpe et Geoffroy, elle est purement
dogmatique et grammaticale : ils se demandent si les
« règles » sont observées sans éprouver ces règles
elles-mêmes et ils joignent à cela la critique du style.

Avec Fiorentino, Théophile Gautier et Jules Janin,
la critique dramatique s'était fort élargie. Ils
avaient (et surtout Gautier) d'excellentes remarques
et qui portaient loin ; mais ou ils les semaient au

hasard et sans les rattacher à une théorie, ou ils se livraient à de brillantes fantaisies à propos et à côté de la pièce du jour.

« Enfin Francisque vint. » Il vint du fond de sa province, attiré par About, comme un Caliban de collège par un Prospero du boulevard (et l'on sait la fidélité touchante de son amitié pour son étincelant compagnon). Il vint armé de bon sens, de patience, de franchise et de bonne humeur; professeur dans l'âme, consciencieux, appliqué, décidé à n'écrire que pour dire quelque chose; non pas naïf, mais un peu dépaysé parmi la légèreté et l'ironie parisienne. Déconcerté, non pas. Il se mit à raconter tranquillement, de son mieux, les pièces qu'il avait vues, à les juger le plus sérieusement du monde et à motiver avec soin ses jugements. Il dit ce qu'il pensait et il le dit simplement, sans fioritures, sans paradoxes, sans feux d'artifice. Au milieu des prestidigitateurs de la critique dramatique il écrivit en bon professeur. Et cela parut prodigieusement original.

Lentement, à force de voir des pièces, d'observer et de comparer, il eut sur le théâtre, sur son histoire et sur ses lois, des idées d'ensemble parfaitement liées entre elles, une esthétique complète de l'art dramatique. Cette esthétique, on la trouve éparse dans les feuilletons qu'il écrit au *Temps* depuis dix-huit années : ce qui fait, en chiffres ronds, quelque chose comme neuf cent cinquante feuilletons, douze mille pages, trente-six volumes. On me dira que le nombre des lignes ne fait rien à l'affaire; mais c'est qu'il n'y a peut-être pas un de ces feuilletons où l'on ne puisse faire son butin, mince ou gros, et je vous assure qu'on est saisi d'une sorte de respect devant ce labeur énorme, si vaillant et si consciencieux.

Je n'ai ni la prétention ni les moyens d'exposer ici complètement les théories disséminées dans ces milliers de pages. Mais, en feuilletant cette encyclopédie du théâtre, j'ai été frappé de l'abondance des vues de détail et de l'unité de la méthode.

Cette méthode, c'est tout bonnement l'observation, l'expérience. Plusieurs sont tentés de prendre M. Sarcey pour un critique doctrinaire qui croit à la valeur absolue de certaines règles sans en avoir éprouvé les fondements; mais, de sa vie, il n'a fait autre chose que les éprouver. Ses théories ne sont que des constatations prudemment généralisées. Jamais il ne devance les impressions et le jugement du public : il se contente de les expliquer, et je trouve même qu'il se défend un peu trop de les contredire.

M. Sarcey part de ces deux principes incontestables :

1° Le théâtre est un genre particulier, soumis à certaines règles nécessaires qui dérivent de sa nature même;

2° Les pièces de théâtre sont faites pour être jouées, et non pas devant une poignée de délicats, mais devant de nombreuses assemblées d'hommes et de femmes.

Développons une partie au moins du contenu de ces deux propositions.

Les autres imitations de la vie, telles que l'épopée ou le roman, ne nous la mettent pas directement sous les yeux, mais l'évoquent seulement par la narration : c'est nous, en somme, qui nous composons à nous-mêmes les scènes que la narration nous suggère. Et pour nous les suggérer, pour nous les rendre vraisemblables, le romancier a tout son temps : il nous explique les choses à loisir, comme il veut, aussi longuement qu'il veut. Si un détail nous paraît faux ou choquant, cela n'est pas de conséquence, et d'ailleurs cela s'arrangera peut-être ou s'éclaircira un peu plus loin. Puis, le romancier s'adresse à un homme isolé qui a le temps de réfléchir et de revenir sur une impression, qui n'a aucune raison d'être hypocrite, de se mentir à lui-même, d'arborer des sentiments convenables et convenus; qui enfin n'a pas de voisins que puisse gagner, comme une contagion, son malaise ou sa révolte. (Je ne dis point tout cela, on le pense bien, pour diminuer le mérite du romancier. S'il est plus facile d'écrire un roman qui se fasse lire qu'une pièce qui se fasse écouter, rien n'est meilleur ni plus rare qu'un très bon roman; et un roman de premier ordre sera toujours plus riche d'observations et reproduira plus complètement la vie qu'un drame même excellent.)

Or, l'œuvre dramatique est comme pressée par deux nécessités contradictoires. Il lui est impossible, en vertu de sa forme même, qui se réduit au dialogue, et à cause du peu de temps dont elle dispose, de reproduire la vie avec autant d'exactitude que le peut faire le roman. Et, d'autre part, il faut qu'elle ait l'*air* de la reproduire plus exactement, parce que la représentation qu'elle en donne est directe et s'adresse sans intermédiaire aux yeux et aux oreilles. De ces deux conditions essentielles de l'art dramatique sont nées d'inévitables conventions sans lesquelles cet art ne saurait exister.

D'abord une action dramatique, dans la vie réelle, n'est jamais isolée, est mêlée à toutes sortes d'actions accessoires, indépendantes, indifférentes : une histoire s'entrelace avec d'autres histoires, se déroule au milieu du train-train de la vie journalière. Mais « le théâtre ne peut, cela est évident, reproduire la vie humaine dans son infinie complexité de détails; il en prend un lambeau qu'il taille à sa fantaisie... et il le prend dans un certain but, qui est d'émouvoir ou la compassion ou la haine ou un sentiment quel qu'il soit, d'autres fois de démontrer une idée morale, religieuse, politique. Il faut donc qu'il choisisse parmi les circonstances qui s'offrent à lui de toutes parts, qu'il en retranche le plus grand nombre, qu'il en atténue d'autres et qu'il mette en pleine lumière celles qui importent le plus à la conclusion où il tend de toutes ses forces ».

C'est déjà ce que fait le romancier. Outre qu'il élague toutes les histoires attenantes à celles qu'il

raconte, il choisit les détails, il élimine ceux qui lui
sont indifférents. Mais enfin, quand il saute d'une
scène à l'autre, il ne nous cache pas qu'il a pu se
passer bien des choses dans l'intervalle. Il détache
son récit du fond de la réalité ambiante; mais il
néglige ce fond plutôt qu'il ne le supprime. Le poète
dramatique est obligé de le supprimer et de relier
artificiellement entre elles les scènes dans lesquelles
son drame se déroule.

De plus, tandis que le romancier use à son gré de
la description et de la narration, le dramaturge n'a à
son service que le dialogue : il faut qu'il y fourre tout
ce que le public a besoin de savoir. De là, dans l'ancien théâtre et, sous une autre forme, dans le théâtre
contemporain, la convention des récits, de l'exposition,
des confidents, des monologues.

Le poète dramatique n'a devant lui que trois ou
quatre heures : d'où la nécessité d'abréger et de con-
denser. Par exemple, dans la vie réelle, la cour que
fait un homme à une femme se compose d'une foule
de petites démarches et de menus propos; tout cela
devra être résumé dans une « déclaration » : voyez
celle de Tartufe. « C'est l'habileté de l'auteur dramatique de ramasser dans une seule circonstance frappante tous les détails similaires qu'il néglige ou, pour
mieux dire, qu'il supprime absolument. »

De même, l'auteur dramatique ne saurait peindre
ses personnages que par quelques traits choisis et
caractéristiques. Et, comme tout se passe en dialogues,

il faut bien, le plus souvent, que les personnages se révèlent à nous par leurs propres discours, même quand ces discours ont dans leur bouche quelque chose d'un peu surprenant. Il faut qu'ils soient à chaque instant tout ce qu'ils sont, bien qu'il en aille autrement dans la réalité. Relisez la plus grande partie du rôle de Tartufe. Cette convention, c'est ce qu'on a appelé le « grossissement dramatique ».

Il faut avant tout qu'on écoute ces personnages et qu'on les comprenne. Même quand il lui arrive d'être subtil et délicat, leur langage doit avoir néanmoins et toujours la clarté et le mouvement. Les mots importants, significatifs, doivent se détacher, être comme « lancés, » non seulement par l'acteur, mais d'abord par l'écrivain, de façon à passer la rampe. « Il y a un style de théâtre comme il y a un style d'oraison funèbre, un style de traité de philosophie, un style de journal. »

Souvent la situation initiale suppose des événements antérieurs qui ont quelque chose d'extraordinaire et d'invraisemblable. Le poète dramatique n'a pas le temps de les expliquer par le menu, de nous en faire toucher du doigt la possibilité. Il faut donc alors que le public accepte le point de départ les yeux fermés, mais à une condition : c'est que le poète les lui fermera, s'arrangera de manière à détourner son attention de ces invraisemblances.

Mais comment expliquez-vous qu'Œdipe et Jocaste,

qui sont mariés depuis douze ans et plus, n'aient pas
échangé vingt fois ces confidences?

— Moi, mon ami, je ne l'explique pas, et cela m'est
parfaitement égal, parce qu'au théâtre je ne songe pas à
l'objection. Tout ce que je puis te dire, ô critique pointu,
c'est que, s'ils s'étaient expliqués auparavant, ce serait
dommage parce qu'il n'y aurait pas de pièce et que la pièce
est admirable.

Cela s'appelle une convention.

Cette convention, c'est qu'un fait auquel le public ne
fait pas attention n'existe pas pour lui; que tous les faits
qu'il a bien voulu admettre comme réels le sont par cela
seul qu'il les a admis, fût-ce sans y prendre garde.

Cette convention vaut, non seulement pour les faits
antérieurs au drame, mais pour les moyens qui, dans
le cours même du drame, amènent telle situation
dramatique — toujours à condition que le public
l'accepte, qu'il soit dupe, que l'auteur, comme dit
M. Sarcey, nous ait « mis dedans ».

Qu'importe à un public qu'une aventure soit invraisemblable, s'il est assez occupé, assez ému pour n'en pas
voir l'invraisemblance? Un lecteur raisonne, la foule sent.
Elle ne se demande pas si la scène qu'on lui montre est
possible, mais si elle est intéressante; ou plutôt elle ne se
demande rien, elle est toute à son plaisir et à son émotion.

Voilà les principales conventions imposées par la
forme même de l'œuvre dramatique. Il y a, de plus,
certaines nécessités qui résultent de ce fait, qu'une

pièce de théâtre est jouée devant un grand nombre
de spectateurs.

Le gros public veut être « intéressé, » au sens le
plus vulgaire du mot. Il n'est content que si sa curiosité est piquée, que s'il éprouve le plaisir de l'attente,
de la prévision et de la surprise. Il lui faut une action,
une « histoire ». Et comme presque tout l'intérêt au
théâtre se concentre sur l'action, le public réclame
impérieusement que l'action y soit « une »; il supporte plus impatiemment qu'ailleurs le malaise,
l'incertitude de l'attention dispersée. Par suite, une
situation initiale étant donnée, il ne souffre pas que
les plus importantes des scènes qu'elle rend probables
lui soient escamotées. Il veut voir se rencontrer les
personnages qui s'aiment ou se haïssent, qui sont
séparés ou unis par des intérêts, des passions, des
devoirs, et qui ont évidemment quelque chose à se
dire. M. Sarcey appelle ces rencontres les « scènes à
faire ». Le public veut absolument que ces scènes
soient faites, et cela quand bien même on pourrait
sans invraisemblance aboutir au même dénouement
en négligeant ces rencontres.

Les hommes assemblés sont pris d'un grand besoin
de justice et de moralité, précisément parce qu'ils
sont assemblés et qu'un homme, en public, aime à ne
manifester que les plus honorables de ses sentiments.
Sans doute la foule n'exige pas que la vertu soit toujours récompensée et le vice toujours puni; mais elle
pense comme Corneille : « Une des utilités du poème

dramatique se rencontre en la naïve peinture des
vices et des vertus, qui ne manque jamais son effet
quand elle est bien achevée et que *les traits en sont si
reconnaissables qu'on ne peut les confondre l'un dans
l'autre ni prendre le vice pour la vertu.* Celle-ci se fait
alors toujours aimer, quoique malheureuse, et celui-là
se fait toujours haïr, bien que triomphant. » Le
public, au moins dans le drame et dans la comédie
sérieuse, entend que le bien ou le mal domine clairement dans la composition d'un caractère (et, à vrai
dire, il goûte peu les caractères trop complexes). S'il
n'oblige pas le poète à louer ou à flétrir directement
les bons ou les méchants, il lui demande au moins de
faire bien sentir qu'il les distingue : il ne lui permet
pas l'indifférence complète. Il n'aime pas que le poète
refuse de se prononcer sur la valeur morale de ses
personnages; il est heureux de les entendre qualifier
explicitement au courant de l'action. Si le vice
triomphe, il faut au moins au public quelque cri qui
le soulage, et, si ce cri est une tirade, le public exul-
tera. L'axiome très défendable « que l'art doit rester
étranger à la morale » (car c'est assez qu'il cherche
le beau), n'est pas tout à fait vrai au théâtre, parce
que rien n'est moins artiste qu'une grande foule.

Le public n'est pas philosophe; il n'a pas coutume
de considérer la vie comme une lutte de forces contraires, en ne s'intéressant qu'au spectacle de la lutte,
non à telle ou telle des forces en présence. Il a besoin
d'aimer, dans un drame, un ou plusieurs personnages,

de prendre parti pour les uns contre les autres. Il lui faut au moins un « personnage sympathique ». Dans certains cas, du reste, ou plutôt dans certains genres, le personnage sympathique pourra fort bien être un coquin, pourvu que nous n'y songions point et qu'il ne nous apparaisse jamais que comme très spirituel ou très comique.

Le public n'est pas pessimiste : il ne saurait comprendre la fantaisie singulière de certains esprits qui voient le monde mauvais et qui s'en consolent par le plaisir tout intellectuel et aristocratique de cette connaissance. Ce que cherche le public, c'est quelque chose de plus gai ou de plus émouvant ou de plus grand que la réalité. Une vue misanthropique du monde ne fait point son affaire. Il préfère les plus tragiques horreurs à certaines cruautés d'observation. Il ne veut point emporter du théâtre une impression morose et dure. Il n'a goûté ni les *Corbeaux* ni la *Parisienne*. Lors de la dernière reprise du *Chandelier*, la grâce de Fortunio ne suffisait pas à mettre la foule à l'aise.

Enfin le public apporte au théâtre certains préjugés qu'il ne faut pas heurter de front. S'il s'agit de personnages historiques, il s'en fait d'avance une certaine idée. « Il existe pour le théâtre une histoire convenue, que rien ne peut détruire. Louis XI ne manquera pas de s'agenouiller devant les figurines de son chapeau; Henri IV sera constamment jovial; Marie Stuart, pleureuse; Richelieu, cruel... » (Flaubert, *Bouvard et*

Pécuchet). — S'il s'agit de questions morales, le public
a sa solution toute prête, celle que l'usage et quelquefois l'égoïsme ou l'hypocrisie sociale ont consacrée.
Tandis qu'il se récrie de pudeur pour quelque brutalité d'observation, il lui arrive d'opposer aux géné-
rosités de l'auteur dramatique une résistance entêtée
de pharisien. On sait combien l'ont fait regimber
certaines conclusions de M. Dumas fils.

J'ai noté quelques-unes des constatations de M. Sarcey, les principales, je crois; mais je ne puis les enre-
gistrer toutes ni surtout suivre le critique dans son
infini travail d'expériences et d'applications.

En résumé, une pièce de théâtre ne peut donner
l'illusion de la réalité que par un système de conventions dont les unes lui sont imposées par sa forme
même et les autres par le public.

Tout cela, dira-t-on, fait quelque chose d'assez
grossier. De toutes les représentations que l'art nous
donne de la vie, celle-là est assurément la moins
propre à satisfaire les délicats. Une peinture nécessairement grossie et incomplète; des invraisemblances
inévitables; un style qui n'admet point certaines
finesses ni certains ornements; une morale convenue;
des personnages en grande partie artificiels; des
concessions perpétuelles à la vulgarité d'esprit de la
foule, à ses préjugés, à sa sensiblerie... est-ce encore
de l'art seulement? est-ce de la littérature? — Au
reste, ne remarquez-vous pas une chose? Quelques-
uns des dramaturges de notre temps peuvent être de

bons écrivains; mais nos plus grands artistes, ceux
qui nous communiquent la plus forte impression de
vérité et de beauté ne sont pas au théâtre. Les plus
exactes analyses de sentiments, les vues les plus profondes sur l'âme humaine, les peintures les plus fines
ou les plus éclatantes du monde moral ou physique,
ce qu'il y a de plus rare dans la littérature contemporaine soit pour le fond, soit pour la forme, c'est
chez nos poètes, nos romanciers, nos critiques et nos
philosophes qu'il faut le chercher. Ceux-là sont
les artistes. Les dramaturges sont des espèces d'ouvriers à part, dont la besogne n'a presque plus rien de
littéraire. Plusieurs, même parmi ceux qui réussissent,
sont des esprits médiocres, sans culture, sans finesse,
sans philosophie, des manœuvres habiles dans un
métier très spécial, aussi spécial que celui d'horloger
ou d'ajusteur.

— Mon ami, répondrait sans doute M. Sarcey, vous
pouvez avoir raison sans que j'aie tort. Le théâtre
est ce que j'ai dit : c'est à prendre ou à laisser. Je n'ai
fait que constater par des expériences sans nombre à
quelles conditions naturelles et nécessaires est soumise
l'œuvre dramatique et ce qu'elle doit être pour plaire
au public, car c'est là, comme dit l'autre, la grande
règle des règles. Et vous-même, soyez sincère : ne
vous êtes-vous pas laissé prendre plus d'une fois à
ces machines d'un art inférieur et particulier, dont la
grossièreté choque par réflexion votre délicatesse?
Rien n'empêche d'ailleurs qu'un drame parfait soit

par surcroît une œuvre de belle littérature : on en a
vu des exemples aux deux derniers siècles et de nos
jours. Mais il faut, avant toutes choses, que le drame
soit bien fait en tant que drame, et il ne l'est qu'aux
conditions que j'ai dites et que je n'ai point inventées.
Songez qu'une pièce de théâtre n'est point écrite pour
une demi-douzaine de dégoûtés, et vous finirez par
me donner raison.

M. Sarcey s'est dit comme La Bruyère : « Faut-il
opter? je veux être peuple. » Et il a bien fait : c'est à
la foule que le drame s'adresse; c'est au point de vue
de la foule que le critique doit se placer. Et il serait
fort empêché de se placer au point de vue des habiles,
car ils en ont plusieurs. Mais voilà : M. Sarcey s'est
mis de si bon cœur avec le peuple qu'il s'y est peut-
être trop mis. « Il faut bien que je le suive, nous
dira-t-il, puisque je suis son critique; il faut bien que
je pense comme lui puisque je suis chargé de l'éclairer. »
Aussi s'en donne-t-il de rire, de pleurer, de vibrer
avec le parterre! Non, vraiment, il montre trop de
considération, quand il s'y met, pour des habiletés
qu'il ne faut point mépriser (car elles sont nécessaires,
et, en outre, ne les a pas qui veut), mais dont on peut
trouver que, toutes seules, elles sont un pauvre régal.
Souvent, dans une pièce absurde, sans observation
et sans style, s'il découvre d'aventure quelque artifice
ingénieux, quelque bout de scène qui sente « l'homme
de théâtre », il se récrie d'admiration. Il ne se tient
pas de joie quand un dramaturge le « met dedans »,

ne s'apercevant pas que l'expression même qu'il emploie rend l'éloge douteux. « Sophocle nous trompe, il nous met dedans. C'est le métier, entendez-vous? c'est le métier de l'écrivain dramatique. » — « La scène est superbe, écrit-il à propos de la *Tour de Nesle*, absurde si l'on veut parce qu'elle est d'une invraisemblance monstrueuse, mais superbe! » Eh bien, justement, M. Sarcey aime trop la *Tour de Nesle*.

Il me semble aussi qu'il aurait pu distinguer plus qu'il n'a fait entre les conventions qu'impose la forme même du drame et celles qu'imposent les préjugés, les habitudes, l'éducation du public. Autant de conventions qu'on voudra dans l'action; le moins de conventions possible dans les personnages. Mais on dirait que pour M. Sarcey il n'y en a jamais trop! Les genres qu'il préfère sont ceux qui en entassent le plus, par exemple le mélodrame, qu'il adore. Les tentatives originales l'ont presque toujours trouvé hostile ou défiant :

Je vois avec chagrin Meilhac et Halévy se préoccuper de moins en moins, à mesure qu'ils prennent plus d'autorité sur le public, et du choix du sujet et des situations dramatiques qu'il comporte. Ils semblent ne plus attacher qu'une médiocre importance à ce point, qui avait été jusqu'ici pour les écrivains de théâtre le point capital... Le sujet leur est, je ne dis pas indifférent; mais, s'il prête à des développements de morale et d'esprit, il ne leur en faut pas davantage; ils ne se piquent point d'émouvoir cette curiosité, *qui pour eux sans doute est vulgaire et brutale*, qu'excite un roman dont on veut savoir la fin. La première histoire venue leur est bonne, pourvu qu'elle puisse se partager aisément en tableaux qui aient chacun sa signification et sa couleur.

Pourquoi M. Sarcey voit-il cela « avec chagrin? » Il y a très réellement une petite minorité d'honnêtes gens aux yeux de qui quelques-unes des conventions proclamées nécessaires par M. Sarcey ne le sont point ou même sont presque déplaisantes. C'est de la meilleure foi du monde qu'ils ne prennent point de plaisir au théâtre de Scribe. Ce n'est pas leur faute s'ils ne sont pas curieux de « savoir ce qui arrivera », s'ils sont insensibles au plaisir d'être « mis dedans » et s'ils goûtent médiocrement les « mots de théâtre ». Non qu'ils soient « naturalistes » plutôt qu'autre chose, ni qu'ils aient la naïveté de réclamer au théâtre la vérité complète. Mais il leur faut ou beaucoup de poésie ou beaucoup d'observation ou beaucoup d'esprit. Sur le reste ils ne sont pas difficiles, quoique l'habileté de l'arrangement dramatique leur soit certainement un surcroît de plaisir. Mais enfin ils demandent que le théâtre soit encore de la littérature. Ils aiment les comédies de Musset, même les *Caprices de Marianne*, même *Barberine*. Dans le théâtre d'Augier, ce qui leur plaît, c'est le *Joueur de flûte* et c'est le second acte du *Mariage d'Olympe*; dans le théâtre de Dumas fils, c'est l'*Ami des Femmes*, la *Visite de Noces* et même, çà et là, la *Femme de Claude*. Ils préfèrent tous les premiers actes de Sardou à tous ses

14

derniers. L'*Arlésienne* leur paraît délicieuse. Ils ont beaucoup pardonné à l'*Ami Fritz* en faveur de certains délails. Ils trouvent exquis le dénouement du *Mari de la Débutante*, qui n'est pas un dénouement, et ils se sont délectés à la *Ronde du commissaire*, qui n'est pas une pièce.

Cela leur est tout à fait égal qu'une pièce soit mal faite. C'est peut-être, après tout, qu'ils n'aiment pas le théâtre; et j'en ai rencontré en effet qui disaient franchement que le théâtre est un art inférieur parce qu'il est soumis à des conventions plus étroites et plus nombreuses que les autres arts, parce qu'il est forcé de s'adresser à la foule, parce que l'intérêt d'une pièce « bien faite » est un intérêt de curiosité un peu vulgaire, et parce que, d'autre part, l'œuvre dramatique tend à produire une illusion aussi complète que possible : en sorte que l'art dramatique est à la fois le seul de tous les arts qui ait la prétention de nous mettre la réalité même sous les yeux, et celui à qui sa forme impose les plus graves altérations de cette réalité. Sans compter qu'un drame est joué par des acteurs et que, neuf fois sur dix, les acteurs gâtent le drame. Conclusion : mieux vaut lire une pièce que de la voir jouer, et mieux vaut lire des vers, un roman, un livre d'histoire, qu'une pièce de théâtre.

M. Sarcey prendrait une jolie revanche sur ces dédaigneux, le jour où il les verrait pleurer ou rire comme de simples mortels, pris aux entrailles et

oublieux de tout, devant quelque méprisable pièce
« bien faite » et exactement façonnée selon sa formule.
Et quand même cette joie ne lui serait jamais donnée,
il pourrait toujours leur dire : Que le théâtre soit un
art inférieur, ce n'est pas la question. Elle n'est pas
d'ailleurs si simple ni si facile à trancher, et on ne
se la pose guère quand on écoute une tragédie de
Racine, une comédie de Molière, une pièce de Dumas
fils. Inférieur ou non, c'est un art particulier et très
puissant dont on peut déterminer les moyens et la
forme nécessaire; et c'est ce que j'ai fait. Certaines
œuvres d'exception vous plaisent infiniment, parce
que vous cherchez dans un ouvrage dramatique autre
chose que le drame même; mais c'est demander des
dattes à un pommier. Ce qui vous séduit tant ne
charme qu'à demi la foule, et je suis avec elle parce
que c'est pour elle qu'on fait des pièces et qu'il n'y a
pas à sortir de là.

C'est évidemment M. Sarcey qui a raison, sauf les
cas où il abonde un peu trop dans son sens. Il est
comme ces critiques d'art qui, connaissant à fond
les moyens d'expression, la « langue » propre à
chacun des arts plastiques, sont particulièrement
sensibles aux qualités de métier et les exigent avant
toute chose. Le théâtre est un art qui, comme les
autres, a sa langue spéciale. Ceux qui affectent de
traiter de haut la critique de M. Sarcey sont peut-être
les mêmes raffinés qui se piquent d'apprécier les
tableaux et les statues en peintres et en statuaires et

qui n'y veulent point de « littérature ». Pourquoi donc
en demandent-ils au théâtre ?

La vérité, c'est que jamais le public n'a été moins
homogène qu'aujourd'hui, que jamais la distance n'a
été aussi grande entre le « peuple » et les « habiles ».
Ces questions que je viens d'indiquer ne se posaient
guère pour les Athéniens. Tous, je crois, prenaient
la même sorte de plaisir à une comédie d'Aristophane
ou à une tragédie de Sophocle. Il faudrait aujourd'hui
deux esthétiques du théâtre : celle des simples et
celle des malins. M. Sarcey a merveilleusement écrit
la première. Je ne tenterai même pas d'esquisser la
seconde : tout me fuirait entre les doigts et je serais
fort embarrassé de fonder des règles sur des caprices
de dégoûtés.

Où M. Sarcey échappe presque à toute critique,
c'est dans les fragments qu'il a écrits çà et là de
l'histoire du théâtre. La genèse de l'opérette, la définition du genre, les causes de son éclosion, de son
succès, de sa décadence, voilà, pour n'apporter qu'un
exemple, ce qu'il a déduit et exposé dans la perfection.

Les origines de l'opérette, il les voit dans l'opéra-
comique et dans le vaudeville à couplets et il nous
fait brièvement l'historique de ces deux variétés :

Mais, ajoute-t-il, ne me demandez pas à quel jour
précis elles se sont constituées... Je me souviens qu'un des
étonnements de mon enfance, c'était que, par un jour
d'orage, on ne se trouvât jamais sur la limite exacte où

cessait la pluie. Mon rêve eût été d'avoir une épaule mouillée et l'autre à sec. Ce n'est que plus tard, en y réfléchissant, que j'ai senti l'impertinence de mon désir. Les choses ne commencent guère ni ne finissent d'un coup net et précis.

Le moment qui s'est trouvé favorable à l'éclosion de l'opérette, ça été le second Empire : 1° l'opérette rendait aux Parisiens, sous une nouvelle forme, deux genres abolis et sourdement regrettés : l'opéra-comique et le vaudeville à couplets; 2° elle était en harmonie secrète avec les mœurs et les goûts du jour : entre ce genre nouveau et l'esprit du public tel que l'avait fait le second Empire, il y avait de nombreux points d'attache. Le public avait alors d'évidentes dispositions à la blague, à l'outrance, au dégingandage. M. Sarcey définit ces trois termes. Il s'est toujours piqué d'être un moraliste : sa définition de la *blague* ne dément point cette innocente prétention.

La blague est un certain goût, qui est spécial aux Parisiens et plus encore aux Parisiens de notre génération, de dénigrer, de railler, de tourner en ridicule tout ce que les hommes, et surtout les prudhommes, ont l'habitude de respecter et d'aimer; mais cette raillerie a ceci de particulier que celui qui s'y livre le fait plutôt par jeu, par amour du paradoxe que par conviction : il se moque lui-même de sa propre raillerie. Il blague.

Il blague la patrie et au besoin il mourrait pour elle ; il blague l'amour filial et pleure quand on lui parle de sa vieille mère. Il blague les beautés de l'Italie et se mettrait à genoux devant un Raphaël. Il y a dans la blague un certain mépris, très légitime d'ailleurs, pour les admirations convenues, pour les phrases toutes faites ; et à ce mépris se joint le plaisir de crever les ballons gonflés de vent, de se sentir supérieur en se prouvant qu'on n'est pas dupe.

C'est le bon côté de la blague. Mais elle en a de fâcheux : la blague donne à l'esprit l'habitude de ne plus compter avec le vrai ni avec le faux, de chercher partout matière à raillerie. Il arrive fort souvent que le blagueur de profession, pris à son propre piège, ne distingue plus lui-même ce qui est bien de ce qui est mal, ce qui est juste de ce qui est inique ; il se grise de sa propre parole, il se fausse l'esprit et se dessèche le cœur.

Cette sorte d'esprit a de tout temps existé en France. Elle s'est aiguisée, exaspérée dans les premières années du second Empire.

Le vrai créateur de l'opérette fut M. Hervé ; les maîtres, Offenbach et MM. Meilhac et Halévy. Ici se place un très fin et très brillant parallèle entre la musique de la *Dame Blanche*, chère à nos grands-pères, et celle d'*Orphée aux enfers*, entre les sentiments que ces deux musiques expriment ou éveillent. Je ne puis me retenir de citer un passage de ce feuilleton, vraiment enlevé :

Comparez, pour voir, toute cette partition de Boïeldieu à ce fameux quadrille d'*Orphée aux enfers* qui a emporté dans son tourbillon frénétique toute notre génération. Vous l'entendez chanter à votre oreille, n'est-ce pas ? Est-ce qu'aux premiers sons de cet orchestre il ne vous semble pas voir toute une société se levant d'un bond et se ruant à la danse ?

Elle réveillerait des morts, cette musique. Comme ces
rythmes tantôt sautillants, tantôt furieux, avaient l'air
d'être faits pour communiquer une trépidation morale
aussi bien que physique à tout ce public de désaccordés,
pour qui la vie n'était qu'une manière de danse macabre !
Au premier coup d'archet qui sur la scène mettait en
branle les dieux de l'Olympe et des Enfers, il semblait
que la foule fût secouée d'un grand choc et que le siècle
tout entier, gouvernements, institutions, mœurs et lois,
tournât dans une prodigieuse et universelle sarabande.

Les pages de cette vivacité et de ce mouvement ne
sont point rares chez M. Sarcey : il m'a paru qu'il
n'était que juste de le rappeler. Je suis d'ailleurs persuadé qu'on trouverait dans ses feuilletons épars et
trop nombreux quelque chose comme la *Poétique*
expérimentale d'Aristote, reprise, élargie, appuyée
sur une masse énorme d'œuvres dramatiques, sur
tout ce qui a été écrit pour le théâtre. Cela vaudrait
certes la peine d'être réuni en un corps, condensé,
ordonné et complété; car M. Sarcey a, sur ces
matières, précisé et jeté dans la circulation une foule
d'idées dont beaucoup de critiques se servent sans le
dire, et même ceux qui les combattent. Que M. Sarcey
se décide enfin à nous donner ce livre qu'il nous doit
et qu'il nous a promis : autrement, les méchants
diront qu'il doute de la bonté de son œuvre critique,
et cela me peinera, car je la sens bonne et solide
comme son auteur.

J.-J. WEISS [1]

L'impression que nous a laissée M. Sarcey — sa personne, sa critique et son style — est une impression de rotondité. Or rien de plus facile à embrasser d'un regard que ce qui est rond. Ce qui est rond est simple. Ce qui est rond est *un*, ayant un centre. La définition de M. Sarcey, l'exposition de ses théories étaient chose aisée. Il est beaucoup moins facile d'enserrer dans des formules qui les contiennent l'esprit ondoyant et brillant et les opinions multiples de M. J.-J. Weiss, même si l'on s'en tient à sa critique dramatique.

Quand on vient de parcourir, comme j'ai fait, dans

---

1. *Essais sur l'histoire de la littérature française* (1 vol. Calmann Lévy). — Chroniques dramatiques à la *Revue politique et littéraire* et au *Journal des Débats* (1882-1885).

la *Revue bleue* [1] et dans le *Journal des Débats* les trois
années de critique dramatique de cet ancien professeur qui a été journaliste, conseiller d'État, directeur
des affaires étrangères, et qui est resté un fantaisiste,
sinon un bohème, un « inclassable », sinon un dé-
classé, on est charmé, ravi, ébloui : mais on est aussi
déconcerté, ahuri, abasourdi. Tant d'esprit, de verve,
d'imagination drolatique! Tant de philosophie! tant
d'observations, de vues en tout sens et sur toutes
choses! Mais, en même temps, des affirmations si
imprévues! des préférences si excessives, si inso-
lentes et si légèrement motivées! une critique si
capricieuse! des théories si peu liées entre elles! Plus
on est amusé par ces échappées de verve, et moins
on se sent capable de résumer, d'expliquer, de ra-
mener à un semblant d'unité les sentiments littéraires
de M. J.-J. Weiss. Et quand on serait parvenu à tirer
le critique au clair, l'homme resterait, plus complexe
et plus surprenant encore.

I

Cherchons du moins à saisir pourquoi M. Weiss
est à ce point insaisissable. En détournant un peu de

1. Voy. notamment les articles sur le *Roi s'amuse*, *Fédora*, *Un
roman parisien* (de M. Octave Feuillet), la *Tour de Nesle*, dans la
Revue des 4 novembre, 2 et 16 décembre 1882, 10 février 1883.
   La *Revue des cours littéraires* a publié des conférences de
M. J.-J. Weiss sur *Favart*, *Piron*, *Gresset*, dans ses numéros
des 18 février et 29 avril 1865.

son sens le vieil axiome que « l'homme est la mesure des choses », on pourrait dire que chaque critique est lui-même la mesure des œuvres qu'il apprécie ; car, quoi qu'on fasse, une œuvre est bonne ou mauvaise selon qu'elle plaît ou déplaît à celui qui la juge. Malgré cela, il peut se rencontrer tel système de critique, tel ensemble de jugements qui vaille pour d'autres encore que pour celui qui les a formulés, qui « fasse autorité », comme on dit. Mais il y faut, je crois, deux conditions.

Le critique, d'abord, doit avoir ou se donner les sentiments, la disposition d'esprit de la majorité des « honnêtes gens » et des lettrés — ou même de la foule dans certains cas où la foule est compétente, — en sorte que sa mesure particulière ait des chances d'être aussi celle du grand nombre. Mais surtout, s'il est vrai qu'il ne puisse appliquer aux ouvrages de l'esprit une autre mesure que la sienne, il faut du moins qu'il n'en ait qu'une ; car, s'il en a plusieurs, il n'en a plus. Un bon critique n'a point de lubies ; il se défie des caprices, des impressions d'une heure ; il ne change pas d'aune et de toise comme de chemise. En mesurant une œuvre, il se souvient de toutes celles qu'il a déjà mesurées : il porte en lui une sorte d'étalon immuable. Il demeure le même en face des œuvres multiples qui lui sont soumises : et c'est pour cela que l'on comprend les raisons de tous ses jugements et qu'ils peuvent former un corps de doctrine.

Or il s'en faut que la critique de M. Weiss observe

toujours ces conditions. Il a continuellement des opinions particulières, et il semble qu'il s'applique à les
avoir aussi particulières qu'il se peut. De plus, ces
opinions particulières, je ne dirai pas qu'elles sont
quelquefois contradictoires, mais enfin on ne voit
pas toujours comment elles s'ajustent entre elles ni
comment elles pourraient se rattacher à quelque
théorie générale de l'art. Lui-même, la plupart du
temps, ne prend pas la peine de les motiver, comme
s'il craignait d'en diminuer par là le piquant. M. Weiss
a tout ce qu'on voudra : l'esprit, la sagacité, la profondeur; mais, par-dessus tout le reste, il a « l'humeur » au sens où on l'entendait au siècle dernier. Il
est très souvent « l'homme qui a des idées à lui » et
qui serait fâché qu'elles fussent à d'autres.

II

Je feuillette ses chroniques : elles sont gaies, charmantes, ingénieuses, éloquentes. Quand il veut bien
démonter une pièce, c'est merveille comme il en dégage l'idée première, comme il en saisit le fort et le
faible, comme il met le doigt sur le point où le drame
dévie. S'il est obligé de répéter après d'autres des
vérités connues, il semble qu'il les découvre, tant il
sait les rajeunir par la vivacité de l'impression, par
le style, par l'accent. Son érudition littéraire et historique est considérable et des plus sûres : elle lui

fournit mille rapprochements d'une justesse inopinée et frappante. Dès que la pièce étudiée prête à quelques réflexions sur l'histoire des mœurs, le voilà parti là-dessus, et je ne connais pas de moraliste mieux informé, plus acéré ni plus clairvoyant. Tout cela devrait lui suffire; mais non : il y a chez lui, comment dirai-je?... une imperceptible envie de nous étonner. Et voilà pourquoi, de moment en moment, éclatent comme des pétards des affirmations soudaines, absolues, déconcertantes, jetées avec d'autant plus d'assurance qu'elles sont plus contestables, et jetées presque toujours au courant et au détour d'une phrase, comme si ces assertions aventureuses étaient vérités reconnues et indiscutables.

Il s'agit du *Juif errant* d'Eugène Sue : « Prise en soi, la scène du pôle nord entre le Juif errant et la Voix de Dieu produit un effet de religieuse terreur. Il y a de l'Eschyle là dedans. » De l'Eschyle? diable! — « M. Claretie avait contre lui (dans *Monsieur le Ministre*) d'abord son sujet, vrai sujet de haute comédie. » Voilà qui va bien. « ... Seul sujet de haute comédie, avec *Rabagas* et *Dora*, auquel les gens du métier aient songé dans ces douze dernières années. » On se demande : Est-il donc décidément impossible d'en trouver un quatrième, en cherchant bien? — « M. Émile Augier est de la grande série qui part du *Menteur*. » Voyons la grande série. « La grande série, c'est Racine (les *Plaideurs*), Molière, Regnard, Le Sage, Marivaux, Destouches, Sedaine, Beaumarchais

et, après une longue interruption, Augier. » Destouches dans la grande série? C'est bien extraordinaire! Et pourquoi cette interruption si longue dans
la grande série? Et qu'est-ce qu'il faut donc pour être
de la grande série? Car M. Weiss oublie de nous le
dire. — Il déclare un peu plus loin que, seul parmi
les poètes du xix° siècle, Augier « trouverait grâce
devant La Fontaine et Parny ». La Fontaine et Parny?
comme on dit: Corneille et Racine? Et ce n'est point
un *lapsus*, car ailleurs il appelle Parny « l'un des
poètes les plus absolument poètes de la littérature
européenne..., Parny, ce délice ». Bien étrange, cette
exaltation de Parny! Et si vous croyez que M. Weiss
se soucie de nous l'expliquer! — Au reste, ce fervent
de Parny est ravi, transporté par la *Tour de Nesle*,
non seulement par le drame, mais par le style. « Le
récit de Buridan: *En* 1293, *la Bourgogne était heureuse*, est comme le récit de Théramène du grand
Dumas. L'ampleur du tout y est superbe et chaque
phrase y produit sensation. » Voyez-vous M. Weiss
frémir devant « la noble tête de vieillard » ? — On se
souvient qu'il y a quelques années, quand la Comédie-
Française donna *OEdipe*, tout le monde fit cette réflexion
que c'était un excellent mélodrame. Mais personne ne
le cria plus haut que M. Weiss : « C'est du d'Ennery!
c'est du Bouchardy! Cela ressemble à la *Tour de
Nesle*, à la *Nonne sanglante*, à *Lucrèce Borgia!* OEdipe
parle comme Didier et Buridan !... La dramaturgie
de Sophocle est en réalité beaucoup moins éloignée

de celle de Bouchardy et de d'Ennery que de celle de
Racine et de Corneille. » Et il ajoutait : « N'en rou-
gissons pas pour Sophocle : qui sait ce qu'eût été
Bouchardy si, en ses jeunes ans, il avait grandi,
comme Sophocle, sous l'aile de la muse, » etc.

Vous voyez comment sous cette plume une impression juste et neuve s'enfle, s'exagère, se tourne en
fantaisie. M. Weiss a l'admiration naturellement
hyperbolique. — Tout le monde convient que l'exposition de *Bajazet* est des plus habiles : si M. Weiss la
rencontre en chemin, elle devient « la merveille
unique entre toutes ». — On sait que Perrault fut un
esprit curieux et original, et nous goûtons tous la
grâce parfaite des *Contes de fées*. Mais, pour M. Weiss,
Perrault est « l'un des beaux génies de son siècle ».
Les quarante pages des *Contes* sont « les plus nourries
de choses et de notations diverses, les plus légères
d'allure qu'on ait écrites dans notre langue ». (M. Weiss
fait une terrible consommation de superlatifs absolus.)
Puis voici un mystère : « Perrault en écrivant les
Contes, fit du pur moderne... Oh ! que tout dans ces
contes est bien en effet spontané et moderne ! » Pourquoi « moderne » ? en quoi « moderne » ? C'est que
« moderne » est piquant. Nous voyons un peu après
que « Perrault contraste avec l'ensemble du xviie siècle
en ce qu'il est en ses contes un poète de la maison,
des choses familières, domestiques, intimes, comme
de l'enfance ». C'est sans doute en cela qu'il est « moderne ». Mais l'est-il donc à l'exclusion de tous ses

•contemporains? Quelle rage de découverte et d'invention dans toute cette critique !

Et quels massacres des opinions enseignées et convenues ! — Voilà deux siècles qu'on célèbre *Tartufe* comme le chef-d'œuvre des chefs-d'œuvre. « N'était le parti pris d'école et presque de faction, écrit M. Weiss, on conviendrait que le *Tartufe* n'est amusant d'aucune manière. » — La critique traditionnelle exalte la bonté de Molière : M. Janet dégage de son théâtre la plus saine morale et la plus correcte ; écoutez M. Weiss :

> ... Il est des choses sacrées sur lesquelles il faut être délicat à outrance ; la société du XVIIᵉ siècle ne l'était guère, et Molière pas du tout. Molière n'avait pas seulement la profonde immoralité qui est l'attribut commun et très probablement la condition d'activité des grands observateurs de l'homme et de la nature humaine. Il n'avait pas seulement ce qu'on peut appeler la dureté de l'âme générale et l'inhumanité, défaut commun chez les écrivains et les personnages célèbres de son temps, seul défaut saillant d'un siècle où bien décidément le caractère et l'esprit français ont atteint leur point de perfection et d'équilibre. Il avait encore une certaine grossièreté de sentiment moral et des instincts de mauvais sujet qui lui appartenaient bien en propre et à quoi correspondait, dans son style, un goût marqué pour les grossièretés de langage.

S'est-on assez extasié sur les femmes de Molière, Éliante, Elmire, Henriette, sur leur bon sens, leur franchise, leur belle santé morale ! M. Weiss nous déclare qu'il se sent « peu de penchant pour elles ».

— Il semblait entendu, établi par une infinité de professeurs et de critiques qu'*Esther* était une fort belle élégie, mais un drame assez faible : M. Weiss l'appelle « un des plus vigoureux en sa suavité qui existent ». — L'usage est de mettre *Athalie* au-dessus d'*Esther :* « J'ai, dit M. Weiss, la faiblesse de préférer *Esther* à *Athalie*. » — L'usage est de répéter que l'action dramatique manque un peu dans *Bérénice*. « Il y a au contraire un drame, le plus douloureux, le plus fier, le plus délicat des drames. Élégie tant que vous voudrez, mais élégie souverainement dramatique. »

Puis ce sont des rapprochements de noms et d'idées propres à troubler les esprits timides. — « On pourrait admirer, au troisième acte de *Ma camarade*, une psychologie racinienne. » — « Pour l'élan du geste il n'y a eu de nos jours, avec Thérésa, que Rachel, et encore ! » — « Le truc du brigadier dans la *Champenoise*, c'est un des trucs de l'*Ars amatoria* d'Ovide. » — « Le prologue d'*Amphitryon* contient en germe *Orphée aux enfers* et la *Belle Hélène*. » — A propos d'*Un chapeau de paille d'Italie :* « Voilà la filiation : Molière, Paul de Kock, Labiche. » — Le drame d'*Antony*, étant un drame psychologique, « tient de la méthode du xviiᵉ siècle et des tragiques grecs », etc., etc.

Qu'il soit bien entendu que je ne conteste point la justesse ni de ces admirations paradoxales ni de ces rapprochements imprévus. Je cherche seulement à

me rendre compte du singulier attrait de la critique
de M. Weiss, à démêler par quel don ou par quels
procédés il nous étonne. Je vois d'abord que, là où il
est de l'avis de la majorité, il rafraîchit et fait siennes
les opinions consacrées par l'extraordinaire vivacité
de son impression. En outre, s'il saisit dans une
œuvre quelque côté qui n'ait pas encore été aperçu
ou signalé, il le met si violemment en lumière, il
oublie si bien tout le reste que sa découverte prend
tout de suite je ne sais quel air d'élégante impertinence
et semble un défi à la sécurité des bonnes gens qui
croient ce qu'on leur a dit et qui n'inventent rien.
Comme M. Renan, à qui il ressemble par plus d'un
point malgré la différence des tempéraments, M. Weiss
affecte de ne voir et de ne présenter à la fois qu'un
aspect des questions, et c'est par là qu'il nous sur-
prend et nous intéresse si fort. Et qu'on ne dise point
que le procédé est facile; car ces aspects nouveaux,
c'est bien lui qui les découvre; nous n'y aurions
jamais songé sans lui; et c'est chose si rare et si pré-
cieuse que d'avoir dans la critique littéraire, où la
tradition est encore si puissante, des impressions et
des vues vraiment personnelles! Quand, après nous
être divertis aux fusées de M. Weiss, nous retranchons
de l'expression de ses jugements ce qui s'y mêle toujours de fantaisie, d'outrance et d'humeur, notre sentiment total sur l'œuvre qu'il a étudiée ne s'en trouve
pas moins modifié et enrichi. Il a dans ses caprices
d'imagination une sagacité qui voit loin, et de ses

feux d'artifice il reste toujours autre chose que du
papier brûlé.

III

Rien de plus vivant que cette critique. C'est un
esprit qui se livre. La véhémence de ses affirmations
n'est jamais pédantesque, au lieu que souvent la mo-
dération étudiée de tel critique sage et pondéré sue la
pédanterie. La façon dont M. Weiss considère le
théâtre n'a rien d'étroit, de scolaire, de « livresque ».
Il sait la vie, il sait l'histoire; il connaît les hommes,
ceux d'autrefois et ceux d'aujourd'hui. Beaucoup de
choses l'attirent et l'occupent autour et à propos des
ouvrages qu'il examine. Il est aussi curieux des
mœurs des hommes qu'entêté du beau. A chaque
instant on sent qu'il n'a pas toujours fait de la critique et qu'il ne se croyait pas né spécialement pour
en faire. A propos d'un mauvais drame de Ponson
du Terrail, il nous trace de Henri IV, envisagé par
certains côtés secrets, un portrait, avec preuves à
l'appui, qu'il est impossible d'oublier. « ... Il faut
donc conclure, pour Henri IV jeune ou vieux, à un
fonds ingénu de vilenie bestiale qu'il dominait moins
dans son âge mûr et sa vieillesse, mais qui, au temps
de sa jeunesse, n'étant point revêtu par la gloire,
choquait plus en sa nudité. » — A propos de *Kléber*,
drame militaire, il développe ingénieusement et ma-

gnifiquement « le rêve oriental de Napoléon ». — A
propos du *Nouveau Monde*, de M. Villiers de l'Isle-
Adam, le joli portrait des derniers précieux de la littérature contemporaine, et que je voudrais citer tout
entier !

... Le théâtre est proprement le tombeau des malins
et la fin des cénacles... Ah! dans tout autre domaine que
le théâtre il est aisé d'appliquer des principes de cénacle...
On conçoit gigantesque. On turlupine les maîtres recon-
nus et acceptés, et on ne s'est pas seulement donné la
peine de les comprendre. On est impressionniste, expres-
sionniste, luministe et immenséiste. On fait de la peinture
intransigeante, de la statuaire récalcitrante, de la musique
insociable, des romans réfractaires, sans pieds ni tête,
où les ateliers du haut de Montmartre et les capharnaüms
du boulevard Saint-Michel reconnaissent avec exaltation
la vie comme elle est, exactement, superbement comme
elle est!...

Je ne sais si personne de notre temps a eu plus
d'esprit que M. Weiss. Et il a les deux sortes d'esprit:
celui qui est comme la fleur du bon sens et celui qui est
comme la fleur de l'imagination; celui qui consiste à
saisir des rapports inattendus entre les idées, et celui
qui réside dans l'imprévu abondant des images. Il a
de l'esprit comme Voltaire et comme Henri Heine, et
il en a comme le neveu de Rameau, avec quelque
chose de plus élégant dans le débraillé. Relisez les
bouffonneries que lui ont inspirées les querelles de
Sarcey-Perrin, Sardou-Uchard et Dumas-Jacquet, et

toutes ses sorties contre les « notaires » de la Comédie-
Française. Dans les portraitures d'acteurs et d'actrices
il est impayable. Et d'un sans-gêne ! Ce rédacteur
d'un journal austère déshabille radicalement Mlle Marsy
et Mme Paul Mounet, les détaille, les examine membre
par membre. C'est d'une indiscrétion de talon rouge.
Rappelez-vous aussi le petit croquis plus discret et
non moins réjouissaut de Mlle Alice Lavigne :

Est-ce du talent ? est-ce du chien ? Elle laisse tomber
sa parole comme un plomb, elle lance sa jambe en
équerre, elle jette et présente la main avec des circuits
caressants de pattes de homard, et tout cède à des manières si distinguées ! Elle vous a des audaces d'une tran-
quillité ! et des surprises d'une effronterie ! et des ingé-
nuités d'un raffinement ! Ça empoigne, ça assomme, ça
abrutit. Je voudrais la voir, une fois, jouer l'*École des
femmes* et la *Chercheuse d'esprit*. »

Parmi toutes ses autres originalités, M. Weiss s'est
donné celle de traiter l'École normale de prison.
« ... Pour intellectuelle que soit une prison, c'est toujours une prison... La plus belle, la plus féconde, la
plus riante de nos facultés, l'imagination s'y attriste... »
Il ne nous paraît pas que la sienne se soit fort attristée
à l'École, ni que cette prison l'ait comprimée plus
qu'il ne fallait. Avec une syntaxe irréprochable, une
extrême propriété de termes, un vocabulaire excellent,
il vous a des hardiesses de style qui vont très volontiers (oh ! ce n'est point un reproche) jusqu'au mauvais goût le plus authentique et jusqu'au précieux

15.

le plus avéré. Racine serait fort étonné d'être admiré
pour « ses à-fond d'une brutalité froide et la souplesse
de ses dégagements ». Le *Supplice d'une femme* est
« du trois-six d'éthique et d'émotion », et la *Visite
de noces* est « de l'éthique absolue à cent degrés Gay-
Lussac ». Et voici l'image qu'inspire à M. Weiss la
vivacité d'allure de *Ma camarade* : « Le filament mi-
croscopique le plus tortillé de la joie et de la fureur
de vivre ne se trémousse pas avec une vie plus furieuse et plus joyeuse que cette pièce. » Au fait, cela
est très joli ; mais diable ! cela n'est pas d'une imagination anémiée. Et je ne vois pas non plus que
l'École normale ait beaucoup gêné M. Weiss pour
qualifier la *Glu* de « créature catapultueuse ».

IV

Mais au moins, dans toute cette critique capricieuse et fantasque (comme l'a été aussi, en apparence, la vie politique de M. Weiss) ne trouvons-nous
point, à défaut d'une doctrine dont je ne regrette nullement l'absence, des sentiments plus persistants que
les autres, des préférences ou des antipathies
particulièrement tenaces ?

Les admirations de M. Weiss sont, comme on a vu,
généreuses et variées. Il adore l'Athènes d'autrefois
et ceux qui en ont exprimé l'âme, le Paris d'à présent
et ceux qui en traduisent l'esprit. Il se pique de con-

naître Paris dans ses recoins ; il nous signale dans
une chronique, tel restaurant voisin des Halles cen-
trales ; il hante le boulevard Bonne-Nouvelle le samedi,
le jour des juives : « Éblouissant, ce boulevard, de
deux à quatre, quand les filles de Sion débouchent
par essaims... » Il n'aime rien tant que le théâtre de
Sophocle, sinon peut-être celui de Meilhac et Halévy.
Sur Corneille et Racine, il s'abandonne à des effusions
intransigeantes : nul n'a plus contribué que lui à
mettre à la mode le parti pris très distingué de les
admirer sans réserve, de tout voir chez eux, même
des choses auxquelles il ne semble pas qu'ils aient
beaucoup songé. Il découvre dans *Polyeucte* « tous
les types et tous les phénomènes qui ont dû se produire durant les deux premiers siècles au cours de la
révolution chrétienne ». Après avoir cité la strophe :
« Tout l'univers est plein de sa magnificence..., » il
ajoute : « Pour moi, quand je lis de tels vers, je ne
sais que m'écrier : Hosannah ! hosannah ! » *Tartufe*
ne l'amuse pas ; mais *Amphitryon !* « La langue d'*Amphitryon* est la plus souple, la plus épanouie, la plus
polie, la plus savoureuse, la plus riante, la plus pure
qu'on ait écrite. » Quand il nous parle de Labiche, il
n'y a plus que Labiche et son rire épique ; et quand
il nous parle d'Octave Feuillet, il n'y a plus qu'Octave
Feuillet et son délicieux romanesque, consolateur de
l'homme dont le cœur est supérieur à sa fortune. Et
chaque fois l'enthousiasme de M. Weiss est à son pa-
roxysme. Ses admirations sont égales autant qu'elles

sont diverses, et sont pourtant aussi perspicaces qu'elles paraissent effrénées : on ne saurait unir un esprit plus aigu à un délire plus abondant.

Mais, si son impression du moment le pénètre et le possède au point d'opprimer et de chasser presque ses souvenirs ; si toutes ses admirations sont, ou peu s'en faut, égales, étant toutes sans limites, il en est du moins quelques-unes qui le ressaisissent plus fréquemment et qui nous révèlent certaines préférences décidées et foncières.

En réalité, plus que Corneille, Racine et Molière, plus qu'Augier, Feuillet, Labiche et Meilhac, il aime Regnard, Gresset, Piron, Favart et Beaumarchais — et Scribe et Dumas père. Il a la prédilection la plus tendre pour le théâtre du XVIIIe siècle et du temps de Louis-Philippe. Pourquoi ? je ne saurais le dire. Voici quelques passages qui nous l'expliqueront tant bien que mal :

> Il y avait alors (au temps de Louis-Philippe) une délicatesse et une générosité qui donnaient le ton à la littérature et le recevaient d'elle. Depuis, nous sommes revenus à une grossièreté de sens moral qui rappelle le XVIIe siècle et même la vieillesse de ce siècle, plus brutal et plus cru avec Dancourt, Le Sage et même Regnard, qu'il ne l'avait été en sa verdeur avec Molière et La Fontaine. Cette crudité a été la marque éminente de la littérature de l'époque de Napoléon III.

C'est là une de ses idées les plus personnelles et les plus chères, une de celles qu'il a le plus souvent développées, et dès janvier 1858, dans le plus long chapitre de ses *Essais sur l'histoire de la littérature française*. Il a d'ailleurs repris maintes fois et résumé ce chapitre célèbre :

... Le second Augier (celui des *Effrontés*, des *Lionnes pauvres*, etc.) est le produit d'un moment spécial de nos mœurs et de nos idées, et d'un moment triste. Ça été le moment du positivisme dur et brutal dont nous ne sommes pas sortis et qui a été l'un des fruits de la révolution de 1851. Ce moment s'est marqué dans *Madame Bovary*, dans les *Faux bonshommes*, le *Demi-Monde*, le *Fils naturel*, les écrits philosophiques et historiques de M. Taine, toutes œuvres que caractérisent la conception mécanique de l'âme humaine, un mépris superbe de l'homme, un style sec et tranchant, circonscrit dans la notation impassible des effets et des causes.

Ce passage et beaucoup d'autres du même genre nous font parfaitement comprendre les jugements portés par M. Weiss sur le théâtre de « l'époque actuelle ». Au fond, il n'aime d'Augier que ses comédies en vers. De Dumas fils, il n'aime sincèrement que la *Dame aux camélias*, et un peu *Diane de Lys* : le reste lui est désagréable. Il faut relire les deux études, d'une injustice pleine de sagacité, qu'il a consacrées à Dumas fils et à Flaubert dans ses *Essais*. Il s'insurge à la fois contre leur observation sans entrailles et contre l'immoralité de leur morale qui inflige au vice, froidement et sans un mot de plainte, un châtiment fatal comme lui. Il réclame pour Mme Bovary ; à plus forte raison

réclamera-t-il pour Marguerite Gauthier. Le comique
même de Meilhac et Halévy lui paraît cruel ; et, au
contraire, quoiqu'il ne se méprenne assurément pas
sur la valeur des œuvres, il a d'amples indulgences
pour *Nana Sahib*, pour *Formosa*, pour la *Famille
d'Arbelles*, pour les comédies de M. Delpit, préférant
dans un drame, pourvu qu'il ait quelque vie et quelque envolée, l'absence d'observation à l'observation
triste. Il est vrai que ces indulgences enveloppent peut-
être quelque dédain. M. Weiss laisse échapper quelque
part cet aveu que ce n'est pas un métier bien réjouissant « d'extraire des nouveautés du jour les maigres
parcelles de littérature et de philosophie qu'elles peuvent contenir ».

En revanche, il ne peut approcher Regnard, Scribe
ni Dumas père sans prendre feu (et je ne veux pas
croire qu'il y ait quelque artifice dans cet échauffe-
ment). Il nous parle comme d'une chose toute simple
et évidente « de la mollesse et de la pureté délicieuse
de la versification de Regnard ». Nous apprenons
qu'après Molière « trois écrivains bourgeois, Marivaux,
Gresset, Piron, dont l'âme n'était tissue que de délicatesse, de fierté, de noblesse, de pensées honnêtes,
avaient épuré et *divinisé* la scène comique ». M. Weiss
nous dit ailleurs que « depuis qu'il sait lire, il a conçu
pour ces deux prodiges, Dumas et Scribe, une passion
infatigable et stupide ». Le *Verre d'eau* lui semble
inspiré par « une vue supérieure des choses humaines » ; et il appelle enfin la « mixture Auber-

Scribe » un « ferment divin où Scribe fournissait la
magie des situations et Auber la magie de l'expression ».

V

Nous connaissons donc à présent les goûts domi-
nants de M. Weiss et quelque chose même de son caractère. C'est d'abord une passion très vive, à la fois
sincère et étudiée, pour certaines formes particulièrement élégantes de l'esprit français et pour les périodes
où cet esprit a montré le plus de finesse et de grâce
et aussi le plus de générosité. M. Weiss veut que
cet esprit ait sa poésie, égale ou supérieure à toutes
les autres.

Angle et Saxon, rends-toi (c'est M. Taine qu'il inter-
pelle avec cette furie)! Car enfin ose me soutenir que tes
pirates saxons, avec ces affreux chants de guerre dont tu
as infesté ton *Histoire de la littérature anglaise*, sont plus
poètes que Regnard ! Ose encore définir la poésie comme
Villemereux, en sixième, nous définissait l'ivresse : une
courte folie. Écoute ceci, et dis-moi si l'esprit, le pur esprit,
l'esprit tempéré et fin, l'esprit qui se contient et se gou-
verne, la plus intime essence de nous-mêmes enfin, gens
de Paris, de Gascogne et de Champagne, ne peut pas être
une source de poésie tout aussi bien que l'imagination
exaltée, les passions furieuses, le cœur qui se ronge et
l'hypocondrie !

Je n'aurai pas la candeur d'objecter qu'entre la sauvage hypocondrie d'un vieux poète saxon et l'esprit de Regnard il y-a de la place; que vraiment on peut rêver quelque chose au delà des fantaisies un peu courtes de Crispin, une vision, un sentiment de la vie et des choses qui nous heurte d'une toute autre secousse et nous insinue un tout autre charme; qu'enfin il y a des gens qui ne sont point des barbares et que pourtant les vers du *Légataire* ne plongent point en extase ni ne mettent sens dessus dessous. Après cela, je ne vois pas pourquoi tel morceau de Regnard, de Marivaux, de Piron, ne serait point de la poésie aussi bien qu'une scène de Shakespeare, un chant de Dante ou une ode de Victor Hugo; et pour ceux qui la goûtent par-dessus tout, cette poésie proprement française est, en effet, la meilleure.

Au reste, M. Weiss adore, je crois, non seulement cette poésie et cet esprit, mais la société où ils ont fleuri délicieusement. On devine chez lui cette arrière-pensée que, pour un homme de talent, il faisait bon vivre dans ce monde du dernier siècle : le mérite personnel s'y imposait peut-être mieux, y était traité avec plus de justice que dans une société démocratique, bureaucratisée et enchinoisée à l'excès (M. Weiss a très souvent des paroles amères sur la morgue des administrations et sur les sottises des concours et de l'avancement.)

Cette prédilection si décidée pour la poésie dramatique du xviiie siècle implique naturellement une pro-

fonde antipathie pour son contraire. On comprend
maintenant que M. Weiss n'aime pas (encore qu'il l'estime fort dans quelques-unes de ses parties) la littérature
positiviste et brutale des trente dernières années, l'observation désenchantée et sèche, la conception fataliste
de la vie et des passions humaines. Car ce pessimisme
dédaigneux détourne de l'action, et M. Weiss aime
l'action. Ce lettré accompli ferait volontiers, on le sent,
autre chose que de la littérature. Il a toujours rêvé d'être
dans les affaires publiques. Il n'a fait qu'y passer, et je
le soupçonne de ne s'en être pas entièrement consolé.

Il aime l'action, il aime la vie, il aime la force. S'il
adore Scribe et Dumas, c'est assurément à cause de
leurs œuvres, mais aussi par la raison qu'il admire
tant Gambetta (et en général tous ceux qui ont joué
un grand rôle dans l'histoire) : parce qu'ils ont été
forts, puissants, féconds. Le beau de la vie, pour
M. Weiss, n'est point de subir ou de copier la réalité,
mais de la dominer, de la pétrir, soit en des œuvres
d'art, soit par l'action matérielle ; c'est de lui imposer,
dans la mesure où on le peut, la forme de son rêve.
Il n'y a que cela d'intéressant au monde, puisque la
vérité nous échappe et que ceux qui croient la tenir
la voient si sombre. A l'action dans la vie correspond,
dans l'art, le souci de l'idéal. M. Weiss, qu'on ne s'y
trompe pas, est un fougueux idéaliste. Il n'aime pas
seulement l'esprit, qui est, de toutes les façons de voir
et d'exprimer les choses, celle dont on jouit le plus
sûrement : il aime le romanesque, l'héroïque, l'impos-

sible. Et l'on découvre aussi parfois, dans son esprit si lucide, une ombre de songerie germanique. Je suis bien forcé de recourir à la vieille formule, à celle dont se sert Retz essayant de définir La Rochefoucauld : il y a du je ne sais quoi dans J.-J. Weiss.

VI

C'est surtout ce je ne sais quoi que j'ai poursuivi à travers ses feuilletons dramatiques. J'ai insisté sur ses caprices et ses fantaisies ; je n'ai pas assez dit combien il a semé dans ces feuilletons de pages magistrales, aussi solides que brillantes, aussi profondes que spirituelles. Relisez les études sur *Polyeucte*, *Esther*, l'*Étrangère*, *Diane de Lys*, le *Légataire*, les *Effrontés*, *Ruy Blas* et le *Jeu de l'amour et du hasard*, etc. — Mais, là même où il ne fait que développer à sa manière et rajeunir le jugement de la tradition, il se glisse dans sa critique quelque chose d'aventureux, de fantasque, d'invérifiable. Toutes les fois qu'il parle d'une œuvre sur laquelle son sentiment ne m'est pas connu d'avance, j'ai cette impression, s'il l'exalte, qu'il aurait aussi bien pu la mépriser, et s'il la trouve médiocre, qu'il aurait aussi bien pu la juger admirable. Une chose lui plaît parce qu'elle lui plaît ; ne cherchez rien au delà. M. Weiss abonde en assertions subites, inexpliquées, et dont le contrôle est impossible. C'est le triomphe du « sens propre », suspect à M. Nisard.

Et rien ne nous montrerait mieux que cette critique étincelante et décevante la vanité de la critique, si toutefois nous avions l'ingénuité de la considérer comme une science.

Mais rien aussi ne nous montre mieux à quel point la critique littéraire peut être une chose exquise et comme elle peut égaler en intérêt et quelquefois dépasser les œuvres mêmes sur lesquelles elle s'exerce. La comédie que nous donnait toutes les semaines l'esprit de M. Weiss valait mieux, neuf fois sur dix, que les comédies dont il nous rendait compte. A l'antique définition : *Ars homo additus naturæ*, on pourrait ajouter : *Critica scriptor additus scriptori,* ou quelque chose d'approchant. Le lecteur jouit et de l'œuvre critiquée et de son critique. Il saisit un reflet du monde dans un esprit, et de cet esprit dans un autre. Il voit comment un homme qui a vu et rendu le réel d'une certaine façon est à son tour compris et traduit par un autre homme. Comme l'artiste crée ses personnages, le critique crée en quelque manière et façonne l'artiste qu'il définit. Et le critique peut être à son tour défini, façonné, inventé par un autre critique. Tout homme est un miroir conscient du monde et des autres hommes. Aucun de ces miroirs ne donne exactement la même image ; mais quelques-uns seulement en donnent une tout à fait originale et qu'on retient. L'esprit de M. J.-J. Weiss est au premier rang de ceux-là : c'est un des miroirs les plus inventifs de notre temps.

ALPHONSE DAUDET[1]

« Ah! mon Daniel, quelle jolie façon tu as de dire les choses! Je suis sûr que tu pourrais écrire dans les journaux, si tu voulais[2]. » Le petit Chose a écrit dans les journaux, il a même fait des livres. Et le public a été de l'avis de la mère Jacques. O locataire du moulin de Gaspard Mitifio, conteur des contes du lundi, ami du petit Jack et de la petite Désirée, compatriote infidèle de Tartarin, de Numa et de Bompard, historiographe du Nabab et de la reine Frédérique, ô magicien qui savez unir dans une si juste mesure et par un secret si rare la vérité, la fantaisie et la tendresse, ah! quelle jolie façon vous avez de dire les choses!

La fortune littéraire de M. Alphonse Daudet est des

---

1. Les *Amoureuses*. — *Lettres de mon moulin*. — *Contes du lundi*. — *Tartarin de Tarascon*. — Les *Femmes d'artistes*. — *Robert Helmont*. — Le *Petit Chose*.
2. Le *Petit Chose*.

plus éclatantes qu'on ait vues. C'est une séduction
universelle. Ceux qui veulent des larmes et ceux qui
veulent de l'esprit, les amoureux d'extraordinaire et
les quêteurs de modernité, les simples, les raffinés,
les femmes, les poètes, les naturalistes et les stylistes,
M. Daudet traîne tous les cœurs après lui ; car il a le
charme, aussi indéfinissable dans une œuvre d'art
que dans un visage féminin, et qui pourtant n'est pas
un vain mot puisque de très grands écrivains ne l'ont
pas. Le charme, c'est peut-être une certaine aisance
heureuse, une fleur de naturel même dans le rare et
le recherché ; c'est, en tout cas, quelque chose d'in-
compatible avec des qualités trop laborieuses et trop
voulues : ainsi le charme ne se rencontre guère chez
les chefs d'école. On peut remarquer aussi que le
charme ne va pas sans un cœur aisément ému et qui
ne craint pas de le paraître (*Homo sum*, etc.). Il ne
faut donc pas le demander à ceux qui font profession
de ne peindre que des réalités plates ou brutales, ou
qui affectent de n'être curieux que du monde extérieur
et de la plastique des choses.

Ce charme, quel qu'il soit, est une des puissances
de M. Alphonse Daudet. Ajoutez que son talent est en
effet d'une composition assez riche pour que des
esprits très divers y puissent trouver leur compte.
Son originalité, c'est d'unir étroitement l'observation
et la fantaisie, de dégager du vrai tout ce qu'il contient d'invraisemblable et de surprenant, de contenter
du même coup les lecteurs de M. Cherbuliez et les

lecteurs de M. Zola, d'écrire des romans qui sont en
même temps réalistes et romanesques, et qui ne semblent romanesques que parce qu'ils sont très sincèrement et très profondément réalistes.

I

Apparemment il n'est pas inutile, pour voir dans la
réalité ce qui vaut la peine d'y être vu, d'avoir commencé par ne pas la regarder de trop près, par être
un poète, un rêveur sans plus, un être à sensations
délicates, vibrant pour des riens, et qui se contente
de souffrir ou de jouir démesurément des choses sans
avoir souci de les photographier. Je me méfie un
peu de ces adolescents comme il s'en rencontre aujourd'hui, qui, à l'âge où de plus forts qu'eux chantaient naïvement les roses, vous font tout de suite
des romans ultra-naturalistes avec des descriptions
d'éviers ou de paniers aux ordures, et de froides
insistances sur les malpropretés de la vie physique.
S'ils commencent par là, par où finiront-ils? Le moins
qu'ils risquent, c'est de refaire toujours le même
livre, car le champ de leurs observations, si tant y a
qu'ils aient besoin d'observer, est vite parcouru; le
nombre de leurs effets est extrêmement limité; et
rien ne ressemble plus à une... oaristys vue par le
côté qu'ils aiment, qu'une autre oaristys vue par le
même côté. Au contraire, d'avoir édifié dans sa prime

saison de jolies fantaisies en l'air, cela doit vous
conduire, quand enfin l'on s'est tourné vers l'étude
du monde réel, à négliger ce qu'il a de banal et d'insignifiant, ce qui ne mérite pas d'être noté, pour
s'attacher à ce qu'il contient de particulier et d'inattendu ; car, si l'on s'adresse à lui, c'est que l'on
compte qu'il vous fournira des documents plus inté
ressants encore que vos imaginations d'autrefois.

Le petit Chose commence donc par la fantaisie et
le rêve. A Nîmes, dans le jardin de « monsieur Eyssette », c'est un bambin imaginatif qui joue éperdument Robinson dans son île et qui s'attache aux objets
avec une sensibilité violente. Quel déchirement quand
il faut quitter Nîmes, la fabrique et le jardin !

> Je disais aux platanes : « Adieu, mes chers amis, »
> et aux bassins : « C'est fini, nous ne nous verrons plus. »
> Il y avait dans le jardin un grenadier dont les belles
> fleurs rouges s'épanouissaient au soleil. Je lui dis en san-
> glotant : « Donne-moi une de tes fleurs. » Il me la donna.
> Je la mis dans ma poitrine en souvenir de lui[1].

A Lyon, où il fait souvent l'école buissonnière et
passe des journées dans les bois ou le long de l'eau ;
au collège de Sarlande, où il invente des histoires
pour les « petits », à Paris même, où, fraîchement
débarqué, de ses yeux de myope encore tout pleins
de songerie, il s'essaye à regarder ce monde nouveau
qu'il peindra si bien, le petit Chose, délicat et joli

---

1. Le *Petit Chose*.

comme une fille, timide, fier, impressionnable, distrait, continue de rêver effrontément, fait des vers
sur des cerises, des bottines et des prunes, chante le
rouge-gorge et l'oiseau bleu, soupire le *Miserere* de
l'amour, et adresse à Clairette et à Célimène des
stances cavalières qui semblent d'un Musset mignard
et où l'ironie, comme il convient, se mouille d'une
petite larme. Je ne connais pas de volume de débutant
plus vraiment jeune que le petit livre des *Amoureuses*.

Puis le petit Chose devient M. Alphonse Daudet, un
écrivain déjà connu et qui fait des chroniques et des
« variétés » au *Figaro*. Mais, au fond, c'est encore le
petit Chose qui tient la plume. Quel autre que cet
incorrigible poète de petit Chose serait capable
d'écrire des histoires aussi chimériques, aussi peu
arrivées que les *Aventures d'un Papillon et d'une Bête
à bon Dieu*, le *Roman du Chaperon rouge*, les *Rossi-
gnols du cimetière* et les *Ames du Paradis, mystère en
deux tableaux* ?

Une femme est morte en se confessant au prêtre et
en reniant un amour criminel. L'amant s'est tué de
désespoir. Il est en enfer et sa maîtresse en paradis.
Tous les ans, le jour de la Fête-Dieu, le plafond de
l'enfer s'entr'ouvre, et les damnés voient passer au-
dessus de leurs têtes la procession des élus. Mais,
comme l'explique un damné, « l'air du paradis est
fatal à la mémoire : chacun de nous a là-haut un
parent, un ami, un frère, une sœur, une mère, une
femme ; de ces êtres chéris nous ne pûmes jamais

16

obtenir un regard ». Le nouveau venu n'est pas plus
heureux que les autres. Il a beau supplier et pleurer,
évoquer les jours d'autrefois : sa maîtresse ne se
souvient de rien, ne le reconnaît pas ; et cela est si
douloureux que saint Pierre lui-même ne peut s'empêcher d'être ému.

Voilà un « mystère » qui sent un peu l'hérésie; car
l'Église enseigne que, non seulement les élus oublie-
ront les damnés, mais que les damnés détesteront les
élus (je ne donne pas ce dogme pour aimable). Mais
il y a, dans cette fantaisie hétérodoxe et compromet-
tante pour saint Pierre, un mélange tout à fait savoureux d'ingénuité, de grâce et de passion. Au petit
drame touchant se mêlent les jolis détails d'un paradis d'enfant de chœur, de petit clerc de la manécan-
terie de Saint-Nizier : « Mes yeux et mon cœur l'ont
aussi reconnu, ce petit chérubin vêtu de mousseline,
à ceinture d'azur, qui agite dans l'air, de toutes les
forces de ses petits bras dodus et roses, une bannière
à fleurs d'or aussi grande que lui ; c'est ma sœur, ma
petite sœur Anna, que j'ai tant pleurée. »

Surtout il y a dans ce rêve bien *humain* une tendresse profonde, un don de faire monter aux yeux de
petites larmes chaudes, don précieux que M. Alphonse
Daudet conservera même quand il ne fera plus que
regarder et qu'il ne rêvera plus guère. Et c'est pour
cela que je me suis un peu arrêté sur cette œuvre
d'adolescent. Rien de meilleur, en somme, pour peindre
le monde comme il est, que d'avoir beaucoup d'ima-

gination et de sensibilité. L'âme de ce cher petit
Chose, qui n'a pas eu une enfance heureuse et qui a
songé des songes si jolis et si tendres, continue de
flotter, légère, sur les romans vrais de M. Alphonse
Daudet, s'y insinue encore çà et là, mêle de l'émotion
à l'exactitude des peintures et impose à l'observation
un choix de détails si rare et si délicat que, sans autre
artifice, elle fait jaillir à chaque instant la fantaisie
de la réalité même.

II

Le poète des *Amoureuses*, jeté en arrivant à Paris
dans un milieu de bohèmes pittoresques, bientôt
aiguisé par la vie parisienne, s'aperçoit un jour que
ce qu'on voit (quand on sait regarder) est presque
toujours plus intéressant, plus inattendu, même plus
amusant et plus fou que ce qu'on imagine. Dès lors,
c'est fini de rêver. Il nous contera encore par-ci par-là
de jolis contes comme le *Curé de Cucugnan*, la *Mule
du pape*, l'*Élixir du père Gaucher*, ou la merveilleuse
histoire de *Woodstown*, la ville américaine conquise
sur la forêt vierge et submergée par elle. Mais, d'une
façon générale, on peut dire de lui, et plus justement
que de n'importe quel autre romancier, même de la
nouvelle école, qu'il ne raconte et ne décrit plus que
ce qu'il a vu. C'est au point qu'on pourrait diviser
tous ses récits ou tableaux, depuis ses *Lettres de mon
moulin* jusqu'à son premier grand roman, en cinq ou

six groupes qui porteraient les noms des pays ou des milieux qu'il a le mieux connus et où il a fait ses plus longs séjours : Nîmes et la Provence, l'Algérie et la Corse, Paris enfin, Paris bohème, Paris populaire, Paris mondain, Paris interlope, Paris pendant le siège. Et sous ces différents chefs se rangeraient aussi les morceaux dont ses grands romans sont faits, si on prenait la peine de les décomposer. La Provence remplit presque toutes les *Lettres de mon moulin;* Paris sous ses différents aspects est le sujet de presque tous les *Contes du lundi* et de la plupart des *Études* qui suivent *Robert Helmont.* Dans ces deux livres la Corse et l'Algérie se glissent çà et là. L'Algérie et la Provence se partagent *Tartarin.* A mesure que M. Alphonse Daudet avance dans son œuvre, Paris, c'est-à-dire la modernité, l'attire davantage : d'abord le Paris tragique, touchant ou grotesque du siège; puis le Paris de tous les jours et tous les étages de Paris, du haut en bas (Voyez *Mœurs parisiennes* et les *Femmes d'artistes*). Cela le mène tout doucement à ses grands romans parisiens. Déjà il nous raconte le Nabab en cinq ou six pages et, tout à côté, la mort du duc de Morny. Déjà le futur bourreau du petit Jack montre, dans le *Credo de l'Amour,* sa grosse moustache, son œil bleu et dur et sa face de mousquetaire malade.

Il serait fort difficile d'analyser ces petites pièces. Mais peut-être n'est-ce pas assez de dire que ce sont de purs joyaux et de s'en tenir là. Comment donc

faire? Il faudrait prendre le mot « charmant », le
nettoyer de sa banalité et comme le frapper à neuf;
puis, ainsi rajeuni, le mettre pour tout commentaire
au bout de ces *Contes*. Essayons pourtant quelques
remarques.

III

Nombre de ces petites histoires sont extrêmement
simples, mais aucune n'est banale et beaucoup sont
singulières et rares. Il n'en est pas une, je crois, dont
on puisse dire : « C'est joli, mais ça ressemble à tout, »
ou « Tiens ! j'ai déjà lu ça quelque part. » Jamais
M. Alphonse Daudet ne tombe dans cette banalité, soit
de la fable, soit de la description ou du sentiment, à
laquelle n'échappent pas toujours les écrivains qui
inventent, et même les plus grands. C'est, encore une
fois, que tout ce qu'il conte ou décrit, il l'a vu et
noté, ou induit directement de ce qu'il avait vu. Il
est vrai que sa façon de regarder est une création et
que son œil sait découvrir au point qu'il paraît
inventer. « Plus on a d'esprit, dit La Bruyère, plus
on trouve d'originaux. » Ajoutons : Et plus l'on
découvre autour de soi de situations originales. Or,
comme M. Alphonse Daudet a beaucoup d'esprit et
qu'il est toujours à l'affût, il s'arrête et s'intéresse à
des détails qui nous échapperaient ou que nous
remarquerions à peine; il nous fait trouver curieuses
par la façon dont il nous les présente des choses tout

16.

ordinaires et qui nous auraient sans doute faiblement
frappés ; il a, si j'ose dire, un merveilleux flair des
petits drames obscurs dont fourmille la réalité.

Je ne citerai pas les contes les plus connus, les
plus brillants, les plus populaires, mais quelques-uns
des plus unis et des plus simplement vrais. Vous
rappelez-vous les *Deux auberges* [1], l'une neuve,
bruyante et bien achalandée, l'autre déserte et misérable ; et la maîtresse de cette pauvre bicoque pleu-
rant toute seule et perdant la tête, quand par hasard
un client entre chez elle, tandis que son mari chante
et boit dans l'auberge d'en face chez la belle Arlésienne.

Entendez-vous ? me dit-elle tout bas, c'est mon mari...
N'est-ce pas qu'il chante bien ?... Qu'est-ce que vous voulez, monsieur ? Les hommes sont comme ça, ils n'aiment
pas à voir pleurer ; et moi, je pleure toujours depuis
la mort des petites...

Une histoire bien simple que le *Père Achille* [2] ! Le
vieil ouvrier a eu un fils d'une maîtresse, avant son
mariage. Ce fils, devenu grand garçon, vient voir
son père, « seulement pour le voir, pour le connaître.
C'est vrai, ça m'a toujours un peu taquiné de ne pas
connaître mon père. — Sans doute, sans doute ; vous
avez bien fait, mon garçon, » dit le père Achille. Ils
vont prendre un litre chez le marchand de vin.

1. *Lettres de mon moulin.*
2. *Études et paysages* (à la suite de *Robert Helmont*).

— Qu'est-ce que vous faites ? demande le père ; moi, je suis dans la charpente.

Le fils répond : — Moi, dans la menuiserie.

— Est-ce que ça va bien, chez vous, les affaires?

— Non, pas fort.

Et la conversation continue sur ce ton... Pas la moindre émotion de se voir, rien à se dire, rien... Le litre fini, le fils se lève.

— Allons, mon père, je ne veux pas vous retarder davantage ; je vous ai vu, je m'en vais content. A revoir!

— Bonne chance, mon garçon.

Ils se serrent la main froidement ; l'enfant part de son côté, le père remonte chez lui ; ils ne se sont plus jamais revus.

Savez-vous rien de plus vrai et qui soit d'un effet plus singulier? Et ne vous sentez-vous pas à cent lieues de la convention du mélodrame ou même du roman proprement dit ?

Voulez-vous encore des choses vues?

Nous sommes dans le couloir d'un juge d'instruction. Une fillette sortant de Saint-Lazare aperçoit son amant assis, menottes au poing, à l'autre bout du couloir, et fait avec lui un bout de conversation par l'intermédiaire d'un brave homme de garde de Paris : « Dites-y bien que j'ai jamais aimé que lui, que j'en aimerai jamais un autre dans ma vie. » Et quand le garde a fait sa commission : « Qu'est-ce qu'il a dit ? — Il a dit qu'il était bien malheureux. — T'ennuie pas, m'ami...; les beaux jours reviendront. — Va donc! les beaux jours... J'en ai pour mes cinq ans[1]. »

Voyez encore, dans les *Femmes d'artistes*, le ménage
de ce pauvre poète marié à une Italienne du peuple,
jadis belle, maintenant empâtée et vulgaire, qui
mène son mari comme un petit garçon et qui tout à
coup, au milieu d'une discussion intéressante, lui crie
d'une voix bête et brutale comme un coup d'esco-
pette : « Hé! l'artiste!... *La lampo qui filo!* » — Et un
Ménage de chanteurs, le mari devenant jaloux de sa
femme (qu'il a épousée par amour) et finissant par la
faire siffler! Et *la Bohème en famille*, ce bizarre intérieur du sculpteur Simaise, la mère dans un hamac,
quatre grandes filles remplissant l'atelier de leur
tapage, de leurs chiffons, une fête perpétuelle...
« Plus ils vont, plus ils sont joyeux. L'hiver dernier,
ils ont déménagé trois fois, on les a vendus une, et
ils ont tout de même donné deux grands bals tra-
vertis.

IV

Voilà donc quelques-unes des simples histoires de
M. Alphonse Daudet. Il en est de plus complexes et
où la part de l'invention semble plus grande, car elle
ne consiste plus uniquement dans la découverte et
dans le choix des « documents », mais encore dans
leur combinaison. De la Provence, de la Corse, de
l'Algérie et des mondes divers dont se compose

1. *Études et paysages.*

Paris, M. Alphonse Daudet fait de très spirituels
mélanges. Il ménage aux civilisations différentes des
rencontres impayables. C'est l'histoire du petit Turco
Kadour fourvoyé dans la Commune au sortir de l'hô-
pital, croyant continuer la guerre contre les Alle-
mands et tué par les Versaillais sans y rien comprendre [1]. C'est ce pauvre aga Si-Sliman, décoré par
erreur le 15 août, venu à Paris pour réclamer sa
décoration, renvoyé de bureau en bureau et salissant
son burnous sur les coffres à bois des antichambres,
à l'affût d'une audience qui n'arrive jamais [2]. C'est,
dans *Tartarin de Tarascon*, la jolie esquisse — et
combien vraie pour ceux qui ont vu les choses ! —
de l'Algérie française, de ce cocasse et fantastique
mélange de l'Orient et de l'Occident..., « quelque
chose comme une page de l'Ancien Testament
racontée par le sergent La Ramée ou le brigadier
Pitou ». — Au reste, le conteur n'a pas besoin de
mêler deux continents pour obtenir d'amusantes ou
tristes antithèses. Il ne lui faut qu'installer dans les
bureaux de la Morgue un petit employé placide,
écrivant de sa plus belle main sur un grand registre,
pendant que ses pommes mijotent sur le poêle : « Fé-
licie Rameau, brunisseuse, dix-sept ans [3]. » — Ou
bien ce sont les derniers communards buvant et
chantant avec des filles dans les chapelles funéraires

1. *Contes du lundi.*
2. *Ibid.*
3. *Ibid.*

du Père-Lachaise [1]. C'est M. Bonnicar, le jour de l'entrée des Versaillais, emmené prisonnier par la ligne et retrouvant à Versailles son marmiton et ses petits pâtés du dimanche[2]. C'est le mariage de Charles d'Athis, homme de lettres, avec Irma Sallé, mettant en face l'un de l'autre, autour d'un berceau, le père Sallé et la douairière d'Athis.

La bonne-maman d'Athis et le grand-papa Sallé se rencontraient tous les soirs au coucher de leur petit-fils ; le vieux braconnier, son bout de pipe noire rivé au coin de la bouche, l'ancienne lectrice au château, avec ses cheveux poudrés, son grand air, regardaient ensemble le bel enfant qui se roulait devant eux sur le tapis et l'admiraient autant tous deux[3].

Une situation singulière, une façon originale d'assister au siège de Paris, c'est assurément celle du peintre Robert Helmont, resté tout seul avec sa jambe mal guérie dans une bicoque de la forêt de Sénart. Cela fait un peu songer à ce que voit Fabrice de la bataille de Waterloo, dans la *Chartreuse de Parme*.

Comme tout à l'heure, je m'arrête bien avant d'avoir épuisé l'énumération. On est ravi de voir, en parcourtan ces historiettes, de combien d'excellentes et d'invraisemblables plaisanteries la vie est pleine. M. Renan, qui n'aime pas les romans, dit un peu

1. *Contes du lundi.*
2. *Ibid.*
3. *Femmes d'artistes.*

partout, et particulièrement dans sa *Seconde lettre à M. Strauss*, que cet univers est un spectacle qu'un Dieu se donne à lui-même et dont il se délecte infiniment. Sans doute le « grand chorège » est le seul qui voie ·pleinement, dans l'ensemble et dans le détail, tout ce que ce spectacle a d'amusant et de paradoxal. Mais l'homme peut au moins, dans son humble mesure, participer à ce plaisir divin ; et M. Alphonse Daudet est un des observateurs qui nous font goûter le plus souvent quelque chose de ce plaisir. Mieux que personne il saisit et dégage ces ironies, ces curiosités et comme ces lazzis de la grande comédie des hommes et des choses. Et l'on retrouvera presque à chaque page de ses grands romans cet art d'extraire de la réalité des antithèses bouffonnes ou navrantes, d'où jaillissent la surprise, le rire et souvent la pitié.

V

Pitié, tendresse, émotion qui va jusqu'aux larmes, ces historiettes en débordent, et l'on ne s'en plaint pas. Je sais bien qu'en ce temps de critique, de morosité croissante et à la fois de dilettantisme égoïste, la littérature attendrissante, les histoires qui font pleurer ne sont plus en honneur auprès de certains esprits très raffinés. Car les larmes et l'attendrissement sont au fond optimistes, impliquent des illusions et toujours un peu d'espérance. Puis les larmes sont

surannées ; on en a tant abusé ! Fi « du mélodrame
où Margot a pleuré ! » Et, de fait, nombre des romans
de la nouvelle école sont des œuvres violentes et
froides et ne donnent que des émotions pessimistes,
c'est-à-dire des émotions qui, par delà les souffrances des individus, vont à la grande misère universelle. Ces romans nous troublent, nous secouent,
nous oppressent par la sensation des fatalités cruelles ;
ils nous attendrissent rarement. Car il s'en faut que
le « pathétique » d'une histoire soit toujours en proportion de la grandeur des misères ou des souffrances
étalées. Il y a eu, semble-t-il, dans le roman, une
baisse du « pathétique » proprement dit par l'enva-
hissement de la physiologie et par la défaveur où est
tombé le libre arbitre. A la place, on a eu je ne sais
quelle tristesse morne, sèche, accablante, l'impression singulière qui se dégage des livres de M. Zola.
Car la pitié se change en un sentiment âpre et pénible
quand tous les souffrants dont on nous développe la
misère se trouvent être à la fois ignobles et irrespon-
sables.

Rien de tel dans les contes de M. Alphonse Daudet.
La tristesse qui s'y rencontre n'implique point le
dégoût théorique du monde comme il est, un parti
pris féroce, une malédiction jetée sur notre race. Ce
qui excite la pitié, Aristote l'écrivait il y a longtemps,
c'est le malheur immérité d'un homme semblable à
nous et en qui nous puissions nous reconnaître sans
être dégoûtés de nous-mêmes : et la pitié est plus

grande quand ce malheur est, en outre, exprimé par
un homme semblable à nous, lui aussi, doué seulement d'une sensibilité plus délicate et du don prestigieux de peindre par les mots. — Que de tendresse et
que « d'humanité » dans les petits récits de notre
conteur! Le cœur est remué, quoi qu'il fasse, comme
dans les romans les plus « touchants » d'autrefois; en
même temps l'observation est aussi exacte et la forme
aussi travaillée que dans tels romans d'aujourd'hui :
c'est aussi bien « fait » que si ce n'était pas attendris-
sant ; on peut se laisser émouvoir sans vergogne. Du
reste, ne craignez point d'être dupes : M. Alphonse
Daudet a ce don si rare de savoir mettre un sourire,
une ironie légère aussi près que possible des larmes,
parfois même au beau milieu, et cela sans contraste
violent ni secousse; c'est, jusque dans l'émotion
extrême, la clairvoyance qui donne à l'émotion tout
son prix et fait qu'on en jouit davantage.

Quel trésor de larmes dans la *Dernière classe*, le
Siège de Berlin, le *Porte-Drapeau*, les *Mères* [1] ! Je crois
que personne n'a mieux parlé de l'année terrible que
MM. Alphonse Daudet et Sully-Prudhomme, l'un dans
ses petits tableaux d'historien pittoresque, l'autre
dans ses méditations de poète philosophe. Mais
M. Alphonse Daudet n'a pas besoin de remuer de si
grandes douleurs pour nous induire en attendrissement. Ce n'est rien que le petit conte des *Étoiles* [2] . or

1. *Contes du lundi.*
2. *Idem.*

ce rien est délicieux, et si tendre! De quoi donc le
cœur est-il touché? et pourquoi les yeux des femmes
se mouillent-ils? Il n'y a pourtant là ni passion, ni
catastrophe, ni même souffrance. Mais, que voulez-
vous? Cette idylle si simple, si discrète, si chaste, qui
même est à peine une idylle, avec tous ses détails si
gracieux et si vrais, dans la douceur sereine de cette
belle nuit d'été, cela gonfle le cœur et l'emplit d'une
langueur vague, d'un désir de larmes, comme dit le
vieil Homère, ou d'une envie de s'amuser à pleurer,
comme dit la petite Victorine de Sedaine.

Et, tout à côté, quel trésor de rire, quelle jolie
gaieté et quelle alerte moquerie! Peu d'esprit de
« mots », mais un comique de verve, d'imagination,
d'hyperboles, et plus souvent encore un comique de
situations et de caractères. Relisez, s'il vous plaît, la
Pendule de Bougival[1], la *Défense de Tarascon*[2], la
Mule du Pape[3], le *Credo de l'amour*[4], la *Veuve d'un
grand homme*[5] et, pour abréger l'énumération, les
Aventures de Tartarin!

1. *Études et paysages.*
2. *Id.*
3. *Lettres de mon moulin.*
4. *Femmes d'artistes.*
5. *Id.*

VI

Une bonne part du charme de tous ces récits est dans le choix merveilleux des détails, des traits, des mots typiques, de ceux qui résument un caractère, qui rendent visible une attitude, qui fixent une situation dans la mémoire. En veut-on quelques-uns pêle-mêle ? Ainsi le duo de *Robert le Diable* chanté par Tartarin avec Mme Bézuquet la mère, et le fameux : « Nan ! Nan ! Nan ! » les « doubles muscles » du même Tartarin, et presque tous ses mots : « Qu'ils y viennent ! — Ça, c'est une chasse ! — Des coups d'épée, messieurs, mais pas de coups d'épingle ! — C'est mon chameau ! Une noble bête ! Il m'a vu tuer tous mes lions ! » — Est-ce que cette phrase : « Tais-toi, boulanger, je t'en prie, » ne vous remet pas sous les yeux toute la scène de la *Diligence de Beaucaire* [1], le rémouleur immobile sous sa casquette pendant que ce farceur de boulanger conte les aventures de la jolie rémouleuse ? — Qui a pu lire le *Phare des Sanguinaires* [2] et oublier le gros Plutarque à tranches rouges, toute la bibliothèque du phare, et, parmi les grondements de la mer, dans le crépitement de la flamme et le bruit de l'huile qui s'égoutte et de la chaîne qui se dévide, la voix du gardien psalmodiant

1. *Lettres de mon moulin.*
2. *Idem.*

la vie de Démétrius de Phalère ! — Vous souvenez-
vous de ce qu'on trouve au fond du portefeuille de
Bixiou [1], le vieux caricaturiste aveugle, le funèbre et
féroce blagueur : « Cheveux de Céline coupés le
13 mai ? » — Revoyez-vous dans la *Dernière classe* [2]
le vieux Hauser, avec son vieil abécédaire rongé aux
bords et épelant à travers ses grosses lunettes *ba, be,
bi, bo, bu*? — Je m'arrête : tous les *Contes* y passe-
raient; car il n'en est point qui ne renferme de ces
traits inoubliables. Je ne parlerai plus que des *Vieux* [3],
ce fin chef-d'œuvre. Vous rappelez-vous? « Une lettre,
père Azan? — Oui, monsieur...; ça vient de Paris.
Il était tout fier que ça vînt de Paris, ce brave père
Azan. » Puis c'est la place d'Eyguières à deux heures
de l'après-midi, la maison des vieux, le corridor...
« Alors saint Irénée s'écria : Je suis le froment du
Seigneur. Il faut que je sois moulu par la dent de ces
animaux. » Cette phrase vous fait revoir, n'est-ce
pas? toute la scène : les deux vieux, les deux petites
bleues, la cage aux serins, les mouches au plafond,
la grosse horloge, dormant à qui mieux mieux. Elle
est étonnante, elle est merveilleuse, ânonnée dans ce
moment et dans ce milieu, cette phrase de la *Vie des
Saints*, cette farouche évocation de la grande histoire
du christianisme primitif entre Mamette et ses canaris...
Et cette phrase, je suis sûr que ce n'est pas le petit

1. *Lettres de mon moulin.*
2. *Contes du lundi.*
3. *Lettres de mon moulin.*

Chose qui l'a inventée; M. Alphonse Daudet a dû
la surprendre, celle-là ou une autre, sur des lèvres
d'enfant apprenant à lire. N'avez-vous jamais entendu
dans quelque école un bambin épeler le terrible
évangile de saint Mathieu sur la fin du monde? Puis
les questions et le doux radotage des vieux : « De
quelle couleur est le papier de sa chambre? — Bleu,
madame, avec des guirlandes. — Vraiment! c'est un
si brave enfant! » et le « bon petit déjeuner », et les
cerises à l'eau-de-vie, et le bout de conduite fait par
le vieux à l'ami de Maurice. Tout cela, M. Alphonse
Daudet l'a certes vu et entendu; mais sur l'observation exquise court, ainsi qu'une flamme légère, la
fantaisie du petit Chose. C'est lui qui se met à imaginer des causeries, la nuit, entre les deux petits lits
— presque deux berceaux — de Mamette et de son
homme; c'est lui qui trouve, en regardant bien, que
les deux vieillards se ressemblent, et qui entrevoit
dans leurs sourires fanés l'image lointaine et voilée
de Maurice; c'est lui enfin qui écrit étourdiment :
« A peine le temps de casser trois assiettes, le déjeuner se trouve servi. » Comment! trois assiettes
cassées? Et Mamette ne dit rien? et ce désastre passe
inaperçu? Décidément cela n'est pas arrivé, et M. Zola
gronderait ici Daniel Eyssette.

VII

Vérité, fantaisie, esprit, tendresse, gaieté, mélancolie, il entre donc beaucoup de choses dans le plus petit conte de M. Alphonse Daudet. C'est pour cela que son talent me paraît plus difficile à bien caractériser que celui de MM. de Goncourt ou de M. Émile Zola. Ils ont, eux, une faculté maîtresse qu'on distingue sans trop de peine, et, dans l'exécution, des partis pris constants. On peut, de la nervosité de MM. de Goncourt et de leur passion de la modernité, déduire leur œuvre presque tout entière. Il ne serait pas non plus impossible de définir brièvement M. Zola : on le montrerait poète à sa façon ; poète pessimiste et fataliste ; on parlerait de sa morosité brutale et de sa lenteur puissante. Au besoin, on caractériserait MM. de Goncourt et M. Zola par leurs manies, par leurs excès, qui sont fort intéressants, mais qui ne sont pas minces et qui sautent aux yeux. Parlez-moi des grands artistes outranciers qui manquent décidément de goût par quelque côté et qui abondent follement dans leur sens ! Parlez-moi des monstres et des phénomènes ! Au moins on voit tout de suite ce qu'ils sont, et ils font la joie de la critique, hostile ou enthousiaste. Mais qui me donnera la vraie caractéristique de M. Daudet, de ce Latin harmonieux et équilibré qu'on prendrait presque pour un classique ? On trouve chez lui des nerfs, de la modernité, du « stylisme », de la vérité vraie, du pessimisme, de la férocité ; mais on y trouve aussi et au même degré la gaieté, le comique, la tendresse, le goût de pleurer. Ce qui distingue son talent, ce n'est donc pas la prédominance démesurée d'une qualité, d'un sentiment, d'un point de vue, d'une habitude : c'est plutôt un accord de qualités diverses ou opposées, et, si je puis dire, un dosage secret dont il n'est pas trop commode de fixer la formule. « Si l'on examine les divers écrivains, dit Montesquieu [1], on verra peut-être que les meilleurs et *ceux qui ont plu davantage* sont ceux qui ont excité dans l'âme plus de sensations en même temps. » Cette remarque peut s'appliquer sûrement à M. Alphonse Daudet ; mais il faut ajouter qu'une autre marque et plus particulière de son talent, c'est sans doute cette aisance avec laquelle il passe et nous fait passer d'une impression à l'autre et ébranle à la fois toutes les cordes de la lyre intérieure. Et c'est, je pense, de cette absence d'effort, de cette rapidité à sentir, de cette légèreté ailée que résulte la grâce, ou le charme. Ainsi nous revenons, après un long détour et sans nulle préméditation, au mot qui nous était naturellement venu en commençant l'examen des *Contes.* Pourtant le mot ne dit pas tout. Ce charme inné, irrésistible, fatal, s'unit chez notre écrivain à la plus scrupuleuse re-

1. *Essai sur le goût.*

production du réel. C'est peut-être dans cette alliance que consiste, en dernière analyse, son originalité. Comment cette alliance s'opère-t-elle ? Espérons que l'étude de ses romans nous le révélera avec plus de clarté [1].

1. Je ne parle ici que des *Contes* de M. Alphonse Daudet. Je reprendrai plus tard en la remaniant l'étude que j'ai eu l'occasion d'écrire sur ses *romans* : j'attendrai pour cela l'apparition du premier roman que M. Daudet publiera.

FERDINAND FABRE [1]

Voici un solitaire dans la littérature d'aujourd'hui, un homme qui n'est pas de Paris, qui vient d'un pays perdu, un montagnard robuste et sérieux, un sauvage à l'imagination puissante qui ne raconte pas les histoires de tout le monde, qui écrit avec labeur et conviction des livres drus, imparfaits et beaux, et d'une saveur si forte que peu de personnes les goûtent du premier coup. Mais aussi ceux qui les aiment y trouvent un plaisir d'autant plus grand qu'il leur paraît plus méritoire. Tout contribue à faire de l'œuvre rude et touffue de M. Ferdinand Fabre quelque chose de très particulier : ses personnages, qui sont des prêtres ou des paysans primitifs ; le théâtre de l'action,

---

1. *Julien Savignac*, le *Chevrier*, l'*Abbé Tigrane*, *Mon oncle Célestin*, le *Roman d'un peintre*, le *Roi Ramire*, *Lucifer*, *Barnabé*, chez Charpentier. — Les *Courbezon*, *Mademoiselle de Malavieille*, le *Marquis de Pierrerue* (2 vol.), la *Petite Mère* (4 vol.), chez Dentu.

17.

un âpre canton des Cévennes, une petite ville ecclésiastique à deux cents lieues d'ici; sa manière enfin,
qui rappelle celle de Balzac et dont s'est déshabitué
le roman contemporain. OEuvre sévère, vigoureuse,
monotone, abrupte, imposante, avec des coins de tendresse, comme des vallons fleuris au flancs d'une montagne.

M. Ferdinand Fabre a déjà écrit une vingtaine de
volumes, presque tous fort compacts. Quand on les a
lus à la file, comme on doit le faire quand on est critique de son état, on éprouve d'abord le besoin de
respirer. Laissez passer un mois : peu à peu le triage
se fait entre les souvenirs. Certaines de ces figures se
dressent dans la mémoire et oppriment les autres;
certains de ces romans laissent d'eux-mêmes une impression plus nette et plus profonde : et c'est de ceux-là
seulement qu'il importe de parler. Le reste, eût-il des
qualités très grandes, peut être négligé sans dommage... Pourquoi les romanciers ne savent-ils pas
d'avance quels livres seront leurs chefs-d'œuvre, afin
de n'écrire que ceux-là? O sagesse éminente de Flaubert qui, ayant écrit en tout six volumes, n'en a écrit
qu'un de trop! Si tous faisaient ainsi, ils s'arrêteraient
presque toujours avant la demi-douzaine, et ce serait
un grand profit pour le lecteur et une grande économie
de temps pour le critique. Car, voyez, nous sommes
envahis. La marée des romans monte sans s'arrêter
jamais. On n'a déjà plus le temps de lire Balzac ni
George Sand. Il va falloir bientôt songer à en faire

des résumés analytiques suivis de morceaux choisis. Le xxᵉ siècle le fera, je pense, pour tous les écrivains du xıxᵉ qui méritent de ne pas être oubliés et peut-être même pour les classiques. C'est seulement ainsi que nos petits-enfants pourront connaître un peu une aussi vaste littérature.

En attendant, je ne retiendrai ici de l'œuvre de M. Ferdinand Fabre que les mieux venus de ses romans de mœurs cléricales : les *Courbezon*, l'*Abbé Tigrane*, *Mon oncle Célestin* et *Lucifer*. Et je n'aurai qu'un regret, c'est de ne pouvoir m'arrêter aussi sur ces deux merveilleuses idylles, l'une tragique et l'autre plaisante : le *Chevrier* et *Barnabé*.

I

C'est la grande originalité et ce sera la gloire de M. Ferdinand Fabre d'avoir été un peintre excellent des mœurs du clergé. La matière était presque intacte. Je ne vois guère que le *Curé de Tours*, de Balzac, où elle eût été déflorée. Le *Curé de campagne* ne tient nullement ce que promet son titre; l'Amaury de *Volupté* est un malade; dans le *Rouge et le noir*, la peinture du séminaire, des directeurs et des élèves, est surtout faite avec l'imagination et les préjugés de Stendhal : cela n'a pas été *vu*. Je ne parlerai pas du beau roman de mœurs ecclésiastiques où M. Francis Magnard concluait que « tous les prêtres sont des niais ou des intrigants »; je n'ai pu le lire, car on ne le trouve plus, et M. Magnard a négligé de le faire réimprimer, j'ignore pour quelle raison.

Je ne m'arrête point à l'abbé Mouret ni à la demi-douzaine de prêtres qu'on trouverait chez Flaubert, Zola et les Goncourt, et qui n'y sont que des figures épisodiques.

Partout ailleurs, les prêtres qu'on a mis au théâtre ou dans le roman, se ramènent à deux types, l'un et l'autre de vérité très superficielle, sinon de pure convention : le mauvais prêtre aux allures de Tartufe, souvent incroyant, toujours hypocrite, tantôt cupide et tantôt débauché, le prêtre comme se le représentent deux cent mille électeurs à Paris, l'homme noir, et, pour tout dire en un mot, le jésuite; et, d'autre part, le bon prêtre, charitable, tolérant, indulgent, bon vivant à l'occasion, volontiers libéral et républicain, bref, le curé de Béranger et du *Dieu des bonnes gens*. Ces deux fantoches antithétiques n'ont jamais eu du prêtre que l'habit.

Il n'est pas bien étonnant que le roman contemporain ait abordé si tard l'étude du prêtre et qu'un seul de nos romanciers ait poussé cette étude un peu loin. J'y vois une première raison très simple. La plupart de nos écrivains ont été élevés dans les lycées, ont renoncé de bonne heure aux pratiques de la religion, ne hantent point les églises ni les presbytères. Le prêtre est donc l'espèce d'homme qu'ils rencontrent le moins souvent, qu'ils ont le moins l'occasion d'observer directement et de près.

Par là-dessus il existe contre le clergé un préjugé très fort et extrêmement répandu. Non seulement les lecteurs des feuilles radicales, mais même leurs rédacteurs, non seulement les neuf dixièmes des ouvriers des villes, mais beaucoup de bourgeois et de lettrés sont intimement convaincus que le plus grand nombre des prêtres manquent à leur vœu de chasteté et détournent les femmes au confessionnal, et que d'ailleurs ils ne croient guère à la religion dont ils sont les ministres. Or, pour ceux qui savent un peu les choses, ce sont là deux cas très rares, et même le second se rencontre à peine. Les gens qui ajoutent foi à ces lourdes calomnies ignorent ce qu'est l'éducation des prêtres et quelle empreinte elle leur enfonce au plus profond de l'âme. Puis ils ne songent point combien serait dure à jouer et de peu de profit (sinon dans les hautes dignités) la comédie qu'ils leur attribuent, et de quels horribles sacrifices les prêtres incroyants payeraient d'assez minces avantages.

Tout ce qu'on peut accorder, c'est que beaucoup de petits paysans entrent au séminaire pour des raisons de prudence et d'égoïsme naïf. Un de mes voisins de campagne, homme de joyeuse humeur et philosophe cynique, s'amusait, quand il avait chez lui des étrangers, à poser au fils de son fermier, un enfant de huit ans, les questions suivantes dont il avait dicté les réponses :

« — Qu'est-ce que tu veux être, Germain?

— J' veux êt' curé?

— Pourquoi veux-tu être curé?

— Parc' qu'on n' fait ren.

— Et puis?

— Parc' qu'on n'est pas soldat.

— Et puis?

— Parc' qu'on va manger dans les châtiaux. »

L'enfant faisait ces réponses avec un sourire niais, enchanté d'être en scène devant des messieurs. C'était horrible, cet avilissement d'un pauvre petit diable, et chaque fois j'injuriais l'impresario... Mais, au reste, je suis persuadé que ces fils de paysans qui entrent quelquefois au séminaire par intérêt y prennent peu à peu des sentiments plus élevés. Et si beaucoup, après cet « entraînement », finissent peut-être par exercer le sacerdoce comme un métier, par songer surtout à leur bien-être et à leur avancement temporel, cette médiocrité d'âme n'implique chez eux ni l'absence de foi ni le manquement aux devoirs essentiels de leur état.

Voilà ce qu'on ignore; et il faut reconnaître aussi que le prêtre ne se laisse pas facilement pénétrer, même aux croyants, même à ceux dont il n'a point de raison de se défier. Presque toujours il apporte dans les relations sociales des façons polies et cérémonieuses derrière lesquelles il se retranche; ou, s'il est bon-homme et jovial, cette bonhomie ne nous renseigne guère mieux sur sa vie intérieure. Nos romanciers avaient donc pu nous tracer des silhouettes ecclésias-tiques assez exactes, nous peindre parfois avec assez de bonheur les diverses allures des prêtres dans leurs relations avec le siècle et nous montrer des abbés Bournisien (*Madame Bovary.*) et des abbés Blampoix (*Renée Mauperin*); mais le prêtre chez lui et dans son for intime, le prêtre à l'église et dans la vie ecclésiastique, le prêtre dans ses rapports avec ses confrères et avec ses supérieurs, voilà ce qu'on ne nous avait point fait voir encore, parce qu'en effet cela est très difficile à connaître.

Pour être un bon peintre des mœurs cléricales, il me semble qu'il faudrait réunir au moins trois conditions. D'abord il faudrait avoir vécu longtemps avec des membres du clergé. Il serait excellent d'avoir été élevé par un curé, d'avoir été enfant de chœur, familier avec les choses d'église et de sacristie. On saurait comment se comporte un prêtre chez lui et avec ses confrères; on se serait imprégné de leurs façons; on les aurait vus au naturel; car, n'étant qu'un enfant, et un enfant destiné au sanctuaire, on ne les aurait pas gênés et ils vous auraient laissé tourner autour de leurs plus intimes réunions. L'idéal serait donc d'avoir été neveu de curé. Et il serait presque indispensable d'avoir continué ses études dans un collège ecclésiastique et même d'avoir passé quelques mois au grand séminaire ou tout au moins d'y être allé voir pendant quelque temps ses anciens compagnons.

La seconde condition, ce serait, après avoir vécu à l'église, à la sacristie et au presbytère, d'en être sorti. Il est absolument nécessaire, pour concevoir nettement

et pour définir l'esprit ecclésiastique, de connaître
aussi et même d'avoir l'autre, l'esprit laïque, l'esprit
du siècle. Des façons d'être qui semblent toutes simples aux prêtres et aux fidèles pieux, et auxquelles ils
ne prennent pas garde parce qu'elles leur sont familières et naturelles, si on les voit du dehors, apparaissent singulières, fortement caractéristiques, et révèlent
des âmes extrêmement différentes de celles de la grande
majorité des hommes.

Une dernière condition, ce serait d'entreprendre ces
descriptions et ces études dans un esprit de sympathie
respectueuse. Eût-il perdu la foi (ce qui, je crois,
vaudrait mieux pour son dessein), il faudrait que le
romancier des mœurs cléricales eût conservé le don
de s'attendrir au souvenir de ses années d'enfance et
de jeunesse, de sentir en quoi les pratiques et les
croyances qu'il a quittées peuvent être bonnes et
douces aux âmes. Il faudrait qu'il eût encore l'imagi-
nation- religieuse et que ses sens fussent demeurés
pieux, en sorte qu'il pût être encore délecté par l'or-
gue, l'encens, les cérémonies, l'atmosphère spéciale
des églises. Surtout il devrait avoir gardé le respect,
sinon de l' « onction » sacerdotale, au moins du très
grand effort moral et de l'extraordinaire sacrifice que
présuppose cette onction. Car ici les rancunes personnelles, les préjugés révolutionnaires, même les dédains
de dilettante empêcheraient d'être clairvoyant et juste.
Songez donc qu'à moins d'un mensonge sacrilège, qui
ne doit guère se rencontrer, tout prêtre, quelles qu'aient

pu être ensuite ses faiblesses, a accompli, le jour où il
s'est couché tout de son long au pied de l'évêque qui
le consacrait, la plus entière immolation de soi que
l'on puisse imaginer; qu'il s'est élevé, à cette heure-là,
au plus haut degré de dignité morale, et qu'il a été
proprement un héros, ne fût-ce qu'un instant. Et qu'on
ne dise pas : « Cela n'est rien, c'est très facile; ils font
cela pour être mieux récompensés au ciel. » Car l'espoir d'un petit surcroît de félicité dans la béatitude
absolue (chose d'ailleurs contradictoire) ne saurait
provoquer un tel effort; ou bien, si je ne m'étonne plus
du sacrifice, ce qui m'étonnera, ce sera la profondeur
et l'intensité du sentiment, amour ou foi, qui le rend
facile; et cela reviendra au même. Des hommes qui
ont été un jour capables soit de cet effort, soit de cet
élan, en restent pour toujours respectables et sacrés.
Et pensez un peu à ce que c'est que la continence
absolue, la nécessité de promener partout sa robe
noire, le renoncement à toutes les curiosités de l'esprit,
l'idée que l'on porte un signe indélébile et qu'on ne
s'appartiendra jamais plus. Rien que d'y songer, cela
fait froid. Non, non, ceux qui méprisent ou raillent les
prêtres ne les comprennent point.

J'ai essayé d'indiquer quelle éducation il faudrait
avoir reçue et par où il faudrait ensuite avoir passé
pour être en état de les comprendre et de les peindre.
Ne dites pas que j'en cherche un peu long. C'est un
être si spécial qu'un prêtre, et si différent des autres
hommes ! Dès l'enfance on le prend, on l'isole du

grand troupeau humain, on plie son corps et son âme
aux pratiques religieuses. Au petit séminaire, les exercices se multiplient : tous les jours, messe, chapelet,
méditation, lecture spirituelle ; tous les dimanches,
catéchisme et sermons ; confession et communion fré-
quentes ; à quinze ou seize ans, la soutane. Au grand
séminaire, la séquestration morale se complète : les
pratiques pieuses, toujours plus nombreuses et plus
longues, pétrissent l'âme, lentement et invinciblement. On a des heures de solitude où l'on reste presque sans pensée, hypnotisé par une idée fixe, celle
du sacerdoce où l'on tend. L'enseignement de la théologie et de l'histoire ecclésiastique achève la forma-
tion de l'âme sacerdotale. Nulle communication avec
le dehors ; les livres du siècle ne vous parviennent
qu'en petit nombre, résumés et réfutés. Pendant ses
vacances, le jeune lévite reste isolé dans le monde,
vivant le plus possible avec son curé, évitant les compagnies frivoles, déjà respecté de ceux qui l'appro-
chent, et même de sa mère. Il est prêtre enfin, c'est-
à-dire (pesez bien les mots et tâchez d'en concevoir
tout le sens : ils sont étranges et stupéfiants) ministre
et représentant de Dieu sur la terre, choisi et consacré
par lui pour distribuer ses grâces aux autres hommes
par les sacrements, investi du pouvoir exorbitant de
changer du pain et du vin au corps et au sang de Dieu
lui-même. Cela ne vous dit rien, à vous, parce que
vous êtes un profane, un indifférent, un malheureux
égaré ; mais le prêtre qui, étant homme, est pourtant

tout cela, et qui le croit, et.qui en a conscience !...
Réfléchissez combien un tel état d'esprit est extraordinaire et comme il doit modifier l'être tout entier.

Et, en effet, nul pli professionnel n'est aussi tranché,
aussi profond, aussi ineffaçable que celui du prêtre,
non pas même celui que l'habitude, la spécialité ou la
gravité des fonctions impriment au magistrat et au
soldat. Car chez ceux-ci la profession ne prend pas
l'homme dès l'enfance et elle ne le tient pas jusqu'à la
mort. Les traits par où ils nous ressemblent sont beaucoup plus nombreux que ceux par lesquels ils se sépa-
rent de nous. J'ose dire que c'est le contraire chez le
prêtre. Un chrétien qui, dans la pratique, pousse jusqu'à leurs dernières conséquences les obligations de sa
foi est déjà une créature rare et singulière et qui se
distingue fortement du reste des hommes : rappelez-
vous les solitaires de Port-Royal. Que dirons-nous donc
d'un prêtre qui, outre la constante préoccupation de
son salut, a encore celle de son miraculeux ministère,
qui tous les jours fait descendre Dieu sur l'autel et
condamne ou absout au nom de Dieu ? Sans compter
que sa fonction lui impose une vie à part, le fond de
pensées habituelles que cette fonction implique doit
non seulement réagir sur ses manières, sa parole et
toute sa tenue, mais encore imprimer à tous ses sentiments, à ses passions, à ses vices comme à ses vertus,
une marque énergiquement caractéristique. Ni un
prêtre n'est bon ni il n'est méchant de la même façon
que nous ; ou, si l'on veut, il l'est encore d'une autre

façon. Le clergé forme assurément, dans notre société moderne, la classe la plus originale et la plus nettement « différenciée ». Et la différence ne pourra que croître à mesure que la société laïque se préoccupera moins d'une autre vie, s'installera mieux dans celle-ci et prendra plus pleinement possession de la terre.

II

M. Ferdinand Fabre a, le premier, tenté une étude sincère, large, approfondie, de cette intéressante classe d'hommes. Il se trouvait dans les meilleures conditions pour affronter une si difficile entreprise. A-t-il traversé le grand séminaire ? je l'ignore. Mais il a passé son enfance chez un curé de campagne et il a dû continuer un certain temps à voir des prêtres : on sent qu'il connaît ce monde à fond et qu'il l'a observé de près et à loisir. Il est respectueux, sérieux, équitable. On sent dans la curiosité de son observation une très réelle sympathie. Je ne crois pas qu'un prêtre intelligent trouve rien de choquant dans les *Courbezon* et dans *Mon oncle Célestin*, sinon l'idée même de faire des romans sur les prêtres. Et il pourrait fort bien être édifié par endroits, car rien dans ces livres ne laisse voir que l'auteur n'est plus un croyant, si ce n'est l'exactitude et la franchise de l'observation.

Préparé comme il l'était, doué d'ailleurs d'un talent dont la force et l'austérité convenaient à ce genre de sujets, M. Ferdinand Fabre a pu écrire des romans de mœurs cléricales d'une valeur éminente, et dont quelques-uns sont bien près d'être des chefs-d'œuvre.

D'abord il a su placer ses personnages dans leur milieu, créer autour d'eux comme une atmosphère ecclésiastique. On entre, en le lisant, dans un monde absolument nouveau : on est vraiment *dépaysé*. Les détails précis abondent sur l'organisation de ce monde singulier, sur sa hiérarchie, ses règles, ses usages, même sur sa garde-robe ; et ces détails viennent naturellement, au courant de récits ou de conversations. M. Fabre se souvient d'une langue qu'il a sue, voilà tout. Et l'on assiste à des messes, à des pèlerinages, à des conférences ecclésiastiques ; on comprend que monsieur le curé-doyen de Bédarieux est un personnage et aussi monsieur l'archiprêtre de la cathédrale; et l'on conçoit tout ce qu'il y a dans ce mot : « Monseigneur ». Et le langage que parlent tous ces hommes graves n'est pas non plus celui des laïques. Ils sont, à l'ordinaire, infiniment polis ; car la politesse leur est recommandée dès le séminaire comme une vertu chrétienne et comme une arme défensive : elle est pour eux une des formes de la charité, une expression de leur respect pour les âmes, et un rempart où ils se retranchent contre les familiarités et les indiscrétions. Mais, de plus, M. Fabre met communément dans leur bouche les formules de la phraséologie religieuse, auxquelles s'ajoutent, dès que la situation devient dramatique, toutes celles de la rhétorique profane.

C'est qu'en effet les gens du clergé donnent assez volontiers dans l'élocution oratoire, arrondie et pom-
peuse. Ce style leur paraît être en harmonie avec la
dignité de leur fonction ; et ils en ont, au surplus,
souvent besoin, ayant à enseigner nombre de vérités
indémontrables et qui, par suite, ne sauraient être
développées que par des procédés oratoires. En réalité, M. Ferdinand Fabre fait quelquefois parler ses
personnages comme ils écriraient, en style de man-
dement ; mais cette convention, si c'en est une, est des
plus efficaces pour l'effet général de ses peintures.
Ajoutez que, par un hasard heureux, M. Fabre, étant
Méridional, prodigue, même dans les dialogues fami-
liers, le *passé défini*. L'abus qu'il fait de ce *temps*, qui
est, à Paris et dans tout le centre, un *temps* littéraire,
contribue encore à donner aux discours de ses prêtres
quelque chose de solennel et de tendu. Ainsi pas une
phrase qui ne sente en plein l'église ; pas une qui ne
porte la soutane. Ces romans sur les curés semblent
écrits par un curé : c'est merveilleux.

Et M. Fabre a su peindre aussi les âmes, avec des
vertus et des passions qui sont bien des passions et
des vertus de prêtres. Parmi tant de belles et vivantes
figures ecclésiastiques, je n'en prendrai que quatre :
du côté des saints, l'abbé Courbezon et l'abbé Célestin;
du côté des ambitieux et des violents, l'abbé Capdepont et l'abbé Jourfier.

III

L'abbé Courbezon est un Vincent de Paul absolument dénué de sens pratique. Je rappelle en deux mots son histoire. Partout où il a été curé, il s'est lancé dans de telles entreprises, écoles, hospices, orphelinats, que tout le bien de sa mère y a passé, et il s'est mis dans de tels embarras d'argent que son évêque, après l'avoir quelque temps suspendu de ses fonctions, l'a relégué à Saint-Xist, un village perdu dans la montagne. Il arrive là avec sa vieille mère et commence par recueillir chez lui une pauvresse et sa bande d'enfants. Il a pour voisine une sainte fille, Sévéraguette, orpheline et riche. Sévéraguette regarnit la bourse de monsieur le curé sans qu'il s'en doute, et bientôt le pauvre desservant est repris par sa manie de bâtisse : il rêve d'une école de Sœurs. Il s'ouvre à Sévéraguette de ce désir secret et, après quelque résistance, accepte l'aide de la bonne fille. Mais Sévéraguette a deux amoureux, Fumat et Pancol; et, comme ce ne sont pas des paysans de bergerie, Pancol, une belle nuit, se débarrasse de Fumat; peu après, voyant les écus de Sévéraguette fondre à la cure, il guette un soir le curé et s'apprête à l'envoyer rejoindre Fumat; mais le pauvre saint homme, qui a le poing lourd, assomme son agresseur en se défendant. L'abbé Courbezon, déjà malade, ne survit que quelques jours à cette aventure et meurt en montant à l'autel.

On sait que ce roman a commencé la réputation de M. Ferdinand Fabre. Il a beaucoup de charme et de puissance. Vous y trouverez, à côté de scènes d'une violence sauvage (peut-être même l'auteur a-t-il forcé le contraste : Pancol et la vieille Pancole sont d'horribles fauves), d'autres scènes d'une douceur, d'une simplicité, d'une piété exquises. La Sévéraguette, la Courbezonne et le curé sont délicieux; le livre est par endroits tout parfumé de prière et tout embaumé de charité, et cela n'a rien de fade et cela fait songer au *Vicaire de Vakefield* : mais ce clergyman n'est qu'un très digne homme; l'abbé Courbezon est un prêtre et un saint.

De là les caractères particuliers de sa charité. Un philosophe donne, comme don Juan, pour l'amour de l'humanité. S'il est d'un cœur tendre et ardent, il peut se sacrifier, mais non pas sans réserve, et il ne sacrifie pas les autres. Mais le premier effet de la foi et de la profession de l'abbé Courbezon, c'est le dévouement complet, l'abandon entier de sa personne. Il donne tout, il se dépouille à chaque instant, il vit de rien : qu'est-ce que le corps, cette guenille de péché? Au reste, garder quelque chose pour soi serait douter de Dieu et n'observer qu'à demi son commandement. Le second effet, c'est la subordination de certains devoirs humains au devoir religieux et supérieur, un penchant à attendre ou même à exiger des autres ce dont on est capable soi-même, à les sacrifier avec soi, fût-ce un peu malgré eux, à l'œuvre de Dieu, qui prime tout. Ce saint n'hésite pas, pour secourir les pauvres, à réduire à la pauvreté la vieillesse de sa mère. Ce quelque chose d'impérieux, de tyrannique sous la mansuétude extérieure, cette absence de certains scrupules dans l'accomplissement de la tâche imposée par Dieu est bien encore d'une âme sacerdotale.

Une autre particularité, c'est l'imprudence et l'imprévoyance, on dirait presque l'ignorance de la vie réelle et de ses conditions, assez commune en effet chez les prêtres très saints. C'est que ni leur éducation ni leurs préoccupations habituelles ne sont bien propres à leur faire connaître le train du monde; puis, leur confiance en Dieu est absolue, et elle ne peut être absolue que si elle est folle, si elle trouve le miracle chose naturelle. — Une dernière marque enfin, c'est que cette charité sans bornes est pourtant une charité catholique, pour qui les hommes sont frères moins par une communauté de destinée et une solidarité d'intérêt que parce qu'ils ont été rachetés tous par le Christ; et cette charité n'a point pour véritable but le soulagement de la souffrance, mais elle poursuit, par le bien qu'elle fait aux corps, la conversion des âmes. Certes, l'abbé Courbezon se dépouille souvent sans arrière-pensée, par le mouvement irrésistible de son grand cœur; mais cependant c'est surtout de fondations religieuses qu'il rêve.

Il est bien vivant du reste, encore qu'il puisse

18

passer pour le type même de la charité sacerdotale.
Il a sa grosse face couturée de petite vérole, sa car-
rure de paysan, ses yeux à fleur de tête, ses gestes
de fou et de rêveur quand ses grands projets le ressaisissent. Et quelle bonne joie naïve quand il peut
enfin dresser ses plans, mesurer le terrain, planter
ses jalons et embaucher ses ouvriers!

IV

Si l'abbé Courbezon est le héros de la charité, c'est
plutôt la naïveté qui est la marque de l'abbé Célestin,
une naïveté de prêtre, à la fois presque enfantine et
un peu solennelle. L'éducation et la profession ecclésiastiques développent chez certaines âmes une
extraordinaire candeur. Un bon prêtre ne saurait
être un raffiné. L'idée très simple et toute grossière
que le dogme catholique lui donne du monde, par-
tagé en deux camps, n'est pas pour le pousser à
l'étude ni à l'analyse des dessous de la réalité. S'il
est curé de campagne, le confessionnal même et les
péchés peu compliqués de ses ouailles ne lui appren-
dront pas grand'chose. Puis le scepticisme, le sens
critique, le sentiment du ridicule, l'ironie, qui vient
du diable, sont tout ce qu'il y a de plus opposé à
l'esprit de sa profession. Un bon prêtre a l'âme
simple, prend tout au sérieux et fait tout sérieusement. Son « détachement » surnaturel n'a rien de

commun avec les « airs détachés » d'un homme du
monde; l'humilité même les lui interdit.

M. Ferdinand Fabre a su placer l'abbé Célestin
dans les conditions les plus propres à mettre au jour
et à montrer sous toutes ses faces cette délicieuse
naïveté ecclésiastique.

L'abbé Célestin, desservant de la paroisse des
Aires, atteint de phtisie laryngée et obligé de demander son changement, est envoyé à Lignières-sur-
Graveson, dans un climat plus doux. Mais il a pour
doyen son ancien condisciple, l'abbé Clochard, qui
est devenu son ennemi depuis que l'abbé Célestin,
dans un concours ouvert par la Société archéologique,
a emporté le prix sur son envieux confrère. Or l'abbé
Célestin rencontre à Lignières une fille très pieuse,
très pure et très innocente, Marie Galtier, une de ces
pastoures à qui la sainte Vierge apparaît quelquefois.
Mais ici ce n'est pas de vision qu'il s'agit. Pendant un
pèlerinage qu'elle fait avec monsieur le curé, Marie
est assaillie et mise à mal par des ermites et par
un *santi-belli* (marchand de statuettes et d'objets de
piété), et elle est si parfaitement ignorante qu'elle ne
se doute point de ce qui lui est arrivé. « Ils l'ont
renversée, dit-elle, et l'ont mordue partout. » Quand
elle sait son malheur, elle s'enfuit et parcourt longtemps la montagne. L'abbé Célestin et l'officier de
santé Anselme Benoît la retrouvent, une nuit, dans
une vieille tour abandonnée. Elle est proche de son
terme : le curé la recueille au presbytère, et c'est là

qu'elle met son enfant au monde. Mais le haineux
Clochard accuse l'abbé Célestin d'avoir fait le mal
avec la bergère. Un saint et naïf ermite, ami du curé de
Lignières, intercepte, par un zèle aveugle, les lettres
qui arrivent de l'évêché : l'abbé Célestin apprend son
interdiction avant d'avoir su l'accusation portée contre
lui et tombe foudroyé.

Une maladie, un déménagement, un pèlerinage,
un acte de charité imprudente et candide, voilà donc
toute l'action; mais de quelle adorable façon se
révèle l'innocence du bon curé! Les conversations
avec Marianne qui ne veut pas qu'il jeûne pendant
le carême (« Vous avez bien soixante-quatre ans,
vous, Marianne, et pourtant vous pratiquez la loi de
l'Église dans sa rigueur. — Moi, c'est différent... Si
vous l'avez oublié, je suis née à Éric-sous-Caroux,
dans une pauvre cabane..., et je ne vous ressemble
pas plus... — Marianne, ne vous comparez pas à moi,
je ne suis qu'un malheureux pécheur fort en peine
de son salut; vous, vous êtes une sainte, et, je vous
le dis en vérité, un jour vous verrez Dieu »); le
voyage des Aires à Lignières, par la montagne,
derrière la voiture de déménagement, un humble
exode et qui a pourtant je ne sais quoi, parmi sa
simplicité, d'auguste et de biblique; le déjeuner du
bon ermite Adon Laborie au presbytère; le pèlerinage de Saint-Fulcran; la joie et l'orgueil du bon
vieux prêtre quand son doyen lui permet de dire
la messe dans la chapelle miraculeuse..., tout cela

est délicieux, d'une franche poésie, familière et pénétrante. Et quelle trouvaille que « ces tasses de
M. l'abbé Combescure » qui reviennent régulièrement
dans toutes les circonstances solennelles! Voulez-vous
un fragment de dialogue qui vous donne le ton et
l'accent de cette idylle ecclésiastique?

... Et M. le vicaire Vidalenc, auquel, pour obtenir son
appui, j'ai rappelé les menus services que je lui rendais
au grand séminaire, que pensera-t-il, lui?...

Mon oncle continua, scandant chaque mot :

— Ce n'est pas mon miroir à barbe seulement que
je lui prêtais, mais aussi mes rasoirs, ma savonnette, mon
plat et souvent mes livres. Vous savez Marianne, la tache
qui est à la page 240 de mon *Theologiæ cursus completus?*
Eh bien, c'est lui qui l'a faite ; M. l'abbé Clochard me le
dénonça...

Pour comble de naïveté, le bon curé écrit, sur un
beau cahier bien relié, une *Vie* de son patron, le pape
Célestin : « *Vie de saint Célestin, pape,* par l'abbé
Célestin, curé-desservant de la paroisse des Aires...,
membre correspondant de la Société archéologique
de Béziers, auteur d'une notice sur l'*Ermitage de saint
Michel archange.* » Et toujours la mention de ce
grand ouvrage revient, comme celle des tasses de
M. l'abbé Combescure. Vous reconnaissez là l'espèce
ingénue des curés archéologues et écrivains qui,
avec les anciens magistrats et les anciens notaires,
assurent le recrutement des académies de province.
Le prêtre qui écrit sera volontiers archéologue, étant

par profession conservateur du passé. Il sera très
sensible aux prix académiques, aux récompenses
officielles. Vous avez tous rencontré de ces abbés
lauréats qui prennent tous les membres de l'Institut
au sérieux, enclins à respecter, en littérature comme
ailleurs, les jugements qui se formulent par voie
d'autorité, d'un amour-propre littéraire très éveillé
et à la fois très ingénu, et où se révèle un fond, sinon
d'humilité, au moins de docilité chrétienne, de sou-
mission aux puissances constituées, — toutes, et
même celles que signalent les palmes vertes, émanant
en quelque sorte de Dieu lui-même.

V

Après les humbles, voici venir les orgueilleux. Le
prêtre doit à Dieu plus qu'un autre homme et se
sent plus qu'un autre sous la main de Dieu; mais en
même temps il est ministre de l'Éternel; il est élevé
par l'onction sacerdotale fort au-dessus des laïques,
même au-dessus des grands de l'esprit et des puissants. En sorte que la conscience qu'il a de cette élection surnaturelle peut également développer en lui,
selon son caractère, l'humilité ou l'orgueil. Il arrive
même que les deux sentiments se rencontrent chez
lui à la fois, et c'est ce qui rend souvent si énigmatique, aux yeux de ceux qui ne sont pas avertis, la
conduite de certains « oints du Seigneur » dans les

affaires humaines. Mais, dans les âmes où il règne
seul, l'orgueil sacerdotal peut devenir formidable
et démesuré. Vous trouverez des traces de cet orgueil
jusque dans les cantiques du *Manuel des catéchismes*.
Voici ce qu'on chante à une « première messe » :

> Vous, anges de la loi de grâce,
> Venez tomber à ses genoux,
> Et devant ce prêtre qui passe,
> Anges du ciel, prosternez-vous.

C'est le sentiment qu'exprime, dans le *Livre de
mon ami*, sans l'éprouver assurément dans sa plénitude et même sans savoir exactement ce qu'il dit,
le pauvre petit abbé Jubal, récitant ce lieu commun
ecclésiastique, que les ministres du Seigneur sont
autant au-dessus des ministres des princes que Dieu
est au-dessus des plus grands rois.

L'abbé Capdepont est dans les romans de M. Ferdinand Fabre, le représentant le plus farouche — et
le plus connu — de cet orgueil sacerdotal qui, chez
lui, se complique d'ambition. Car l'ambition est peut-
être la passion où les prêtres donnent le plus aisément. Elle a parfois chez eux une intensité extraordinaire et toujours, comme on pense, un caractère
particulier.

C'est la grande ambition, celle qui veut agir sur
les âmes, les conduire et les dominer. Ce plaisir si
rare et si noble, le plus pauvre desservant peut sans
doute le goûter; mais on connaît, d'autre part, l'état

de sujétion absolue où les prêtres sont tenus par
leurs évêques. Lors donc que le désir vient à quelques-uns de secouer ce joug et aussi de goûter dans
toute leur étendue ces joies superbes de la domina-
tion spirituelle, ce qu'ils voient forcément au fond
de leurs rêves ambitieux, c'est l'épiscopat, à moins
que ce ne soit la direction de quelque ordre monastique. Ainsi leur passion du pouvoir garde toujours
un caractère religieux, car l'épiscopat est la plénitude
du sacerdoce. C'est Dieu qui vous y appelle, et c'est
répondre à ses desseins que d'y aspirer. Une ambition de cet ordre ne laisse donc le plus souvent ni scrupule ni inquiétude de conscience : en priant Dieu de
l'éclairer sur sa vocation épiscopale, le prêtre se
convainc presque inévitablement qu'il se conforme,
en effet, à la volonté divine. L'histoire nous montre
assez quels ambitieux le sacerdoce a produits. C'est
qu'il n'est pas de profession où les vues et les passions personnelles paraissent mieux s'identifier avec
le dévouement à un intérêt supérieur, à l'intérêt de
la cause de Dieu ; et de là, chez le prêtre, cette surprenante sécurité morale dans le gouvernement des
choses de ce monde et dans les voies qu'il choisit
pour y parvenir. Et souvent aussi la passion du pouvoir s'exaspère chez lui par l'absence des autres
« divertissements » (pour parler comme Pascal), par
les contraintes du célibat. Toutes les énergies du
prêtre, refoulées sur d'autres points, se précipitent
par la seule issue qui leur reste ouverte.

C'est ce que M. Ferdinand Fabre a nettement vu et ce qu'il a fait très fortement sentir dans son *Abbé Tigrane*. Que cette ambition, que j'ai tenté de définir, rencontre un tempérament violent et colérique, et vous aurez Rufin Capdepont. On a dit que sa passion du pouvoir n'avait guère les allures d'une passion ecclésiastique ; qu'elle était trop fougueuse, imprudente et emportée ; qu'il n'est pas vraisemblable qu'un vicaire général laisse dehors, la nuit, devant la porte fermée de la cathédrale, sous le vent et la pluie, le cercueil d'un évêque : l'esprit de corps est si puissant dans le clergé qu'il est infiniment rare que les haines particulières s'y manifestent par des actes capables de compromettre le clergé tout entier, de scandaliser les fidèles et de réjouir les impies ; et comme ici la publicité de la vengeance s'aggrave d'une sorte de sacrilège, on peut hardiment contester la vérité de cet épisode si lugubrement dramatique. Il se peut qu'on ait raison sur ce dernier point ; mais, au reste, l'impétuosité de Rufin n'exclut point l'habileté. Puis il n'y a pas seulement, dans l'Église, des doux et des patients ; Grégoire VII ni Jules II n'ont laissé une réputation de mansuétude, et, de nos jours encore, on a vu des hommes d'Église au nom desquels on avait pris l'habitude d'accoler le mot « fougueux » comme une épithète homérique. Et, quand Rufin serait dans le clergé une figure d'exception, je ne vois pas en quoi il serait moins intéressant.

Il est bien d'un prêtre, en tout cas, ce revirement

soudain de l'abbé Tigrane qui, à peine devenu évêque, s'apaise, se fait onctueux, demande pardon et
oublie. Sans doute il y a là la détente qui suit l'as-
souvissement des grandes ambitions, et l'on y peut
voir aussi quelque hypocrisie. Mais il y a certainement autre chose encore. L'abbé Capdepont est un
bon prêtre, un prêtre croyant : il se sent élu de Dieu,
quoiqu'il ait lui-même fortement aidé à l'élection ; et,
comme l'épiscopat est l'achèvement du sacerdoce et
confère un surcroît de grâce, il sent déjà cette grâce
en lui, et son âme est transformée du moment qu'elle
croit l'être. Son orgueil même n'exclut point, en cet
instant, une sorte d'humilité; car, s'il est plus grand
devant les hommes, il doit plus à Dieu. Et c'est ainsi
que plus tard, devenu archevêque et tout proche du
cardinalat, un jour que, dans un accès de délire
ambitieux, il hausse son rêve jusqu'à la tiare, nous
l'entendons gémir « avec une lueur de bon sens et
une profonde humilité » : — « Moi, né dans une hutte
au hameau de Harros, je pourrais gravir les marches
du trône pontifical!... Moi, pécheur (tu le sais, je
péchai souvent en ta présence, *Malum coram te feci*,
comme dit le roi David)... » Le sentiment d'une vie
surnaturelle, se mêlant intimement aux passions
humaines, produit ainsi chez les prêtres des états
d'esprit fort singuliers. Quand, par hasard, ils sont
méchants, ils ne le sont peut-être jamais autant qu'ils
le paraissent, comme aussi parfois, quand ils sont
saints, ils ne sont peut-être pas aussi bons qu'ils en

ont l'air. Ils sont à part; ils sont, comme ils s'appellent eux-mêmes, les « hommes de Dieu ». L'ensemble d'idées et de sentiments que suppose leur profession agit toujours en eux, fût-ce à leur insu; c'est un élément secret dont il faut toujours tenir compte dans l'appréciation de leurs actes, car il y est toujours présent, même quand ils agissent en apparence comme les autres hommes. Personne assurément n'a mieux démêlé ce mystère que M. Ferdinand Fabre.

VI

Et voilà pourquoi il a su exposer et développer, avec lucidité et avec grandeur, le cas très original d'un prêtre qui n'a pas l'esprit ecclésiastique (*Lucifer*). L'abbé Jourfier, fils de parlementaire et petit-fils de conventionnel, que ses confrères ont un jour appelé Lucifer à cause de son orgueil laïque et du souci *purement humain* qu'il prend de sa dignité, est entré dans les ordres avec une grande foi et un grand courage, mais sans avoir senti toutefois cette illumination et cette douceur intérieure qui est le signe de la vocation. Le libéralisme qu'il tient de ses origines le fait gallican et ennemi des ordres religieux. Après une longue lutte contre les moines et contre un évêque qui les soutient par peur, il est lui-même porté à l'épiscopat par la révolution de 1848. Un voyage à Rome lui démontre brutalement qu'il n'y a plus de

place dans l'Église pour un homme comme lui et que
c'est contre le pape lui-même qu'il s'est insurgé. Dès
lors il sent sa foi même crouler et finit par le suicide.

Dans l'admirable conversation de l'évêque Jourfier
avec le cardinal Finella (Balzac eût certainement
signé ces pages), le subtil cardinal a une réflexion qui
éclaire jusqu'au fond le caractère de « Lucifer » et
toute cette histoire d'un prêtre qui n'est qu'un honnête homme :

Le ton de votre langage m'épouvante, et c'est moins
par sa vivacité, hors de toute mesure, que par un tour
trop direct où, passez-moi une expression hasardée, ne
sonne pas assez l'âme ecclésiastique. Vous ne parlez pas
comme un prêtre, vous parlez comme un laïque. Mon
oreille a de singulières finesses pour entendre vibrer Dieu
au fond de la voix humaine. Or je trouve que Dieu ne
vibre pas au fond de votre voix. L'homme, encore
l'homme, toujours l'homme. Si Dieu est votre préoccupation constante — un évêque doit vivre en présence du
Seigneur, a écrit saint Cyprien, *in conspectu Domini,* —
obéissez sans discussion, aveuglément, à l'autorité qu'il a
placée sur vous.

Qu'est-ce donc que cet esprit laïque ainsi opposé à
l'esprit ecclésiatique? C'est, en somme, et si l'on va
au fond, la morale naturelle opposée à la morale religieuse; et la raison opposée à la foi. Un honnête
homme selon le monde est déjà fort éloigné d'être un
vrai catholique. Quelques-uns même des sentiments
dont est formée sa vertu sont réprouvés ou suspectés
par l'Église : ainsi, dans certains cas, le souci de

l'honneur, la tolérance pour les opinions, l'indulgence pour certaines faiblesses. Mais surtout l'indépendance de pensée est un crime. Dans la réalité, cela s'accommode. L'Église souffre ce qu'elle ne peut empêcher : elle consent que les fidèles, qui ne sont que le troupeau, se composent un mélange de morale humaine et de morale chrétienne ; elle ne leur demande que d'accepter ses dogmes en bloc et d'observer certaines pratiques. Beaucoup de fidèles sont d'ailleurs des âmes simples, dont la religion est toute de sentiment. Il est des questions que les fidèles écartent, qu'ils ne se posent même pas : la foi d'un grand nombre repose sur des malentendus, ou sur beaucoup d'ignorance et d'irréflexion. Un laïque peut donc, sans trop se damner, n'être au fond qu'un honnête homme. Un prêtre, non : il faut qu'il soit beaucoup plus, ou, si l'on veut, autre chose. L'abbé Jourfier, qui n'a que des vertus humaines, est placé par sa profession dans des circonstances telles qu'il s'aperçoit que ces vertus vont contre les fondements mêmes de la foi, car elles impliquent toutes la confiance aux lumières naturelles et, plus ou moins, l'orgueil de l'esprit (*superbia mentis*). Or le prêtre peut se permettre un autre orgueil, mais non celui-là. Le jour où l'évêque Jourfier prononce l'oraison funèbre de son grand-père, le conventionnel régicide et déiste, il fait acte d'honnête homme, mais de mauvais prêtre. De même quand il lutte avec tant de fureur contre les congrégations et qu'il proteste contre la tyrannie de Rome. C'est évidemment lui qui a tort. Une religion fondée sur une révélation surnaturelle doit, à mesure que son domaine terrestre s'étend, se résoudre dans l'infaillibilité d'un chef unique, et c'est à cela, en effet, qu'a tendu l'Église à travers les âges. Elle doit être de plus en plus, par la force des choses, une monarchie absolue dans le monde des âmes, une théocratie. En vain Jourfier veut défendre son pouvoir d'évêque contre les émissaires de l'autorité centrale et se réserver quelque liberté dans son for intérieur. Il parle de dignité personnelle; mais « le prêtre est un être qui s'abandonne, se sacrifie, abdique ». Il avait cru pouvoir sauver quelque chose de lui-même : laïque, il l'aurait pu; prêtre, membre de l'Église enseignante, il ne le peut pas. L'Église ne demande pas toujours au prêtre le sacrifice de son être tout entier; mais elle peut toujours le lui demander, et surtout elle le lui demande dès qu'il paraît vouloir se reprendre. Jourfier s'en aperçoit peu à peu, et l'histoire de cette douloureuse découverte est tout le roman. Il se convainc qu'un prêtre ne fait pas à l'Église sa part; et dès lors il faut ou qu'il se révolte ou qu'il s'immole. Encore un coup, il est rare que la question se pose avec cette netteté tragique et que l'Église ait l'occasion de revendiquer ses droits sur toute l'âme; mais la question se pose ainsi pour tout prêtre qui réfléchit dès que certaines circonstances mettent en opposition directe ses sentiments naturels et sa foi.

M. Ferdinand Fabre n'a jamais mieux montré ce

qu'est un prêtre catholique que dans cette peinture
d'un prêtre qui ne l'est pas.

VII

J'aurais voulu vous montrer encore d'autres figures de prêtres : l'abbé Ferrand, le bon théologien ;
Mgr de Roquebrun, l'évêque gentilhomme ; le doux
abbé Ternisien, le vieux et timide Clamouse, les trois
ravissants vieux chanoines de *Lucifer*, et Grégoire
Phalippou, le moine fondateur d'ordre, et des fanatiques comme la baronne Fuster et le marquis de Pierrerue. Les abbés Courbezon, Célestin, Capdepont et
Jourfier m'ont trop retenu, et cependant je n'ai pas
tout dit sur eux. C'est un grand signe pour un romancier qu'on puisse s'attarder si longtemps sur chacun
de ses personnages et qu'on y sente de tels « dessous ».
Mais ces prêtres, dont l'intérieur est si intéressant,
M. Fabre sait les faire vivre, en outre, d'une vie extérieure, leur donner une physionomie, une allure, nous
les faire voir. Et, quant à lui, non seulement il les
voit, mais il les voit plus grands que nature ; l'intensité
du regard qu'il fixe sur eux les gonfle, les rend démesurés ; il les admire, il les craint, il les trouve sublimes ou redoutables, il frémit sous leur parole. Il
a, au même degré peut-être que Balzac, le don de
s'absorber en eux, de s'en éprendre, de s'en émerveiller. Il a, comme le poète de la *Comédie humaine,*

des stupéfactions devant les êtres qu'il crée. De là
des outrances et des naïvetés : continuellement il
nous avertit que ce que nous voyons ou entendons
est terrible, et, comme il le croit, il nous le fait
croire. « Tout à coup il eut un soubresaut, et de sa
bouche s'échappèrent *ces paroles épouvantables.* » Ou
bien : « *On ne saurait croire* l'expression de force, de
fermeté, que la figurine de ce vieillard de soixante-
quinze ans, molle, souriante auparavant, venait de
prendre tout à coup. » Et voyez quelle conviction dans
cette réflexion candide : « En vérité, l'homme est-il
ainsi fait que la passion le puisse ravaler à ce point?
Hélas! oui, l'homme est ainsi fait. Rufin Capdepont,
plus faible, eût été plus modéré peut-être... » Et quelle
pédanterie naïve dans ce tour de phrase : « Sa tête
surtout paraissait transfigurée. Certes, c'étaient toujours les belles lignes sculpturales, pleines de noblesse,
qui nous ont arrêté dès le commencement de cette étude... »

Cette espèce d'ingénuité s'explique par la vigueur
même et la profonde sincérité de la conception. Et
c'est aussi pourquoi les héros de M. Fabre s'épanchent
avec tant d'abondance et pourquoi ses romans sont
presque entièrement en discours. Ce sont des âmes
qui débordent. Et le romancier déborde aussi. Il y a
dans ses histoires des longueurs, de la diffusion, des
redites, des situations répétées, mais toujours de la
grandeur et du mouvement. Et le style est touffu,
pesant, laborieux, excessif, mais solide aussi, robuste,
savoureux et coloré.

Ce qui domine, c'est une impression de force. Et
vous la retrouverez, si vous passez des romans ecclésiastiques aux romans campagnards. Les paysages
sont rudes, les personnages simples et violents. Les
amoureux aiment jusqu'à la folie, jusqu'au meurtre
ou au suicide : voyez Pancol, Eran, Félice l'hospita-
lière. La Pancole, la Galtière, la Combale sont d'é-
pouvantables mégères. Il y a chez Barnabé, cet
ermite digne de Rabelais, une magnifique et formidable surabondance de vie animale. Et voici, tout à
côté, d'exquises figures : Méniquette et Marie Galtier,
d'une pureté de fleurs, pareilles à des bergères de vitraux, à des petites saintes de Puvis de Chavannes,
et le neveu de l'abbé Célestin, échappé à travers la
grande nature maternelle comme un petit faune
en soutanelle rouge, petit faune innocent qui a des
pudeurs de petit clerc ou de jeune fille...

Le *Chevrier* et *Barnabé* ne sont pas de moindres chefs-
d'œuvre que *Lucifer* ou *Mon oncle Célestin*. M. Ferdinand Fabre est un peintre incomparable des prêtres
et des paysans : s'il tente d'autres peintures, s'il
aborde Paris (comme dans certaines pages du *Marquis de Pierrerue*), il y paraît gauche et emprunté.
C'est qu'il a eu deux nourrices : la montagne et l'É-
glise. Il est lui-même un montagnard poète qui a
failli être prêtre. Je soupçonne que c'est, au fond,
l'amoureux de la nature qui a détourné le lévite ; que
c'est Cybèle qui l'a enlevé à Dieu. Sans doute il était
trop ivre de la beauté de la terre pour devenir le mi-

nistre d'une religion qui sépare si absolument Dieu
du monde visible. La nature est une grande hérésiar-
que : elle nie l'indignité de la matière. L'œuvre de
M. Ferdinand Fabre n'en reste pas moins « une », car
il n'a dit que les sentiments les plus simples — ou les
plus sérieux ; il n'a peint que les âmes qui suivent le
mieux la nature, ou celles qui s'élèvent le plus au-
dessus. Il a peu connu les autres, et la vie moderne
passerait presque tout entière entre ses pastorales et
ses drames cléricaux. Mais cela même n'est-il pas
tout à fait particulier et digne d'attention ? Pour
moi, je ne serais pas étonné que l'œuvre candide,
sévère et un peu fruste de ce Balzac du clergé catholique et des paysans primitifs restât comme un
des monuments les plus originaux du roman contemporain.

FIN

TABLE DES MATIÈRES

Sceaux. Imp. Charaire et fils.

Juin 5   Justine 6